Le tatoueur d'Auschwitz

HEATHER
MORRIS

Le tatoueur d'Auschwitz

ROMAN

Traduit de l'anglais (Australie)
par Jocelyne Barsse

J'AI LU

TITRE ORIGINAL :
The Tattooist of Auschwitz

ÉDITEUR ORIGINAL :
Zaffre Publishing

À la mémoire de Lale Sokolov.
Merci de la confiance
que tu m'as témoignée
en me chargeant de raconter
ton histoire et celle de Gita.

Prologue

Lale s'efforce de ne pas lever les yeux. Il tend la main pour prendre le morceau de papier que la jeune fille lui présente. Il doit reporter les cinq chiffres sur son bras gauche. Il y a déjà un numéro pratiquement effacé. Il enfonce l'aiguille, effectue un grand nombre de petites piqûres pour tracer un 3, le plus délicatement possible. Le sang suinte. L'aiguille n'est pas allée suffisamment en profondeur, il est contraint de recommencer. Elle accepte la douleur que Lale lui inflige sans broncher. Elles ont été prévenues – *ne rien dire, ne rien faire*. Après avoir essuyé le sang, il appose de l'encre verte sur la peau incisée.

— Dépêche-toi, murmure Pepan.

Lale est trop lent. Tatouer le bras des hommes est une chose ; marquer des jeunes filles dans leur chair en est une autre. En relevant la tête, Lale voit un homme vêtu d'une blouse blanche qui parcourt le rang. De temps à autre, il s'arrête, inspectant le visage et le corps d'une détenue terrorisée. Il arrive à la hauteur de Lale qui n'en a pas terminé avec la jeune fille. L'homme prend le visage de la prisonnière dans ses mains et le tourne brutalement d'un côté puis de l'autre. Lale plonge son regard dans les yeux terrifiés de la fille dont les lèvres bougent comme si elle s'apprêtait à parler. Lale serre son bras d'une main ferme pour l'en empêcher. Elle le regarde. Il articule en silence « chut ». L'homme en blouse blanche lâche la jeune fille et s'éloigne.

— Bien joué, murmure-t-il tout en se remettant à l'ouvrage.

Il tatoue les quatre chiffres restants – 4 9 0 2. Sa main s'attarde un peu trop longtemps sur le bras de la jeune fille. Il la regarde dans les yeux. Un sourire effleure ses lèvres. Elle y répond par une petite mimique. Ses yeux, toutefois, dansent devant lui. Le cœur de Lale semble en même temps s'arrêter et se mettre à battre pour la première fois, tambourinant bientôt dans sa poitrine, comme s'il était sur le point d'éclater. Lale regarde le sol qui tangue sous ses pieds. Un autre bout de papier atterrit devant lui.

— Dépêche-toi Lale ! murmure Pepan d'une voix pressante.

Quand il lève à nouveau les yeux, la jeune fille a disparu.

1

Avril 1942

Le train file à travers la campagne, et Lale garde la tête haute et ses distances. Le jeune homme de vingt-quatre ans ne voit pas l'intérêt d'engager la conversation avec son voisin, qui de temps à autre dodeline de la tête et s'endort sur son épaule. Lale ne le repousse pas. Il n'est qu'un jeune homme au milieu des autres, entassé comme eux dans un wagon à bestiaux. Comme il ignore sa destination, Lale porte sa tenue habituelle : un costume parfaitement repassé, une chemise blanche propre et une cravate. *Être toujours bien habillé pour faire bonne impression.*

Il tente d'évaluer les dimensions de l'espace confiné dans lequel il se trouve. La largeur du wagon doit approcher les deux mètres et demi. Il lui est impossible d'en estimer la longueur car il n'en voit pas le fond. Il tente de compter les hommes qui font le voyage avec lui, mais avec toutes ces têtes qui dodelinent, c'est peine perdue. Il finit par renoncer. Il ignore de combien de wagons est constitué le convoi. Il a mal au dos et aux jambes. Son visage le démange. Sa barbe naissante lui rappelle qu'il ne s'est pas rasé et n'a pas pris de bain depuis qu'il est monté à bord du train, deux jours auparavant. Il se sent de moins en moins lui-même.

Il tente d'atténuer la peur des hommes qui s'adressent à lui, de leur redonner espoir. *On est dans la merde mais on va essayer de ne pas se noyer dedans*. Son apparence, ses manières lui valent quelques injures. On l'accuse d'être issu d'une classe supérieure. « Regarde où ça t'a mené. » Préférant ignorer ces commentaires, il accueille les regards furieux avec un sourire. *À qui j'essaie de faire croire que je n'ai pas peur ? Je suis aussi terrifié que les autres*.

Lale surprend le regard d'un jeune homme en train de le fixer. L'individu se fraie un chemin entre les corps compressés pour le rejoindre. Certains hommes le poussent. *Pour que ce soit ta place, il faut que tu te l'appropries*.

— Comment peux-tu être si calme ? demande le jeune homme. Ils avaient des fusils. Ces salauds ont braqué leurs fusils sur nous et nous ont forcés à monter dans ce train… ce train à bestiaux.

Lale lui sourit.

— J'avoue que ce n'est pas vraiment ce à quoi je m'attendais.

— Où allons-nous à ton avis ?

— Peu importe. L'important, c'est qu'en montant dans ces wagons on a sauvé nos familles.

— Mais si…

— Il n'y a pas de « si ». Je ne sais pas, tu ne sais pas, aucun de nous ne sait. Contentons-nous de faire ce qu'on nous demande.

— On pourrait peut-être tenter de les attaquer quand on s'arrêtera. On est plus nombreux qu'eux après tout, dit le jeune homme au visage pâle dont les traits sont déformés par une colère qui ne sait comment s'exprimer. Les poings serrés, il fait mine de boxer.

— On a nos poings, ils ont leurs fusils. Qui va gagner ce combat à ton avis ?

Le jeune homme replonge dans le silence. Son épaule s'enfonce dans le torse de Lale qui sent une odeur d'huile et de sueur dans ses cheveux. Ses mains retombent mollement le long de son corps.

— Je m'appelle Aron, dit-il.

— Moi, c'est Lale.

Les autres autour d'eux écoutent leur conversation, lèvent la tête vers les deux hommes avant de reprendre leurs rêveries silencieuses, perdus dans leurs pensées. Ce qui les unit, c'est la peur. Leur jeunesse aussi. Et leur religion. Lale s'efforce de ne pas réfléchir à ce qui les attend. On lui a dit qu'on l'envoyait travailler pour les Allemands et c'est ce qu'il a l'intention de faire. Il pense à sa famille à la maison. *En sécurité*. Il a fait le sacrifice et il n'a aucun regret. Il referait la même chose, inlassablement, pour que les siens puissent rester chez eux, ensemble.

On lui pose toujours les mêmes questions. Fatigué, Lale finit par répondre : « Attendons de voir. » Il se demande pourquoi c'est à lui en particulier qu'on adresse ces interrogations. Il n'en sait pas plus que les autres. Certes, il porte un costume et une cravate mais c'est la seule différence entre lui et son voisin. *On est tous dans la même galère*.

Dans le wagon surpeuplé, il n'est pas possible de s'asseoir, encore moins de se coucher. Deux seaux font office de toilettes. De plus en plus remplis, ils sont à l'origine d'une bagarre qui éclate entre des hommes tentant de s'éloigner de la puanteur. Les seaux sont renversés, leur contenu se répand dans le wagon. Lale se cramponne à sa valise. Il espère qu'avec son argent et ses vêtements il pourra s'arranger pour sortir de là – où qu'ils aillent – ou au moins obtenir une place sûre. *Peut-être qu'ils me confieront un travail où je pourrai me servir de mes connaissances linguistiques.*

Il s'estime heureux d'avoir pu se glisser jusqu'aux parois du wagon. Par les petites fentes entre les lattes, il aperçoit la campagne qui défile. Le peu d'air frais qui lui parvient lui permet de refouler la nausée qui l'envahit par vagues. C'est le printemps, mais les journées sont pluvieuses et le ciel particulièrement chargé. De temps à autre, ils passent devant des champs multicolores, envahis de fleurs sauvages. Lale sourit intérieurement. Les fleurs. Sa mère lui a appris très tôt que les femmes aiment les fleurs. Quand pourra-t-il à nouveau offrir des fleurs à une fille ? Il admire ce spectacle fugitif, apprécie les couleurs vives qui défilent devant ses yeux, des champs entiers de coquelicots oscillant dans la brise, une masse écarlate. Il se promet qu'à la prochaine occasion il cueillera lui-même des fleurs pour la femme de son choix. Il ne s'était jamais rendu compte que les fleurs sauvages poussaient en si grand nombre. Sa mère en avait quelques-unes dans son jardin mais elle ne les cueillait jamais pour les mettre dans des vases à l'intérieur de la maison. Dans sa tête, il commence à dresser une liste de toutes les choses qu'il fera quand il rentrera chez lui...

Une autre bagarre éclate. Des coups. Des cris. Lale ne peut pas voir ce qui se passe mais il sent les corps s'agiter, se pousser. Puis tout à coup le silence. Ensuite, ces mots dans l'obscurité. « Tu l'as tué. »

— Sacré veinard, marmonne quelqu'un.

Pauvre bougre.

Ma vie est trop belle pour se terminer dans ce trou puant.

Le voyage est interrompu par de nombreux arrêts, certains ne durent que quelques minutes, d'autres plusieurs heures. Le train fait toujours halte en dehors des villes et des villages. Parfois, Lale aperçoit un nom de gare à travers les lattes : Ostrava, une ville proche de la frontière entre la Tchécoslovaquie et la Pologne. Pszczyna ; ils sont bien en Pologne. La question sans réponse : où vont-ils s'arrêter ? Lale reste absorbé dans ses pensées. Il songe à sa vie à Bratislava : son travail, son appartement, ses amis, ses amies en particulier.

Le train s'arrête encore une fois. Il fait un noir d'encre. Les nuages cachent la lune et les étoiles. Cette obscurité est-elle de mauvais augure ? *Les choses sont comme elles sont. Ce que je vois, ce que j'entends, ce que je sens en cet instant*. Il ne voit que des hommes comme lui, jeunes, embarqués dans un voyage vers l'inconnu. Il entend le grondement des ventres vides, le raclement des trachées sèches. Il sent la pisse et la merde et l'odeur de corps pas lavés depuis trop longtemps.

Les hommes profitent de ne pas être ballottés pour somnoler sans avoir à pousser ou bousculer les autres en défendant leur petit bout de territoire. Plusieurs têtes reposent désormais sur les épaules de Lale.

Des bruits assourdissants retentissent à quelques wagons du leur puis semblent se rapprocher. Les hommes parqués à l'intérieur en ont eu assez. Ils tentent l'évasion. On les entend se jeter contre les parois, taper un objet, probablement le seau à merde, contre le bois. Le vacarme réveille tout le monde. Bientôt, la rébellion gagne tous les wagons, attaqués depuis l'intérieur.

— Aide-nous ou sors de là, crie un homme baraqué à Lale tout en se jetant contre la paroi.

— Ne gaspillez pas votre énergie, répond Lale. Si ces parois pouvaient céder, les vaches ne seraient pas restées longtemps dans ces wagons à bestiaux, vous ne croyez pas ?

Plusieurs hommes interrompent leurs efforts et se tournent vers Lale en le fusillant du regard.

Ils réfléchissent néanmoins à ses arguments. Le train s'ébranle tout à coup. Les chefs du convoi ont sans doute décidé que le mouvement mettrait un terme à l'agitation. Le calme revient dans les wagons. Lale ferme les yeux.

Quand il a appris que les Juifs résidant dans les petites villes de Slovaquie étaient regroupés et envoyés en Allemagne pour y travailler, Lale est retourné chez ses parents à Krompachy. Il savait que les Juifs n'étaient plus autorisés à exercer leur profession, que leurs commerces avaient été confisqués. Pendant près de quatre semaines, il a aidé son père et son frère à effectuer de menus travaux dans la maison et à fabriquer des lits pour ses petits neveux trop grands désormais pour dormir dans leurs lits de bébé. De tous les membres de la famille, sa sœur était la seule à gagner un salaire. Couturière, elle se rendait au travail et en revenait en cachette, avant l'aube et après la tombée de la nuit. Sa patronne était prête à prendre le risque pour sa meilleure employée.

Un soir, elle a rapporté à la maison une affiche que sa patronne avait pour obligation de placarder sur sa vitrine. On pouvait y lire que chaque famille juive devait remettre un enfant, âgé de dix-huit ans ou plus, aux autorités compétentes qui l'enverraient travailler pour le gouvernement allemand. Les bruits qui couraient n'étaient pas de simples rumeurs sans fondement. Krompachy, comme les autres villes, devait livrer son contingent de travailleurs. Le gouvernement slovaque avait depuis longtemps pris le parti d'Hitler et lui cédait tout ce qu'il demandait. Sur l'affiche, il était précisé en caractères gras que toute famille se refusant à livrer un de ses membres serait immédiatement déportée dans un camp de concentration. Max, le frère aîné de Lale, s'était immédiatement proposé mais Lale n'avait rien voulu entendre. Max avait une épouse et deux jeunes enfants. On avait besoin de lui à la maison.

Ainsi, Lale s'est présenté aux autorités locales à Krompachy. Les fonctionnaires à qui il a eu affaire étaient autrefois ses amis. Ils allaient à l'école ensemble, leurs familles se connaissaient. Lale a appris qu'il devait se rendre à Prague, s'adresser aux autorités compétentes et attendre les instructions.

Deux jours plus tard, les wagons à bestiaux s'arrêtent à nouveau. Cette fois, une grande agitation règne à l'extérieur. Des chiens aboient, des ordres proférés en allemand fusent. Des loquets sont tirés, des portes de wagon glissent. « Descendez du train, laissez vos affaires », crient les soldats. Comme il se trouvait au fond du wagon, Lale est l'un des derniers à sortir. Alors qu'il s'approche de la porte, il voit le corps de l'homme tué durant la bagarre. Fermant brièvement les yeux, il récite une rapide prière. Puis il quitte le wagon mais emporte avec lui la puanteur qui colle à ses vêtements, à sa peau, à chaque fibre de son être. Il atterrit sur les genoux, pose les mains sur le gravier et reste accroupi quelques instants. Haletant. Épuisé. Terriblement assoiffé. Se relevant doucement, il regarde les centaines d'hommes désorientés qui tentent de saisir la scène se déroulant sous leurs yeux. Les chiens mordent ceux qui se meuvent trop lentement. Beaucoup trébuchent, les muscles de leurs jambes refusent de fonctionner après plusieurs jours d'immobilité. Les valises, les baluchons, les paquets de livres, les maigres possessions sont arrachés à ceux qui refusent de les donner ou qui ne comprennent tout simplement pas les ordres. Ils sont ensuite frappés avec la crosse d'un fusil ou avec les poings. Lale étudie les hommes en uniforme. Noirs et menaçants. Les deux éclairs sur le col de leur veste lui indiquent à qui il a affaire. Ce sont des SS. Dans d'autres circonstances, il aurait pu apprécier la justesse de la coupe, la délicatesse de l'étoffe.

Il pose sa valise par terre. *Comment sauront-ils qu'elle est à moi* ? Parcouru d'un frisson, il comprend qu'il ne reverra probablement plus jamais la valise et son contenu. Il pose la main sur son cœur, là où il a caché l'argent, dans la poche intérieure de sa veste. Il regarde le ciel, respire l'air frais, appréciant d'être enfin dehors.

Un coup de feu retentit. Lale sursaute. Un officier SS se dresse devant lui, son arme pointée vers le ciel. « Avance. » Lale jette un dernier coup d'œil au train, vidé de ses occupants. Des vêtements sont charriés par le vent, des livres abandonnés s'ouvrent. Plusieurs camions arrivent. Des petits garçons en descendent. Ils s'emparent des affaires abandonnées et les jettent dans les véhicules. Lale sent un poids sur ses épaules, une lourdeur qui se loge entre ses omoplates. *Désolé maman, ils ont tes livres.*

Les hommes avancent péniblement vers les bâtiments en briques roses, dotés de grandes fenêtres. Des arbres bordent l'entrée. Ils sont chargés de fleurs aux couleurs vives. Lale franchit la porte en fer forgé, surmontée d'une inscription en allemand :

ARBEIT MACHT FREI

Le travail rend libre.

Il ignore où il se trouve, la tâche qu'il est censé accomplir, mais l'idée que, grâce à son travail, il pourra retrouver la liberté lui fait l'effet d'une mauvaise blague.

Des SS, des fusils, ses biens confisqués : jamais il n'aurait pu imaginer une chose pareille.

— Où sommes-nous ?

Lale se retourne et voit Aron à ses côtés.

— Je dirais que pour nous, c'est la fin du voyage.

Le visage d'Aron s'assombrit.

— Fais ce qu'on te dit et tout ira bien.

Lale sait qu'il n'est guère convaincant. Il adresse un bref sourire à Aron, rassuré de le voir sourire à son tour. Lale se dit qu'il serait bien avisé de suivre le conseil qu'il donne aux autres : fais ce qu'on te dit et observe. Observe toujours. Une fois à l'intérieur du camp, les hommes sont rassemblés et doivent se mettre en rang. Devant la file de Lale, un inconnu au visage buriné est assis à une petite table. Il porte une veste et un pantalon avec des rayures verticales bleues et blanches. Un triangle vert est cousu sur sa poitrine. Un officier SS se tient derrière lui avec un fusil, prêt à faire feu.

Les nuages s'accumulent dans le ciel. Le tonnerre gronde au loin. Les hommes attendent. Un officier supérieur, escorté de soldats, arrive devant le groupe. La mâchoire carrée, les lèvres fines, les yeux surmontés d'épais sourcils noirs broussailleux. Son uniforme est simple. Pas d'éclairs sur le col de sa veste. Tout dans son attitude tend à démontrer qu'ici c'est lui le chef.

— Bienvenue à Auschwitz.

Lale entend ces mots d'une bouche dont les lèvres remuent à peine. Il n'en croit pas ses oreilles. Contraint de quitter sa maison et les siens, il a été acheminé jusqu'ici comme un animal et est désormais entouré de SS lourdement armés. Et voilà qu'on lui souhaite la bienvenue !

— Je suis le commandant Rudolf Höss. C'est moi qui dirige ce camp. Au-dessus des portes que vous venez de franchir, on peut lire : « Le travail rend libre. » C'est votre première leçon. La seule. Travaillez dur. Faites ce qu'on vous dit de faire et vous repartirez libres. Si vous désobéissez, il y aura des conséquences. Vous allez être enregistrés, puis vous serez emmenés dans votre nouvelle demeure : Auschwitz II – Birkenau.

Le commandant scrute leurs visages. Il reprend la parole mais est interrompu par un gros coup de tonnerre. Il regarde le ciel, marmonne quelques mots dans sa barbe, puis clôt les présentations par un geste dédaigneux et se tourne pour partir. Le numéro est terminé. Les gardes s'empressent de le suivre. Une démonstration maladroite mais intimidante.

L'enregistrement commence. Les premiers prisonniers sont poussés vers les tables. Lale est trop loin pour entendre les brefs échanges. Il voit les hommes en pyjama, assis derrière les tables, écrire quelques mots puis tendre à chaque prisonnier un petit papier. Enfin, c'est au tour de Lale.

Il doit donner son nom, son adresse, sa profession et le nom de ses parents. L'homme au teint hâlé note les informations fournies par Lale. Les lettres sont bien dessinées, les boucles délicates. Il lui tend ensuite un bout de papier sur lequel figure un numéro. L'homme n'a pas levé une fois les yeux vers Lale.

Lale regarde le numéro : 32407.

Il suit la procession vers un autre ensemble de tables derrière lesquelles sont assis des prisonniers en pyjamas rayés, affublés de triangles verts. Des SS se tiennent derrière eux. L'envie d'eau est telle qu'elle éclipse tout le reste. Assoiffé et épuisé, Lale sursaute presque quand on lui arrache le bout de papier des mains.

Un officier SS tire sur sa veste qu'il jette à terre, déchire la manche de sa chemise, saisit son avant-bras et le pose sans ménagement à plat sur la table. Incrédule, Lale regarde le prisonnier tatouer l'un après l'autre les chiffres 3 2 4 0 7 sur sa peau. Le bout de bois à l'intérieur duquel est enchâssée l'aiguille se déplace rapidement et provoque une douleur cuisante. Puis l'homme prend un chiffon plongé dans l'encre verte, qu'il passe sur la plaie de Lale.

L'opération n'a duré que quelques secondes mais Lale est tellement choqué que le temps semble s'arrêter. Il ramène son bras vers ses yeux et fixe le numéro. *Comment un être humain peut-il infliger ça à son prochain ?*

Il se demande s'il va, jusqu'à la fin de sa vie – courte ou longue – être défini par ce moment, ces chiffres tracés grossièrement sur sa peau : « 32407 ».

Un coup de crosse de fusil sort Lale de sa torpeur. Il ramasse sa veste par terre et avance en titubant. Il suit la colonne d'hommes à l'intérieur d'un grand bâtiment en briques. Des bancs sont disposés le long des murs. Ça lui rappelle le gymnase de l'école à Prague, où il a dormi cinq jours avant de partir pour ce camp.

— Déshabillez-vous.

— Plus vite, plus vite.

Les SS aboient des ordres que la plupart des prisonniers ne comprennent pas. Lale traduit pour ceux qui se trouvent à côté de lui. À leur tour, ils font passer le mot.

— Laissez vos vêtements sur le banc. Vous les retrouverez après la douche.

Les hommes enlèvent leur pantalon, leur chemise, leur veste et leurs chaussures, et font un paquet de leurs frusques crasseuses.

Lale, un peu réconforté à l'idée de sentir l'eau sur sa peau, sait aussi qu'il ne reverra probablement plus ses vêtements, et encore moins l'argent caché dans sa poche.

Il se déshabille, pose ses affaires sur le banc, mais l'indignation qu'il ressent tout à coup lui fait oublier tout le reste. De la poche de son pantalon, il extrait une petite boîte d'allumettes très fine, le souvenir de plaisirs passés, et regarde à la dérobée l'officier le plus proche. L'homme n'a pas les yeux braqués sur lui. Lale frotte une allumette, l'allume. C'est peut-être son dernier acte délibéré. Il approche l'allumette de la doublure de sa veste, qu'il recouvre ensuite de son pantalon, puis va rejoindre les autres devant les douches. Quelques secondes plus tard, il entend des cris derrière lui. « Au feu ! Au feu ! » Lale jette un coup d'œil en arrière, voit des hommes nus pousser les autres, jouer des coudes pour s'éloigner tandis qu'un SS tente d'étouffer les flammes.

Il n'a pas encore atteint les douches que déjà il frissonne. *Qu'est-ce que j'ai fait ?* Il a passé plusieurs jours à dire à tous ceux qui l'entourent de baisser la tête, de faire ce qu'on leur demande, de ne contrarier personne, et voilà qu'il vient d'allumer un feu dans un bâtiment ! Il sait parfaitement ce qui l'attend si quelqu'un le dénonce.

Stupide. Stupide.

Une fois sous la douche, il se calme, respire profondément.

Des centaines d'hommes tremblants se tiennent épaule contre épaule sous les jets d'eau froide qui se déversent sur eux. Ils renversent la tête en arrière et boivent l'eau avidement, malgré son goût affreux. Beaucoup couvrent leurs parties génitales de leurs mains pour atténuer leur gêne. Lale lave son corps et ses cheveux, chassant la sueur, la crasse, la puanteur. L'eau siffle à travers les tuyaux et martèle le sol. Quand elle cesse de couler, les portes s'ouvrent et, sans attendre les instructions, les hommes regagnent les vestiaires où ils voient, à la place de leurs vêtements, de vieux uniformes et des chaussures de l'armée russe.

— Avant de s'habiller, on passe chez le coiffeur, annonce un officier SS avec un sourire suffisant. Dehors, vite.

Une fois encore, les hommes se mettent en rang. Ils s'avancent vers un détenu qui les attend avec un rasoir. Quand vient le tour de Lale, il s'assoit sur la chaise, le dos bien droit, la tête haute. Il regarde les SS remonter le rang, distribuer des coups de crosse aux prisonniers nus, tout en proférant des insultes et en laissant échapper des rires cruels. Lale, droit comme un I, lève encore un peu plus sa tête pendant qu'on la dépouille de ses cheveux. Il ne sourcille pas quand le rasoir taillade sa peau.

Un coup dans le dos lui fait comprendre que l'opération est terminée. Il suit la colonne d'hommes dans la salle des douches où il cherche des vêtements et des galoches à semelle de bois de la bonne taille. Tout est sale et taché mais il parvient à trouver des chaussures qui lui vont plus ou moins et espère que l'uniforme russe qu'il a pris fera l'affaire. Une fois habillé, il quitte le bâtiment selon les instructions.

La nuit tombe. Homme perdu dans la masse, il marche sous la pluie, pendant longtemps, une éternité. La boue de plus en plus épaisse ralentit sa progression, il a du mal à lever les pieds. Mais il continue à patauger, déterminé. Certains trébuchent, tombent à terre sur les mains et les genoux. Les coups pleuvent jusqu'à ce qu'ils se relèvent. Ceux qui n'y parviennent pas sont abattus.

Lale tente de décoller l'uniforme lourd et trempé de sa peau. L'étoffe le gratte, l'irrite, et l'odeur de laine mouillée et de saleté lui rappelle le wagon à bestiaux. Il regarde le ciel et essaie d'avaler le plus de gouttes de pluie possible. Le goût sucré de l'eau sur sa langue lui paraît meilleur que tout ce qu'il a pu ingurgiter récemment ; il n'a rien avalé depuis des jours. La soif accentue sa faiblesse, trouble sa vision. Il met ses mains en coupe pour recueillir l'eau et la boit à grand bruit. Au loin, il aperçoit des projecteurs autour d'un vaste complexe. Dans son état à moitié délirant, il croit voir des fanaux étinceler, danser sous la pluie, lui montrer le chemin de la maison. Ils l'appellent. *Viens vers moi. Je vais t'offrir un abri, de la nourriture, de quoi te réchauffer. Continue à marcher*. Pourtant, au moment où il franchit la porte, dénuée de l'inscription qui leur propose un pacte – la promesse de la liberté en échange de leur travail –, Lale comprend que le mirage étincelant a disparu. Il se trouve dans une autre prison.

Au-delà de la cour, disparaissant dans l'obscurité, une autre enceinte. Les clôtures sont surmontées de fils de fer barbelés. En haut des miradors, Lale voit les sentinelles braquer leurs mitrailleuses dans sa direction. La foudre tombe sur les clôtures non loin de là. *Elles sont électrifiées*. Le tonnerre ne gronde pas assez fort pour couvrir le bruit du coup de feu qui vient de retentir. Encore un homme tombé à terre et abattu.

— On a réussi.

Quand Lale se retourne, il voit Aron se frayer un chemin jusqu'à lui. Trempé, débraillé, mais en vie.

— Oui, on dirait qu'on est arrivés à la maison. Tu as une de ces allures !

— Tu ne t'es pas vu. Considère-moi comme ton miroir.

— Non merci.

— Et qu'est-ce qui se passe maintenant ? demande Aron d'une voix qui rappelle celle d'un petit garçon.

Ils suivent la longue procession et montrent leur bras tatoué à un officier SS qui se tient devant un bâtiment et inscrit leur numéro sur une feuille. Lale et Aron reçoivent un coup dans le dos et se retrouvent dans le Block 7, une grande baraque qui contient des couchettes disposées sur trois niveaux. Des douzaines d'hommes sont poussés dans le bâtiment.

Ils piétinent, trépignent et se bousculent pour revendiquer un peu d'espace. Les plus chanceux et les plus agressifs ne partageront leur couche qu'avec un ou deux autres. Apparemment, Lale n'entre dans aucune de ces catégories. Aron et lui se retrouvent sur une couchette tout en haut, déjà occupée par deux autres détenus. Comme ils n'ont pas mangé depuis des jours, ils n'ont plus vraiment la force de se battre. Lale se blottit tant bien que mal sur le sac rempli de paille qui fait office de matelas. Il plaque les mains contre son ventre pour réprimer les crampes qui lui tordent les intestins. Plusieurs hommes interpellent les gardiens.

— On a besoin de nourriture.

— Vous aurez quelque chose demain matin.

— Demain matin on sera tous morts de faim, dit quelqu'un depuis le fond du Block.

— Et en paix, ajoute une voix creuse.

— Ces matelas sont bourrés de foin, dit quelqu'un d'autre. Puisqu'ils nous prennent pour du bétail, on devrait peut-être en manger.

Quelques rires. Pas de réponse de la part de l'officier.

Puis, du fond du dortoir, un « Meuhhhhh » s'élève.

Des rires. Discrets mais bien réels. L'officier, présent et invisible, ne dit rien et les hommes finissent par s'endormir, le ventre vide.

Il fait encore nuit quand Lale se réveille, tenaillé par une envie pressante. Il rampe sur ses compagnons de lit, parvient à atteindre le sol et avance en tâtonnant jusqu'à l'arrière du Block. Il estime que c'est l'endroit le plus sûr pour se soulager. En s'approchant, il entend des voix : des hommes qui parlent en slovaque et en allemand. Il constate avec soulagement qu'il y a des sanitaires, rudimentaires certes, mais permettant néanmoins de faire ses besoins. De longs fossés surmontés de planches longent l'arrière du bâtiment. Trois détenus sont accroupis au-dessus d'un fossé et se soulagent tout en discutant tranquillement. À l'autre extrémité du Block, Lale voit deux SS avancer dans la semi-pénombre. Ils fument, rient. Ils portent leurs fusils en bandoulière dans le dos. Les grosses lanternes posées sur les pylônes qui entourent l'enceinte du camp projettent leurs ombres inquiétantes. Lale ne parvient pas à entendre ce qu'ils disent. Sa vessie est pleine mais il hésite.

Dans un même élan, les officiers jettent leur mégot d'une chiquenaude, dégainent leur arme et font feu. Les corps des trois hommes en train de déféquer tombent à la renverse dans le fossé. Lale regarde la scène, le souffle coupé. Il cale son dos contre le bâtiment au moment où les SS passent devant lui. Il aperçoit le profil de l'un d'eux. Un garçon, un fichu gamin.

Tandis qu'ils disparaissent dans l'obscurité, Lale fait un serment : *Je sortirai vivant de ce camp. Je partirai en homme libre. S'il y a un enfer, je verrai ces assassins brûler dans ses flammes*. Il pense à sa famille à Krompachy, et espère que sa présence ici la préservera d'un tel sort.

Lale se soulage et regagne sa paillasse.

— C'était quoi ces tirs ? demande Aron.

— Je n'ai rien vu.

Aron passe ses jambes sur Lale pour descendre.

— Où vas-tu ?

— Pisser.

Lale prend la main d'Aron.

— Attends.

— Pourquoi ?

— Tu as entendu les tirs. Attends jusqu'à demain matin.

Aron ne dit rien. Il remonte sur la paillasse, se couche, les deux poings serrés contre son entrejambe, dans un geste de peur et de défi.

Le père de Lale est allé chercher M. Sheinberg, un client fidèle, à la gare. Il pose son bagage en cuir sur la banquette pendant que M. Sheinberg s'installe sur le siège opposé. D'où revient-il ? De Prague ? De Bratislava ? De Vienne peut-être ? Vêtu d'un costume en laine coûteux, chaussé de souliers astiqués, il sourit et échange quelques paroles avec le père de Lale qui s'assoit à l'avant. Le cheval avance. Comme la plupart des hommes ici, le père de Lale fait la navette entre la gare et la ville avec sa calèche. M. Sheinberg rentre à la maison après un voyage d'affaires. C'est à lui que Lale veut ressembler, pas à son père.

M. Sheinberg n'est pas accompagné de son épouse. Tant pis pour Lale qui aime regarder Mme Sheinberg et toutes les femmes élégantes qui empruntent la calèche de son père. Elles portent des boucles d'oreilles assorties à leur collier et des gants blancs pour protéger leurs petites mains. Il aime ces belles femmes vêtues de tenues élégantes et parées de bijoux. Elles accompagnent parfois les hommes importants. Il se fait un plaisir d'ouvrir pour elles la porte de la calèche, de prendre leur main pour les aider à descendre, humant au passage leur délicieuse odeur, rêvant de la vie qu'elles mènent. C'est le seul avantage qu'il trouve à aider son père.

2

— Dehors, tout le monde dehors !

Des coups de sifflet, des chiens qui aboient. Le soleil entre à flots par la porte du Block 7. Les hommes se démêlent les uns des autres, descendent de leurs châlits et sortent en traînant les pieds. Ils se rassemblent devant leur baraque. Aucun d'eux n'est prêt à s'éloigner. Ils attendent. Pendant une éternité. Ceux qui criaient et s'acharnaient sur leur sifflet ont disparu. Les hommes se dandinent d'un pied sur l'autre, parlent à voix basse à leur voisin. Quand ils regardent en direction des autres Blocks, ils voient la même scène se dérouler sous leurs yeux. Que se passe-t-il ? Il faut attendre.

Enfin, un SS et un prisonnier s'approchent du Block 7, tout le monde se tait. Sans préambule, le détenu appelle des numéros qu'il lit sur son porte-bloc. Le SS, qui se tient à ses côtés, tape du pied avec impatience, tout en tapotant sa badine contre sa cuisse. Les prisonniers ne comprennent pas tout de suite que les numéros font référence au tatouage qu'ils portent tous sur l'avant-bras gauche. Quand l'appel est terminé, deux numéros ne se sont pas présentés.

— Toi.

Le détenu responsable de l'appel désigne un homme au bout de la rangée.

— Va voir à l'intérieur s'il y a encore quelqu'un.

L'homme lui lance un regard interrogateur. Il n'a pas compris. Son voisin lui traduit les instructions et il se précipite dans le Block. Il revient quelques instants plus tard en levant l'index et le majeur de la main droite : deux morts.

Le SS s'avance. Il parle en allemand. Les prisonniers ont déjà appris à ne pas ouvrir la bouche, à attendre docilement, dans l'espoir que quelqu'un à côté d'eux pourra traduire. Lale comprend tout.

— Vous aurez deux repas par jour. Un le matin, l'autre le soir, si vous survivez jusque-là.

Il marque une pause et affiche un sourire sinistre.

— Après le repas du matin, vous travaillerez jusqu'à ce qu'on vous dise d'arrêter. Vous allez poursuivre la construction du camp. Beaucoup de convois vont arriver dans les prochaines semaines.

Son sourire s'agrandit, empreint de fierté.

— Si vous suivez les instructions de votre Kapo et du contremaître, vous verrez le soleil se coucher.

Un tintamarre métallique attire l'attention des prisonniers. Tous se tournent vers le groupe d'hommes qui approchent, chargés de deux marmites et d'écuelles en fer-blanc. Le petit déjeuner. Quelques détenus s'avancent vers le groupe pour offrir leur aide.

— Le premier qui bouge sera abattu, aboie le SS en levant son arme. Dernier avertissement.

Après quoi il s'éloigne. Le responsable de l'appel s'adresse au groupe.

— Vous l'avez entendu, dit-il en allemand avec un accent polonais. Je suis votre Kapo, votre chef. Faites deux rangs pour prendre votre ration. Ceux qui se plaignent le regretteront.

Les hommes se mettent en rang et commencent à murmurer entre eux, ils veulent savoir ce que « l'Allemand » a dit. Lale traduit à ceux qui se trouvent à côté de lui et leur demande de faire passer le mot. Il traduira tout ce qu'il pourra.

Quand son tour vient, il accepte avec gratitude l'écuelle en fer-blanc. Les mains brusques qui la lui tendent sont éclaboussées par le contenu qui déborde. Lale s'écarte et examine son repas. Le breuvage est marron, ne contient rien de solide et dégage une odeur qu'il ne peut pas identifier. Ce n'est ni du thé, ni du café, ni de la soupe. Il a peur de vomir le liquide abject s'il le boit doucement. Il ferme les yeux, pince ses narines avec ses doigts et l'avale d'un trait. D'autres n'ont pas autant de chance.

Aron, qui se tient tout près, lève sa tasse, faisant mine de trinquer avec lui.

— J'ai eu un morceau de pomme de terre. Et toi ?

— Ça faisait longtemps que je n'avais pas pris un aussi bon repas.

— Tu es toujours aussi optimiste ?

— Repose-moi cette question à la fin de la journée, dit Lale avec un clin d'œil.

Lale rend la tasse vide au prisonnier qui la lui a donnée et le remercie d'un bref signe de tête tout en esquissant un petit sourire.

Le Kapo hurle :

— Remettez-vous en rang, bande de fainéants ! Vous avez du travail !

Lale traduit aux autres.

— Suivez-moi, crie le Kapo. Faites ce que vous demande le contremaître. Ceux qui essaient de se défiler auront affaire à moi.

Lale et les autres se retrouvent devant un bâtiment partiellement construit. C'est une réplique du Block où ils dorment. D'autres détenus sont déjà sur place : des charpentiers, des maçons qui accomplissent leur tâche calmement, à la cadence des hommes qui ont l'habitude de travailler ensemble.

— Toi, oui, toi. Monte sur le toit. Tu travailleras là-haut.

L'ordre est adressé à Lale. Regardant autour de lui, il voit une échelle. Deux prisonniers sont accroupis en haut, ils attendent les tuiles qu'on leur fait passer. Les deux s'écartent pendant qu'il monte. Le toit est composé de poutres en bois destinées à supporter les tuiles.

— Fais attention, le prévient l'un des travailleurs. Monte un peu plus haut sur la pente du toit et regarde-nous faire. Ce n'est pas difficile. Tu attraperas vite le coup de main.

L'homme est russe.

— Je m'appelle Lale.

— On s'occupera des présentations plus tard, si tu veux bien.

Les deux hommes échangent un regard.

— Tu me comprends ?

— Oui, répond Lale en russe.

Les autres sourient.

Lale observe les deux détenus. Ils réceptionnent les lourdes tuiles en argile qu'une paire de mains leur fait passer sur le bord du toit, puis rampent jusqu'à l'endroit où les dernières ont été posées, et les emboîtent avec soin avant de retourner vers l'échelle pour récupérer les suivantes. Les Russes ont raison : la tâche n'est pas difficile, et Lale ne tarde pas à se joindre à eux pour réceptionner et poser les tuiles. Par cette douce journée de printemps, seules la faim qui le tenaille et ses crampes à l'estomac l'empêchent d'être aussi performant que les travailleurs plus expérimentés.

Quelques heures plus tard, ils sont autorisés à faire une pause. Lale se dirige vers l'échelle mais les Russes l'arrêtent.

— C'est plus sûr de rester en haut et de se reposer ici. On ne te voit pas bien d'en bas.

Lale suit les hommes qui, à l'évidence, connaissent le meilleur endroit pour s'asseoir et s'allonger : un coin où un bois de charpente plus solide a été utilisé pour renforcer le toit.

— Ça fait combien de temps que vous êtes là ? demande-t-il dès qu'ils sont installés.

— Deux mois environ, je pense. Difficile à dire, on perd un peu la notion du temps ici.

— D'où venez-vous ? Comment avez-vous atterri ici, je veux dire ? Vous êtes juifs ?

— Une question à la fois, répond le Russe en riant.

Le plus jeune des deux, le plus baraqué aussi, lève les yeux au ciel, consterné par l'ignorance du nouveau venu qui doit tout apprendre des usages du camp.

— On n'est pas juifs. On est des soldats russes. On a été séparés de notre unité et ces salauds d'Allemands nous ont capturés et forcés à travailler pour eux. Et toi ? T'es juif ?

— Oui, je fais partie d'un grand groupe, arrivé hier de Slovaquie. Tous des Juifs.

Les Russes échangent un regard. Le plus vieux se détourne, ferme les yeux, lève le visage vers le soleil, laissant son compagnon poursuivre la conversation.

— Regarde autour de toi. D'ici, tu peux voir les Blocks en construction et les terres qu'il reste à défricher.

Lale se soulève sur les coudes et observe l'immense étendue entourée d'une clôture électrifiée. Des Blocks, comme celui qu'ils sont en train de construire, se déploient à perte de vue. Il est choqué et horrifié par l'extension du camp. Il se rallonge, détourne la tête pour ne pas regarder ses compagnons, tentant désespérément de contrôler ses émotions. Il ne doit faire confiance à personne, en dire le moins possible sur lui, être prudent…

L'homme le considère avec attention.

— J'ai entendu les SS se vanter que cet endroit allait devenir le plus grand camp de concentration de tout le Reich.

— C'est vrai ? demande Lale en forçant sur sa voix. Dans ce cas, si on doit construire ce camp ensemble, vous pourriez peut-être me dire vos noms.

— Andor, répond l'un. Et le gros lourdaud avec moi, c'est Boris. Il ne parle pas beaucoup.

— Parler peut te coûter la vie ici, marmonne Boris tout en tendant la main à Lale.

— Qu'est-ce que vous pouvez me dire sur les gens du camp ? demande Lale. Et qui sont donc ces Kapos ?

— Dis-lui toi, lance Boris en bâillant.

— Eh bien, il y a d'autres soldats russes, mais pas beaucoup, et puis il y a les différents triangles.

— Comme le triangle vert que porte mon Kapo, dit Lale.

Andor rit.

— Oh, les verts, c'est les pires : les criminels. Les assassins, les violeurs, ce genre de types. Ils font de bons gardes parce qu'ils sont terribles.

Il poursuit.

— D'autres sont là à cause de leurs opinions politiques et de leur opposition à l'Allemagne nazie. Ils portent un triangle rouge. Tu en verras quelques-uns, pas beaucoup, avec un triangle noir. C'est des « asociaux », des drôles de fainéants, et en général ils ne font pas long feu. Pour finir, il y a toi et tes amis.

— On porte l'étoile jaune.

— Oui, vous portez l'étoile. Votre crime, c'est d'être juifs.

— Pourquoi est-ce que vous n'avez pas de triangle de couleur ? demande Lale.

Andor hausse les épaules.

— On est juste l'ennemi.

Boris ricane.

— Ils nous insultent en distribuant nos uniformes à tous les détenus. Ils ne peuvent guère faire pire que ça.

Un coup de sifflet retentit. Les trois hommes se remettent au travail.

Ce soir-là, les hommes du Block 7 se réunissent en petits groupes. Ils parlent, échangent les informations qu'ils ont pu recueillir, posent des questions aux autres. Plusieurs se dirigent vers le fond de la baraque où ils adressent des prières à leur Dieu. Leurs incantations se mêlent en un tout inintelligible. *Que demandent-ils à leur Dieu ? Cherchent-ils un guide ? Réclament-ils vengeance ? L'implorent-ils pour accepter leur sort ?* Lale a l'impression que, sans rabbin pour l'aider, chaque homme prie pour ce qui lui paraît le plus important. Et il décide que c'est bien ainsi. Il se faufile entre les groupes d'hommes, écoute, mais ne prend pas part aux prières.

À la fin de la première journée, Lale a tiré tout ce qu'il pouvait de ses deux collègues russes. Ils ne lui en apprendront pas davantage. Pendant le reste de la semaine, il se contente d'appliquer le conseil qu'il a donné à tout le monde : il baisse la tête, fait ce qu'on lui demande sans jamais protester. En même temps, il observe ceux qui l'entourent et ce qui se passe autour de lui. Il lui suffit de regarder le plan des nouveaux bâtiments pour comprendre que les Allemands n'ont aucune notion d'architecture. Dès qu'il le peut, il écoute les conversations et les bavardages des SS. Ils ignorent qu'il les comprend. Sans le savoir, ils lui donnent des munitions, les seules auxquelles il peut avoir accès ici, des informations qu'il enregistre et qui lui seront peut-être utiles plus tard. Les SS passent le plus clair de la journée à ne rien faire, adossés contre les murs. Ils fument et surveillent d'un œil les détenus. En tendant l'oreille, Lale apprend que Höss, le commandant du camp, n'est qu'un fainéant de la pire espèce qui ne se montre jamais. Qu'il est mieux pour les Allemands de loger à Auschwitz qu'à Birkenau, où ils n'ont accès ni aux cigarettes, ni à la bière.

Un groupe de travailleurs se distingue. Ils restent entre eux, portent des vêtements civils, parlent aux SS sans craindre pour leur sécurité. Lale se promet de découvrir qui sont ces hommes. D'autres prisonniers ne soulèvent jamais une poutre en bois, ne portent jamais une tuile, mais déambulent dans le camp, apparemment occupés à autre chose. Son Kapo fait partie de cette espèce. *Comment obtenir un travail comme celui-ci* ? Un tel poste lui offrirait les meilleures chances de découvrir ce qui se passe au camp, ce qui est prévu pour Birkenau et, plus important encore, ce qui l'attend lui, en particulier.

Lale est sur le toit en train de poser les tuiles au soleil, quand il voit son Kapo se diriger vers eux.

— Allez bande de fainéants, travaillez plus vite, crie Lale. On a un Block à terminer !

Il continue à aboyer des ordres comme le Kapo se poste juste au-dessous d'eux. Lale a pris l'habitude de le saluer avec un signe de tête respectueux. Une fois, le Kapo a répondu par un bref hochement de tête. Il lui a parlé en polonais. Au moins le Kapo voit-il en lui un prisonnier servile qui ne lui attirera pas de problèmes.

Il lui adresse un demi-sourire, le regarde et lui fait signe de descendre du toit. Lale s'avance vers lui, tête baissée.

— Ça te plaît ton travail sur le toit ? demande le Kapo.

— Je fais ce qu'on attend de moi, répond Lale.

— Mais tout le monde rêve d'avoir une vie plus facile, non ?

Lale ne répond pas.

— J'ai besoin d'un homme à tout faire, dit le Kapo en jouant avec le bord effiloché de sa chemise de l'armée russe.

Elle est trop grande pour lui. Cet homme de petite taille cherche sans doute à paraître plus imposant et plus puissant qu'il ne l'est en réalité. De sa bouche édentée s'échappe l'odeur âcre d'un repas partiellement digéré.

— Tu feras ce que je te demande : apporter ma nourriture, nettoyer mes chaussures, tu devras être à mes côtés chaque fois que je l'exigerai. Si tu obéis, je pourrai te rendre la vie plus facile. Mais surtout, ne me déçois pas, sinon il y aura des conséquences.

En guise de réponse, Lale se campe à côté de son Kapo. Il se demande si, en passant de maçon à larbin, il ne signe pas un pacte avec le diable.

Par une belle journée de printemps, pas trop chaude, Lale aperçoit un grand camion bâché qui roule. Le véhicule passe sans s'arrêter devant l'endroit où on décharge habituellement les matériaux de construction et contourne le bâtiment de l'administration SS (la Kommandantur). Lale sait que la double clôture qui ceinture le périmètre du camp n'est pas loin derrière, il n'a jamais osé s'aventurer jusqu'à cet endroit, mais la curiosité finit par l'emporter. Il s'approche comme s'il était libre de ses mouvements et pouvait aller où il voulait.

Arrivé à l'angle du bâtiment, il regarde ce qui se passe derrière. Le véhicule s'arrête à côté d'un bus à l'aspect étrange. Il a été transformé en une sorte de bunker, avec des plaques en métal clouées à la place des vitres. Lale voit plusieurs douzaines d'hommes nus sortir du camion. On les dirige vers le drôle de véhicule. Certains montent dedans de leur plein gré. Ceux qui résistent sont frappés avec la crosse d'un fusil. Des prisonniers les ramassent et les portent, à moitié conscients, jusqu'au bus.

Il est si plein que les derniers hommes à monter se cramponnent aux marches avec leurs orteils ; leurs fesses nues dépassent de la porte. D'une poussée des reins, les officiers les tassent à l'intérieur.

Puis les portes se ferment. Un des SS fait le tour du véhicule, tapant sur les plaques de tôle, s'assurant qu'elles sont bien fixées. Le plus agile d'entre eux monte sur le toit du bus, une boîte dans la main. Pétrifié, Lale le voit ouvrir une petite trappe par laquelle il verse le contenu de la boîte. Puis il referme la trappe qu'il verrouille. Ensuite, il redescend à toute vitesse alors qu'une violente secousse agite le véhicule. On entend des cris étouffés.

Lale tombe à genoux, saisi de haut-le-cœur. Il reste là, à vomir dans la poussière, tandis que les cris s'estompent.

Une fois le bus parfaitement immobile et silencieux, on ouvre les portes. Les morts en tombent comme des blocs de pierre.

Un groupe de prisonniers apparaît à l'autre bout du bâtiment et est conduit jusqu'au bus. Le camion recule, les détenus commencent à transférer les corps sur le plateau, titubant sous leur poids tout en essayant de masquer leur détresse. Lale vient d'assister à l'inimaginable. Il se relève tant bien que mal, au seuil de l'enfer, tandis qu'une tempête fait rage dans son corps.

Le lendemain matin, il est incapable de se lever. Il est brûlant.

Lale reste plusieurs jours inconscient. Quelqu'un verse doucement de l'eau dans sa bouche. Il sent un linge humide et froid sur son front.

— Tiens mon garçon, dit une voix. Doucement.

En ouvrant les yeux, Lale voit un étranger, un homme d'âge mûr, qui le considère gentiment. Il se soulève sur ses coudes et l'étranger l'aide à se mettre en position assise. Il regarde autour de lui, désorienté. Quel jour est-ce ? Où est-il ?

— L'air frais te fera peut-être du bien, dit l'homme en prenant Lale par le coude.

Il le guide jusqu'à l'extérieur. Le ciel est bleu, entièrement dégagé, une belle journée faite pour la joie et le bonheur. Lale frémit en repensant à la dernière journée ensoleillée qu'il a connue. La tête lui tourne, il titube. L'étranger le tient et le conduit jusqu'à un tas de bois de charpente tout près.

L'homme remonte la manche de Lale et montre le numéro de matricule tatoué sur son avant-bras.

— Je m'appelle Pepan. Je suis le *Tätowierer*, le tatoueur. Qu'est-ce que tu penses de mon œuvre ?

— *Tätowierer*, répète Lale. Vous voulez dire que c'est vous qui m'avez fait ça ?

Pepan hausse les épaules, tout en regardant Lale droit dans les yeux.

— Je n'ai pas vraiment eu le choix.

Lale secoue la tête.

— Ce numéro, ce n'est pas franchement le tatouage que j'aurais choisi.

— Qu'est-ce que tu aurais préféré ? demande Pepan.

Lale sourit d'un air entendu.

— Comment s'appelle-t-elle ?

— Mon amoureuse ? Je ne sais pas. Je ne l'ai pas encore rencontrée.

Pepan rit. Les deux hommes restent silencieux quelques secondes. Lale passe le doigt sur les numéros.

— D'où vient votre accent ? demande Lale.

— Je suis français.

— Et qu'est-ce qui m'est arrivé ?

— Le typhus. Tu étais condamné à mourir prématurément.

Lale frissonne.

— Alors comment ça se fait que je me retrouve assis dehors avec vous ?

— Je passais devant ton Block au moment où ils ont jeté ton corps sur la charrette des morts et des moribonds. Un jeune homme suppliait les SS de te laisser. Il a dit qu'il s'occuperait de toi. Quand ils sont entrés dans le Block suivant, il t'a poussé pour te faire descendre de la charrette et s'est mis à te traîner pour te ramener à l'intérieur. Je l'ai aidé.

— Ça s'est passé il y a combien de temps ?

— Sept ou huit jours. Depuis, les hommes de ton Block ont veillé sur toi durant la nuit. J'ai passé le plus de temps possible à tes côtés pendant la journée. Je me suis occupé de toi. Comment te sens-tu ?

— Je me sens bien. Je ne sais pas quoi dire, je ne sais pas comment vous remercier.

— Remercie plutôt celui qui t'a poussé de la charrette. C'est son courage qui t'a épargné.

— Je n'y manquerai pas quand j'aurai trouvé qui c'est. Vous le savez ?

— Non, je suis désolé. Je ne lui ai pas demandé son nom, ni lui le mien.

Lale ferme les yeux quelques instants, il laisse le soleil réchauffer sa peau, lui donner l'énergie, la volonté de continuer. Il redresse ses épaules affaissées et retrouve un peu de sa résolution. Il est encore en vie. Il se lève sur ses jambes tremblantes, s'étire, essaie de trouver un second souffle, de remettre en branle son corps souffrant qui a besoin de repos, de nourriture et d'hydratation.

— Assieds-toi, tu es encore très faible.

Contraint de se rendre à l'évidence, Lale se rassoit. Sauf qu'il se tient plus droit, parle d'une voix plus ferme. Il sourit à Pepan. Le vieux Lale est de retour. Son besoin de recueillir des informations est presque aussi important que celui de manger.

— Je vois que vous portez une étoile rouge, dit-il.

— Ah oui. J'étais professeur dans une université à Paris. Et ma franchise m'a joué des tours.

— Qu'enseigniez-vous ?

— L'économie.

— Vous avez atterri ici parce que vous étiez professeur d'économie ? Comment est-ce possible ?

— Eh bien, un homme qui donne des cours sur les taux d'intérêt et les impôts ne peut s'empêcher de s'impliquer dans la vie politique de son pays. La politique t'aide à comprendre le monde, jusqu'à ce que tu ne le comprennes plus du tout ; puis à cause de la politique, tu te retrouves dans un camp de prisonniers. À cause de la politique et de la religion, les deux.

— Et vous reprendrez votre vie d'avant quand vous partirez d'ici ?

— Quel optimiste ! J'ignore ce que me réserve l'avenir, ce qu'il te réserve à toi aussi.

— Pas de boule de cristal alors ?

— Non.

Pour se faire entendre malgré les bruits du chantier, les aboiements des chiens et les cris des gardiens, Pepan se penche vers Lale et lui demande :

— Ta force de caractère égale-t-elle ta force physique ?

Lale regarde Pepan.

— Je suis un survivant.

— Ta force peut devenir une faiblesse dans ce genre de circonstances. Ton charme et ton sourire facile peuvent t'attirer des ennuis.

— Je suis un survivant.

— Dans ce cas, je peux peut-être t'aider à survivre ici.

— Vous avez des amis haut placés ?

Pepan rit et donne une tape dans le dos de Lale.

— Non. Pas d'amis haut placés. Comme je te l'ai dit, je suis le *Tätowierer*. Et j'ai appris que les prisonniers vont être de plus en plus nombreux. La population du camp va augmenter très bientôt.

Ils méditent cette information quelques instants. Lale se dit que, quelque part, quelqu'un prend les décisions, choisit des numéros. *Où ? Comment décide-t-on qui va venir ici ? Sur quoi base-t-on ces décisions ? La race, la religion ou la politique ?*

— Tu m'intrigues, Lale. Quelque chose m'a attiré vers toi. Tu avais une force que même ton corps malade ne pouvait pas cacher. C'est ce qui t'a permis d'être ici, assis devant moi aujourd'hui.

Lale entend les mots de Pepan mais ne parvient pas à les intégrer. Ils se trouvent dans un camp où des gens meurent chaque jour, chaque heure, chaque minute.

— Tu aimerais travailler avec moi ?

Pepan ramène Lale à la réalité, l'arrachant à ses sombres pensées.

— Ou es-tu satisfait de ton travail actuel ?

— Je fais tout ce que je peux pour survivre.

— Dans ce cas, accepte mon offre de travail.

— Vous voulez que je tatoue d'autres hommes ?

— Il faut bien que quelqu'un le fasse.

— Je ne sais pas si j'en serais capable. Incruster un numéro dans la peau d'un être humain, le faire souffrir. Ça fait mal, vous savez.

Pepan remonte sa manche pour lui montrer son numéro de matricule.

— Ça fait un mal de chien. Mais si tu ne prends pas ce travail, quelqu'un d'autre le fera à ta place, quelqu'un dont l'âme est moins belle que la tienne, quelqu'un qui fera encore plus mal aux détenus.

— Travailler pour un Kapo, c'est une chose, mais marquer dans leur chair des centaines d'innocents...

Un long silence s'ensuit. Lale pénètre à nouveau dans sa zone d'ombre. *Ceux qui prennent ces décisions ont-ils une famille, une femme, des enfants, des parents ? C'est impossible.*

— Je comprends ton raisonnement mais dis-toi bien que, quoi que tu fasses, tu restes la marionnette des nazis. Que tu travailles avec moi, pour le Kapo, ou que tu construises de nouveaux Blocks, au bout du compte, c'est la même chose : tu fais leur sale boulot.

— Vous avez une de ces façons de formuler les choses...

— Alors ?

— Alors c'est oui. Si vous pouvez arranger ça, je travaillerai pour vous.

— Pas pour moi. Avec moi. Mais tu dois travailler vite, efficacement, et surtout ne pas provoquer les SS.

— D'accord.

Pepan se lève, s'apprête à partir. Lale saisit la manche de sa chemise.

— Pepan, pourquoi m'avoir choisi moi ?

— J'ai vu un jeune homme à moitié mort de faim risquer sa vie pour te sauver. Je me suis dit que tu devais être quelqu'un de grande valeur pour qu'on prenne de tels risques pour toi. Je viendrai te chercher demain matin. Va te reposer maintenant.

Ce soir-là, quand ses compagnons de Block rentrent de leur journée de travail, Lale remarque qu'Aron n'est pas avec eux. Il demande aux deux hommes qui partagent sa paillasse ce qui lui est arrivé, depuis combien de temps il n'est plus là.

— Depuis une semaine environ.

Lale sent son estomac se nouer.

— Le Kapo te cherchait partout. Aron aurait pu lui dire que tu étais malade, mais il craignait que le Kapo te remette sur la charrette des morts s'il l'apprenait, alors il a raconté que tu étais déjà parti.

— Et le Kapo a découvert la vérité ?

— Non, répond l'homme en bâillant, épuisé par sa journée de travail. Le Kapo était tellement furieux qu'il a pris Aron.

Lale a du mal à contenir ses larmes.

Son deuxième compagnon de lit roule sur le côté et s'appuie sur un coude.

— Tu lui avais mis de grandes idées dans la tête. Il voulait sauver « une vie », la tienne.

— Celui qui sauve une vie sauve le monde entier.

Lale termine la phrase.

Les hommes restent silencieux un instant. Lale regarde le plafond, cligne des yeux pour chasser ses larmes. Aron n'est pas le premier à mourir ici, ni le dernier.

— Merci, dit-il.

— On a poursuivi l'œuvre d'Aron en essayant de sauver la vie de celui qu'il avait choisi.

— On s'est relayés, dit un jeune homme. On apportait de l'eau en douce, on partageait notre ration de pain avec toi, on te forçait à l'avaler.

Un autre prend la parole. Il se lève du lit en dessous, le visage hagard, ses yeux bleus vitreux, la voix éteinte, mais impatient de raconter à son tour l'histoire.

— On a changé tes vêtements sales, on les a remplacés par ceux d'un homme qui était mort dans la nuit.

Lale ne peut plus contenir les larmes qui coulent sur ses joues émaciées.

— Je ne peux pas...

Il ne peut rien faire d'autre qu'exprimer sa reconnaissance. Il sait qu'il a une dette envers eux, qu'il ne pourra pas rembourser, pas maintenant, pas ici, vraisemblablement jamais.

Il s'endort au son de chants hébreux que psalmodient ceux qui se raccrochent encore à leur foi.

Le lendemain, Lale fait la queue pour la distribution du breuvage du matin quand Pepan surgit à côté de lui, prend doucement son bras et le conduit vers la zone où se déroulent les sélections. C'est là que les camions déchargent leur cargaison humaine. Il lui semble assister au premier acte d'un drame dont il connaît certains acteurs. D'autres, nouvellement arrivés, lui sont inconnus : leurs répliques n'ont pas encore été écrites, leur rôle reste à déterminer. Son expérience ne l'a pas préparé à comprendre ce qui se passe. Il se souvient être déjà passé par là. *Oui, pas en tant qu'observateur, en tant que participant. Quel va être mon rôle à présent ?* Il ferme les paupières et imagine une autre version de lui-même en face de lui, une version dont le bras gauche n'est pas encore tatoué. Il rouvre les yeux, regarde son numéro de matricule puis la scène qui se déroule devant lui.

Il observe les centaines de nouveaux prisonniers rassemblés. Des garçons, des jeunes hommes au regard chargé de terreur. Ils se cramponnent les uns aux autres ou croisent les bras contre leur torse. Les SS et les chiens les font avancer comme ils emmèneraient des agneaux à l'abattoir. Ils obéissent. On va décider de leur sort. Vont-ils vivre ou mourir aujourd'hui ? Lale arrête de suivre Pepan, pétrifié. Pepan revient sur ses pas et l'entraîne vers de petites tables sur lesquelles sont disposés tous les outils nécessaires pour le tatouage. Ceux qui ont franchi la sélection se mettent en rang devant leur table. Ils seront tatoués. Les autres – les vieux, les infirmes, ceux qui n'ont aucune qualification particulière – vont droit à la mort.

Un coup de feu retentit. Les hommes tressaillent. Quelqu'un tombe. Lale regarde dans la direction du tir, mais Pepan pose la main sur son visage et le force à se détourner.

Un groupe de SS, la plupart très jeunes, se dirige vers Pepan et Lale. Ils escortent un officier plus âgé. La quarantaine finissante, le dos droit dans son uniforme impeccable, la casquette bien campée sur sa tête, l'homme ferait un mannequin parfait, pense Lale. Comme ceux qu'il aidait parfois à habiller quand il travaillait dans le grand magasin de Bratislava.

Les SS s'arrêtent devant eux. Pepan s'avance et salue l'officier en inclinant la tête. Lale observe.

— Oberscharführer Houstek, j'ai engagé ce prisonnier pour m'aider.

Pepan montre Lale qui se tient derrière lui.

Houstek se tourne vers Lale.

Pepan poursuit :

— Je pense qu'il va apprendre très vite.

Houstek, le regard dur et menaçant, jauge Lale et agite le doigt vers lui pour lui faire signe d'approcher. Lale s'exécute.

— Quelles langues parles-tu ?

— Le slovaque, l'allemand, le russe, le français, le hongrois et un peu de polonais, répond Lale en le regardant droit dans les yeux.

— Hum.

Houstek tourne les talons et s'éloigne.

Lale se penche vers Pepan et murmure :

— Un homme peu loquace. Je suppose que j'ai obtenu le poste ?

Pepan se tourne vers Lale. Ses yeux et sa voix – bien que calmes – trahissent sa rage.

— Ne le sous-estime pas. Arrête tes fanfaronnades, elles finiront par te coûter la vie. La prochaine fois que tu t'adresses à lui, ne lève pas les yeux au-delà du niveau de ses bottes.

— Je suis désolé, dit Lale. Je ne recommencerai pas.

Quand vais-je enfin apprendre ?

3

Juin 1942

Lale se réveille doucement, il s'accroche à un rêve qui lui a donné le sourire. *Je veux rester, laissez-moi rester encore un moment, s'il vous plaît…*

Lale apprécie la compagnie des autres en général et tout particulièrement celle des femmes. Il les trouve toutes belles, quels que soient leur âge, leur apparence, la façon dont elles sont habillées. Le meilleur moment de la journée pour lui, c'est quand il traverse le rayon femmes du grand magasin où il travaille. Il en profite alors pour flirter avec les jeunes et moins jeunes employées qui travaillent derrière les comptoirs.

La porte principale du magasin s'ouvre. Une femme se hâte d'entrer. Derrière elle, deux soldats slovaques se tiennent sur le seuil, mais ils ne la suivent pas. Lale s'avance vers la dame avec un sourire rassurant.

— Tout va bien, dit-il, vous êtes en sécurité ici avec moi.

Elle accepte sa main tendue et il la conduit vers un comptoir rempli de flacons de parfums plus extravagants les uns que les autres. Après en avoir examiné plusieurs, il en choisit un et le lui montre. Elle lui offre son cou, coquettement. Il vaporise un peu de parfum d'un côté puis de l'autre. Leurs regards se croisent au moment où elle tourne la tête. Elle tend ensuite ses deux poignets qui eux aussi ont droit à quelques gouttes. Elle approche un poignet de son nez, ferme les yeux et s'imprègne doucement de l'odeur. C'est ce même poignet qu'elle tend ensuite à Lale. Il prend doucement sa main, l'approche de son visage et inhale le mélange enivrant de parfum et de jeunesse.

— Oui, c'est celui qui vous convient, dit Lale.

— Je vais le prendre.

Lale donne le parfum à la vendeuse qui l'enveloppe.

— Que puis-je faire d'autre pour vous ? demande-t-il.

Des visages défilent devant ses yeux, des jeunes femmes dansent autour de lui, elles sont heureuses, profitent de la vie. Lale tient le bras de celle qu'il a rencontrée dans le grand magasin. Son rêve s'emballe tout à coup. Lale et la jeune femme entrent dans un restaurant chic, à la lumière tamisée. Chaque table, recouverte d'une lourde nappe en jacquard, est ornée d'une bougie. Des bijoux précieux scintillent et projettent des couleurs sur les murs. Les couverts en argent cliquettent sur la porcelaine délicate. Un quatuor à cordes interprète une délicieuse mélodie. Le concierge accueille Lale chaleureusement. Il prend le manteau de sa compagne et les conduit vers une table. À peine se sont-ils assis que le maître d'hôtel leur présente une bouteille de vin.

Sans quitter sa compagne des yeux, Lale hoche la tête. La bouteille est débouchée, le vin servi dans les verres. Lale et la jeune femme boivent quelques gorgées sans cesser de se regarder. Le rêve de Lale avance en accéléré. Il est sur le point de se réveiller. *Non*. À présent, il fouille dans sa garde-robe, choisit un costume, une chemise, hésite entre plusieurs cravates avant de trouver la bonne qu'il noue à la perfection. Il enfile ses chaussures cirées. Il prend ses clés et son portefeuille sur la table de chevet puis se penche et repousse une mèche rebelle du visage de sa compagne. Il dépose un baiser léger sur son front. Elle remue et sourit. D'une voix un peu rauque, elle dit : « Ce soir… »

Des coups de feu à l'extérieur arrachent Lale à son rêve. Il est bousculé par ses compagnons de paillasse qui cherchent à déterminer d'où vient la menace. Le souvenir du corps chaud de la jeune femme contre le sien le retient un instant encore. Il se lève doucement. Il est le dernier à se mettre en rang pour l'appel. Un détenu, à côté de lui, lui donne un coup de coude pour le ramener à la réalité ; son numéro vient d'être appelé.

— Qu'est-ce qui se passe ?

— Rien… tout. C'est cet endroit.

— C'est le même qu'hier. Le même que demain. C'est toi qui m'as appris ça. Qu'est-ce qui a changé pour toi ?

— Tu as raison – c'est le même, toujours le même. C'est juste que j'ai rêvé d'une fille que j'ai connue dans une autre vie.

— Comment elle s'appelait ?

— J'ai oublié. Ça n'a pas d'importance.

— Tu n'étais pas amoureux d'elle alors ?

— Je les aimais toutes mais aucune n'a conquis mon cœur. Tu comprends ?

— Pas vraiment. Pour moi, il n'y en aura qu'une, celle que j'aimerai et avec qui je passerai le reste de ma vie.

Il a plu pendant plusieurs jours mais ce matin-là, le soleil semble vouloir illuminer l'enceinte sombre et sinistre de Birkenau tandis que Lale et Pepan préparent leur poste de travail. Ils ont deux tables, des bouteilles d'encre et un bon stock d'aiguilles.

— Dépêche-toi Lale, les voilà.

Surpris, Lale voit une douzaine de jeunes femmes avancer vers eux. Il sait qu'il y a des femmes à Auschwitz, mais n'en a encore jamais aperçu dans l'enfer de Birkenau.

— C'est un peu différent aujourd'hui, Lale. Ils ont transféré les filles d'Auschwitz ici et il faut refaire le tatouage de certaines.

— Quoi ?

— Leurs numéros de matricule ont été réalisés avec un tampon inefficace. Il faut que nous rattrapions les tatouages. Tu n'as pas le temps de les admirer, Lale. Contente-toi de faire ton travail.

— Je ne peux pas.

— Fais ton travail, Lale. Ne leur adresse pas la parole. Pas un mot, tu m'entends ! Ne fais pas de bêtises.

La file de jeunes filles serpente et disparaît momentanément de son champ de vision.

— Je ne peux pas faire ça. S'il te plaît, Pepan, on ne peut pas faire ça.

— Bien sûr que si, Lale. Tu dois le faire. Si tu refuses, quelqu'un le fera à ta place et je t'aurai sauvé pour rien. Fais ton travail, Lale.

Pepan soutient le regard de Lale. Lale, saisi d'effroi, comprend que son compagnon a raison. Soit il obéit aux instructions, soit il est condamné à une mort certaine. Il tend la main pour prendre le morceau de papier que la jeune fille lui présente. Il doit reporter les cinq chiffres sur son bras gauche. Il y a déjà un numéro pratiquement effacé. Il enfonce l'aiguille, effectue un grand nombre de petites piqûres pour tracer un 3, le plus délicatement possible. Le sang suinte. L'aiguille n'est pas allée suffisamment en profondeur, il est contraint de recommencer. Elle accepte la douleur que Lale lui inflige, sans broncher. Elles ont été prévenues – *ne rien dire, ne rien faire*. Après avoir essuyé le sang, il appose de l'encre verte sur la peau incisée.

— Dépêche-toi, murmure Pepan.

Lale est trop lent. Tatouer le bras des hommes est une chose ; marquer des jeunes filles dans leur chair en est une autre. En relevant la tête, Lale voit un homme vêtu d'une blouse blanche qui parcourt le rang. De temps à autre, il s'arrête, inspectant le visage et le corps d'une détenue terrorisée. Il arrive à la hauteur de Lale qui n'en a pas terminé avec la jeune fille. L'homme prend le visage de la prisonnière dans ses mains et le tourne brutalement d'un côté puis de l'autre. Lale plonge son regard dans les yeux terrifiés de la fille dont les lèvres bougent comme si elle s'apprêtait à parler. Lale serre son bras d'une main ferme pour l'en empêcher. Elle le regarde.

Il articule en silence « chut ». L'homme en blouse blanche lâche la jeune fille et s'éloigne.

— Bien joué, murmure-t-il tout en se remettant à l'ouvrage.

Il tatoue les quatre chiffres restants – 4 9 0 2. Sa main s'attarde un peu trop longtemps sur le bras de la jeune fille. Il la regarde dans les yeux. Un sourire effleure ses lèvres. Elle y répond par une petite mimique. Ses yeux, toutefois, dansent devant lui. Le cœur de Lale semble en même temps s'arrêter et se mettre à battre pour la première fois, tambourinant bientôt dans sa poitrine, comme s'il était sur le point d'éclater. Lale regarde le sol qui tangue sous ses pieds. Un autre bout de papier atterrit devant lui.

— Dépêche-toi Lale ! murmure Pepan d'une voix pressante.

Quand il lève à nouveau les yeux, la jeune fille a disparu.

Quelques semaines plus tard, Lale se présente à son poste comme d'habitude. Sa table et son matériel sont déjà installés. Il regarde anxieusement autour de lui, cherchant désespérément Pepan des yeux. Des hommes, conduits vers lui, se mettent en rang. L'Oberscharführer Houstek surgit tout à coup, accompagné d'un jeune officier SS. Lale baisse la tête, repensant aux paroles de Pepan. « Ne le sous-estime pas. »

— Tu travailleras tout seul aujourd'hui, marmonne Houstek.

Houstek s'apprête à repartir quand Lale lui demande doucement :

— Où est Pepan ?

Houstek s'arrête, se retourne, lui décochant un regard noir. Le cœur de Lale s'arrête de battre une seconde.

— C'est toi le *Tätowierer* à présent.

Houstek s'adresse ensuite au jeune officier SS qui l'accompagne :

— Et toi, tu es responsable de lui.

Une fois Houstek parti, l'officier SS braque son arme sur Lale. Lale ne baisse pas la tête, il fixe les yeux noirs d'un gamin maigrelet au sourire cruel, avant de détourner le regard. *Pepan, tu as dit que ce travail pourrait me sauver la vie. Mais qu'est-ce qui t'est arrivé ?*

— On dirait que mon destin est entre tes mains, lance l'officier d'un ton hargneux. Qu'est-ce que tu en dis ?

— J'essaierai de ne pas vous décevoir.

— Tu essaieras ? Je te conseille de faire mieux que ça. Tu *ne* me décevras *pas*.

— Oui, monsieur.

— Dans quel Block tu dors ?

— Le Block 7.

— Quand tu auras terminé, je te montrerai ta chambre dans l'un des nouveaux Blocks. C'est là que tu dormiras désormais.

— Mon Block me convient, monsieur.

— Ne sois pas ridicule. Maintenant que tu es le *Tätowierer*, tu as besoin de protection. Tu travailles pour la section politique de la SS. Merde, je devrais peut-être avoir peur de toi.

De nouveau ce sourire cruel et suffisant.

Puisqu'il a survécu à cette première salve de questions, Lale tente le tout pour le tout.

— J'irais beaucoup plus vite, vous savez, si j'avais un assistant.

L'officier SS fait un pas vers Lale, le jaugeant avec mépris de la tête aux pieds.

— Quoi ?

— Si vous trouvez quelqu'un pour m'aider, j'irai plus vite et votre chef sera content.

Comme s'il venait de recevoir l'ordre de Houstek, l'officier tourne les talons et parcourt le rang de jeunes hommes qui attendent d'être tatoués. Tous ont la tête baissée sauf un. Lale craint pour celui qui ose regarder l'officier dans les yeux, mais à sa grande surprise, le SS le prend par le bras et le conduit vers lui.

— Ton assistant. Tatoue-le en premier.

Lale prend le morceau de papier des mains du jeune homme et tatoue rapidement son numéro de matricule sur son avant-bras.

— Comment tu t'appelles ? lui demande-t-il.

— Leon.

— Leon. Je suis Lale, le *Tätowierer*, dit-il d'une voix aussi ferme que celle de Pepan. Maintenant, mets-toi à côté de moi et regarde ce que je fais. À partir de demain, tu travailleras pour moi, tu seras mon assistant. Ça pourrait te sauver la vie.

Le soleil est déjà couché quand Lale finit de tatouer le dernier prisonnier qui est ensuite conduit vers son Block. Le gardien de Lale, qui s'appelle Baretzki, ne l'a pas quitté de la journée. Il s'est à peine éloigné de quelques mètres. Il s'approche de Lale et de son nouvel assistant.

— Emmène-le dans ton Block et reviens ici.

Lale se hâte d'accompagner Leon jusqu'au Block 7.

— Attends devant le Block demain matin, je viendrai te chercher. Si ton Kapo veut savoir pourquoi tu ne te joins pas aux autres pour aller au chantier, dis-lui que tu travailles désormais pour le *Tätowierer*.

Quand Lale se présente à son poste de travail, il constate que ses outils ont été rangés dans une besace et que sa table a été pliée. Baretzki l'attend à côté.

— Apporte ça dans ta nouvelle chambre. Tous les matins, tu te présenteras à l'accueil de la Kommandantur pour demander le matériel dont tu as besoin et pour savoir où tu vas travailler.

— Je pourrais avoir une table en plus et du matériel pour Leon ?

— Pour qui ?

— Mon assistant.

— Demande là-bas ce qu'il te faut.

Il conduit Lale vers une zone du camp encore en construction. La plupart des baraques ne sont pas terminées. Il y règne un calme sinistre qui fait froid dans le dos. L'un des nouveaux Blocks est fini. Baretzki montre à Lale une petite chambre située directement derrière la porte.

— Tu dormiras ici, annonce Baretzki.

Lale pose son sac d'outils sur le sol en dur et contemple la petite chambre isolée. Ses amis du Block 7 lui manquent déjà.

Baretzki lui fait signe de le suivre et lui apprend qu'il prendra désormais ses repas dans une zone près du bâtiment de l'administration SS. En tant que *Tätowierer,* il aura droit à des rations supplémentaires.

— Nous voulons que nos travailleurs aient suffisamment de forces, explique Baretzki.

Il fait signe à Lale de se joindre à la queue pour le repas.

Un prisonnier tend à Lale une gamelle remplie d'une louche de soupe claire et un morceau de pain. Après avoir englouti le tout, Lale s'apprête à repartir quand une voix plaintive l'interpelle :

— Tu peux reprendre une portion si tu veux.

Lale accepte une deuxième ration de pain. Les prisonniers autour de lui mangent en silence, sans échanger de plaisanteries, en se jetant des regards furtifs. La méfiance et la peur règnent. Ayant glissé le morceau de pain dans sa manche, Lale se dirige vers son ancienne baraque, le Block 7. En entrant, il salue d'un signe de tête le Kapo qui semble avoir intégré que Lale n'est plus sous ses ordres. Une fois à l'intérieur, il répond aux saluts des nombreux hommes avec qui il a partagé ce Block, ils avaient les mêmes craintes, les mêmes rêves. Il voit Leon assis sur son ancienne paillasse, les jambes pendantes. Les grands yeux bleus du jeune homme dégagent une douceur et une honnêteté que Lale trouve touchantes.

— Viens dehors avec moi.

Leon saute de la couchette et le suit. Tous les regards sont braqués sur eux. Lale contourne la façade principale et s'arrête sur le côté du bâtiment. Il sort le morceau de pain rassis de sa manche et le donne à Leon qui le dévore. Leon le remercie seulement après avoir avalé la dernière miette.

— Je savais que tu serais arrivé trop tard pour la distribution de la soupe. J'ai droit à des rations en plus maintenant. J'essaierai de les partager avec toi et avec les autres quand je le pourrai. Maintenant, retourne à l'intérieur. Dis-leur que je t'ai traîné dehors pour te passer un savon. Et ne te fais surtout pas remarquer.

— Tu ne veux pas qu'ils sachent que tu peux avoir des rations en plus ?

— Non. Il faut d'abord que je voie comment ça se passe. Je ne peux pas les aider tous à la fois et ils n'ont pas besoin d'une raison supplémentaire de se battre.

Lale regarde Leon entrer dans son ancien Block. Il éprouve des sentiments contradictoires difficiles à formuler. *Dois-je craindre pour ma sécurité maintenant que je suis dans une situation privilégiée ? Pourquoi suis-je triste d'abandonner mon ancien statut qui ne m'offrait pourtant aucune protection ?* Il erre dans l'ombre des baraques à moitié construites. Il est seul.

Cette nuit-là, Lale peut dormir étendu de tout son long pour la première fois depuis des mois. Personne pour le pousser, personne à qui donner des coups de pied. Avoir un lit pour soi est un tel luxe qu'il se sent comme un roi. Et, tel un roi, il doit désormais se méfier de ceux qui l'entourent. Ils pourraient chercher à se lier d'amitié avec lui par intérêt. *Sont-ils jaloux ? Veulent-ils mon travail ? Est-ce que je cours le risque d'être accusé à tort de quelque chose ?* Il a vu à quelles bassesses pouvaient conduire l'avidité et la méfiance ici. La plupart des hommes pensent que moins il y aura de monde, plus il y aura à manger pour eux. La nourriture a la valeur d'une monnaie. Grâce à elle, on reste en vie. On a la force de faire le travail demandé. On peut vivre un jour de plus. Sans elle, on s'affaiblit au point de ne plus avoir la volonté de se battre. Le nouveau poste de Lale ajoute à la complexité de la survie. Il est sûr d'avoir entendu quelqu'un prononcer le mot « collaborateur » quand, en quittant le Block, il est passé devant les couchettes occupées par des hommes rompus de fatigue.

Le lendemain matin, Lale attend avec Leon devant la Kommandantur. Baretzki les rejoint, les félicitant d'être arrivés tôt. Lale tient sa besace, sa table est posée par terre à côté de lui. Baretzki dit à Leon d'attendre dehors et à Lale de le suivre à l'intérieur. Lale entre dans une salle qui fait office d'accueil. Des couloirs desservent des pièces adjacentes. Derrière le comptoir de l'accueil, il aperçoit plusieurs rangées de petits bureaux occupés par des jeunes filles qui classent les dossiers et remplissent des fiches avec application. Baretzki le présente à un officier SS, « C'est le *Tätowierer* », et lui rappelle qu'il doit se présenter ici tous les matins, pour récupérer son matériel et prendre les instructions. Lale demande une table et des outils en plus pour son assistant qui l'attend dehors. Sa requête est acceptée sans commentaire. Lale pousse un soupir de soulagement. Il a pu épargner à un homme un travail pénible. C'est déjà ça. Il remercie Pepan en silence. Il prend la table puis range les fournitures dans sa besace. En se dirigeant vers la porte, il entend l'employé qui l'interpelle :

— Portez toujours cette besace, partout où vous allez, identifiez-vous avec les mots « *Politische Abteilung* ». Ça vous évitera les ennuis.

Rapportez-nous tous les soirs la feuille avec les numéros de matricule mais gardez le sac.

Baretzki ricane à côté de Lale.

— C'est vrai que cette besace et cette formule te protégeront de tous sauf de moi. Si tu fais le malin, si tu me fourres dans le pétrin, aucun sac ni aucun mot magique ne pourront te sauver.

Il pose la main sur l'étui de son revolver, ouvre le rabat. Le referme. L'ouvre. Le referme. Sa respiration se fait plus profonde.

Lale écoute la voix de la raison, il baisse les yeux et se détourne.

Les convois arrivent à Auschwitz-Birkenau à toute heure du jour et de la nuit. Il n'est pas rare que Lale et Leon travaillent vingt-quatre heures d'affilée. C'est dans ces moments-là que Baretzki montre son pire visage. Il insulte Leon ou le bat, l'accusant d'être trop lent et de le priver de son lit. Lale apprend vite qu'il ne fait qu'empirer les choses s'il essaie d'intervenir.

Une nuit, aux premières heures du matin, Lale et Leon sont en train de ranger leurs affaires à Auschwitz quand Baretzki fait mine de partir. Puis il se retourne, l'air indécis.

— Oh et puis merde, vous pouvez rentrer à Birkenau tout seuls, à pied. Je vais dormir ici ce soir. Revenez à huit heures demain matin.

— Comment sommes-nous censés savoir l'heure qu'il est ? demande Lale.

— Je m'en fiche complètement. Soyez là, c'est tout. Et n'essayez pas de vous évader ! Je vous traquerai, je vous attraperai et je me ferai un plaisir de vous tuer.

Il s'en va en titubant.

— Qu'est-ce qu'on fait ? demande Leon.

— Ce que le salaud nous a dit. Viens, je te réveillerai à temps pour qu'on arrive ici à l'heure.

— Je suis épuisé. On ne peut pas rester ici ?

— Non. S'ils ne te voient pas dans ton Block demain matin, ils vont te chercher. Allez viens, on y va.

Lale se lève à l'aube. Leon et lui parcourent à pied les quatre kilomètres qui les séparent d'Auschwitz. Ils attendent Baretzki pendant une heure environ. En le voyant arriver, ils comprennent qu'il n'est pas allé se coucher tout de suite et qu'il a bu. Son haleine fétide va de pair avec sa mauvaise humeur.

— Allez en route ! crie-t-il.

Comme il ne voit pas de nouveaux prisonniers à l'horizon, Lale est contraint de demander :

— Où allons-nous ?

— On retourne à Birkenau. C'est là que les convois ont déchargé leur cargaison.

Sur le chemin du retour à Birkenau, Leon trébuche et tombe : la fatigue et le manque de nourriture ont eu raison de lui. Il se relève tant bien que mal. Baretzki ralentit l'allure, comme s'il attendait que Leon les rattrape. Dès que Leon arrive à sa hauteur, Baretzki tend la jambe pour lui faire un croche-pied. Leon tombe à nouveau. Plusieurs fois, au cours du trajet de quatre kilomètres, Baretzki se livre à son petit jeu. La marche et le plaisir qu'il prend à faire souffrir Leon semblent le dessoûler. Chaque fois qu'il s'adonne à son jeu cruel, il guette la réaction de Lale qui reste impassible.

En arrivant à Birkenau, Lale constate avec surprise que c'est Houstek en personne qui supervise la sélection. Il envoie vers Lale et Leon ceux qui sont jugés aptes à travailler et qui pourront survivre au moins un jour de plus. Leon et Lale se mettent à l'ouvrage pendant que Baretzki passe devant les jeunes hommes en rang, affichant un air compétent pour impressionner son supérieur. Leon, épuisé, appuie un peu trop fort. Celui qu'il tatoue laisse échapper un cri. Leon sursaute et fait tomber son aiguille. Comme il se baisse pour la ramasser, Baretzki le frappe dans le dos avec son arme, écrasant son visage dans la poussière. Il pose le pied sur son dos et appuie sur sa colonne vertébrale.

— On ira plus vite si vous le laissez se relever et reprendre son travail, dit Lale en constatant que Leon a de plus en plus de mal à respirer sous la botte de Baretzki.

Houstek se dirige vers les trois hommes et marmonne quelque chose à Baretzki. Quand il repart, Baretzki, avec un sourire revêche, enfonce une dernière fois son pied dans le dos de Leon avant de le laisser.

— Je ne suis qu'un humble serviteur de la SS. Toi, le *Tätowierer,* tu as été placé sous les auspices de la section politique qui dépend directement de Berlin. Tu peux remercier le Français de t'avoir présenté à Houstek et d'avoir vanté tes mérites, les langues que tu parles et tout le tintouin. C'était ton jour de chance.

Lale ne peut rien répondre à ça, aussi se contente-t-il de poursuivre son travail. Leon, couvert de boue, se relève en toussant.

— Alors *Tätowierer*, dit Baretzki avec son sourire malsain, si on faisait ami-ami ?

Grâce à son travail de tatoueur, Lale connaît toujours la date. Elle est inscrite sur les papiers qu'on lui remet tous les matins et qu'il doit rendre tous les soirs. Il n'a pas que les documents comme repère dans le temps. Le dimanche est le seul jour de la semaine où les autres prisonniers ne sont pas forcés de travailler. Ils peuvent passer la journée à errer dans le camp ou rester à proximité de leur Block, blottis les uns contre les autres en petits groupes – certaines amitiés se sont nouées avant le camp, d'autres se sont forgées sur place.

Et c'est un dimanche qu'il la voit. Il la reconnaît immédiatement. Ils marchent l'un vers l'autre, Lale seul, elle avec un groupe de filles, elles ont toutes le crâne rasé, elles portent toutes les mêmes vêtements simples. Rien ne la distingue des autres hormis ses yeux. Noirs – non, marron. Mais le marron le plus sombre qu'il ait jamais vu. Pour la deuxième fois, il scrute son âme et elle la sienne. Le cœur de Lale s'arrête de battre une seconde. Leurs regards s'attardent.

— *Tätowierer !*

Baretzki pose la main sur l'épaule de Lale, rompant le charme.

Les prisonniers s'éloignent. Ils n'ont aucune envie de se trouver à proximité d'un SS ni du détenu à qui il parle. Le groupe de filles se disperse. Il ne reste que la fille qui regarde Lale la regarder. Les yeux de Baretzki vont de l'un à l'autre. À eux trois, ils forment un triangle parfait, chacun attendant que l'autre bouge. Baretzki affiche un sourire entendu. Courageusement, une de ses amies s'avance et tire la jeune fille par la manche pour lui faire regagner le groupe.

— Très jolie, commente Baretzki tout en se remettant à marcher avec Lale.

Lale l'ignore, tentant de contenir la haine qu'il ressent.

— Tu aimerais la rencontrer ?

Lale refuse de répondre.

— Écris-lui, dis-lui qu'elle te plaît.

Il me prend vraiment pour un idiot.

— Je peux te procurer du papier et un stylo et je peux même lui transmettre ta lettre. Qu'est-ce que tu en dis ? Tu connais son nom ?

34902.

Lale continue à marcher. Il sait que la peine encourue par tout prisonnier surpris avec du papier et un stylo, c'est la mort.

— Où allons-nous ?

Lale change de sujet.

— À Auschwitz. Herr Doktor a besoin de nouveaux patients.

Un frisson glacé remonte le long de sa colonne vertébrale. Lale se souvient de l'homme en blouse blanche, de ses mains poilues sur le beau visage de la fille. Il ne s'était jamais senti aussi mal à l'aise en présence d'un docteur.

— Mais on est dimanche.

Baretzki rit.

— Oh, tu crois que parce que les autres ne travaillent pas le dimanche, tu dois avoir congé toi aussi ? Tu aimerais peut-être en discuter avec Herr Doktor ?

Le rire de Baretzki est de plus en plus strident. Lale est parcouru de frissons.

— S'il te plaît, fais ça pour moi, *Tätowierer*. Dis au docteur que c'est ton jour de congé. Ça me plairait tellement.

Lale sait quand il faut se taire. Il allonge le pas pour mettre un peu de distance entre Baretzki et lui.

4

Tandis qu'ils se dirigent vers Auschwitz, Baretzki, d'humeur joviale, assaille Lale de questions.

— Quel âge as-tu ? Qu'est-ce que tu faisais avant d'être amené ici ?

La plupart du temps, Lale répond lui-même par une question et découvre que Baretzki aime bien parler de lui. Il apprend que le SS est un peu plus jeune que lui. Son manque de maturité est évident, surtout quand il évoque les femmes. Lale décide qu'il peut utiliser cette différence entre eux à son avantage. Il parle à Baretzki de l'art de séduire les femmes. Pour lui, il s'agit avant tout de les respecter et de s'intéresser à ce qui est important pour elles.

— Avez-vous déjà offert des fleurs à une fille ? demande Lale.

— Non, pourquoi je ferais ça ?

— Parce qu'elles aiment les hommes qui leur offrent des fleurs. Le mieux, c'est que vous les ramassiez vous-même.

— Je ne risque pas de faire ça. On se moquerait de moi.

— Qui « on » ?

— Mes amis !

— Vous voulez dire des amis masculins ?

— Oui, ils me prendraient pour une chochotte.

— Et à votre avis, que penserait la fille à qui vous auriez offert des fleurs ?

— Quelle importance, ce qu'elle pense ?

Il ricane et passe la main sur son entrejambe.

— C'est tout ce que je veux d'elles et ce qu'elles veulent de moi. Je connais ces choses.

Lale allonge le pas. Baretzki le rejoint.

— Quoi ? Qu'est-ce que j'ai dit de mal ?

— Vous voulez vraiment que je réponde à votre question ?

— Ouais.

— Vous avez une sœur ? demande Lale avec rage.

— Ouais, répond Baretzki.

— Est-ce que vous souhaitez que les hommes traitent votre sœur comme vous, vous traitez les filles ?

— Le premier qui fait ça à ma petite sœur aura affaire à moi. Je le descendrai.

Baretzki sort son arme de son étui et tire plusieurs coups en l'air.

— Je le tuerai, je te dis.

Lale sursaute. Les coups de feu résonnent autour d'eux. Baretzki, tout pantelant, a le visage rouge, les yeux sombres.

Lale lève les mains.

— J'ai compris. C'était juste une question à méditer.

— Je ne veux plus parler de ça.

Lale découvre que Baretzki n'est pas allemand. Il est né en Roumanie, dans une petite ville près de la frontière avec la Slovaquie, à quelques centaines de kilomètres seulement de Krompachy, la ville natale de Lale. Il s'est enfui de chez lui pour se rendre à Berlin, où il a intégré les jeunesses hitlériennes puis la SS. Il haïssait son père, qui le battait violemment tout comme il tabassait ses frères et sa sœur. Il se fait du souci pour sa sœur qui vit encore dans la maison familiale.

Plus tard dans la soirée, alors qu'ils rentrent à pied à Birkenau, Lale dit doucement :

— Je vais accepter votre offre. Je veux bien que vous me procuriez du papier et un crayon. Son numéro de matricule est le 34902.

Après le souper, Lale se rend discrètement au Block 7. Le Kapo le foudroie du regard mais ne dit rien.

Lale partage ses rations supplémentaires, quelques croûtes de pain, avec ses amis du Block. Les hommes discutent et échangent des nouvelles. Comme d'habitude, les plus religieux d'entre eux invitent Lale à prendre part aux prières du soir. Il refuse poliment. Son refus est poliment accepté. C'est un soir comme les autres.

Quand Lale ouvre les yeux, il voit Baretzki, posté près de son lit dans sa chambre. Il n'a pas toqué avant d'entrer, il ne le fait jamais, mais le but de sa visite est différent aujourd'hui.

— Elle est dans le Block 29. Il tend à Lale un crayon et du papier. Écris-lui et je veillerai à ce que ta lettre lui parvienne.

— Vous connaissez son nom ?

Le regard de Baretzki donne à Lale la réponse qu'il attend. « À ton avis ? »

— Je reviendrai dans une heure et lui apporterai la lettre.

— Dans deux plutôt.

Lale se creuse la tête pour formuler les premières phrases qu'il écrira à la détenue 34902. *Comment commencer ? Comment s'adresser à elle ?* Finalement, il décide d'aller au plus simple.

« Bonjour, je m'appelle Lale. » Quand Baretzki revient, il lui tend la page sur laquelle ne figurent que quelques phrases. Il lui a écrit qu'il vient de Krompachy, en Slovaquie, il lui a indiqué son âge, la composition de sa famille, qui, il l'espère, est saine et sauve. Il lui demande de le rejoindre dimanche matin près du bâtiment de l'administration. Il lui explique qu'il fera tout pour être là mais que si elle ne le voit pas, c'est qu'il doit travailler.

Baretzki prend la lettre et la lit devant Lale.

— C'est tout ce que t'as à dire ?

— Le reste, je le dirai en personne.

Baretzki s'assoit sur le lit de Lale et fanfaronne. S'il était dans la situation de Lale, ignorant s'il serait encore vivant à la fin de la semaine, il en dirait et en ferait beaucoup plus. Lale le remercie de ses conseils mais il préfère tenter sa chance à sa manière.

— Très bien. Je lui transmettrai ta prétendue lettre et je lui donnerai un crayon et du papier pour la réponse que je récupérerai demain matin. Elle a la nuit pour décider si elle t'aime ou non.

Il quitte la chambre en décochant à Lale son sourire suffisant.

Qu'est-ce que j'ai fait ? Il a mis la prisonnière 34902 en danger. Il est protégé. Pas elle. Et pourtant, il veut prendre le risque. Il a besoin de le prendre.

Le lendemain, Lale et Leon travaillent jusque tard dans la soirée. Baretzki patrouille non loin d'eux, il exerce son autorité sur les hommes en rang, se servant de son arme comme d'un bâton pour frapper ceux dont le visage ne lui revient pas. Jamais il ne se départ de son sourire insidieux. Il prend un malin plaisir à parader devant les colonnes d'hommes qui attendent. Quand enfin Lale et Leon rangent leur matériel après avoir tatoué le dernier détenu, il sort un bout de papier de la poche de sa veste et le tend à Lale.

— Oh *Tätowierer*, dit-il. Elle ne raconte pas grand-chose. Je pense que tu devrais te chercher une autre chérie.

Lale tend la main pour prendre la lettre, mais Baretzki, d'humeur farceuse, retire le bout de papier. *Très bien, si tu veux t'amuser, vas-y*. Lale se retourne et s'éloigne. Baretzki le poursuit et lui donne la lettre. Lale se contente d'un bref signe de tête pour le remercier. Après avoir rangé le papier dans sa besace, il va prendre son repas du soir. Il regarde Leon rejoindre son Block, conscient que son assistant arrivera sans doute trop tard pour la distribution de la soupe.

Quand Lale va chercher sa ration, il ne reste pas beaucoup de nourriture. Après avoir ingurgité sa soupe, il cache plusieurs morceaux de pain dans sa manche. Dommage que son uniforme russe ait été remplacé par une tenue rayée sans poches. En entrant dans le Block 7, il est accueilli comme d'habitude par ses amis qui le saluent doucement. Il explique qu'il n'a à manger que pour Leon et peut-être deux autres personnes. Qu'il essaiera de faire mieux demain. Il abrège sa visite et se hâte de rejoindre sa chambre. Il veut lire la lettre qu'il a enfouie au milieu de ses outils.

Il se laisse tomber sur son lit, serre le papier contre son cœur, tout en imaginant la prisonnière 34902 en train d'écrire les mots qu'il est si impatient de lire. Enfin, il l'ouvre.

« Cher Lale », lit-il. Tout comme lui, la jeune femme s'est contentée d'écrire quelques lignes prudentes. Elle aussi est originaire de Slovaquie. Elle est à Auschwitz depuis plus longtemps que Lale, depuis le mois de mars. Elle travaille dans l'un des entrepôts du secteur « Canada », où les détenues trient les biens confisqués aux victimes. Elle sera là dimanche et attendra Lale près du bâtiment de l'administration. Lale lit la lettre plusieurs fois, tourne le papier. Il prend un crayon dans son sac et écrit en caractères épais sur le verso :

Ton nom, quel est ton nom ?

Le lendemain matin, Baretzki accompagne Lale à Auschwitz. Le nouveau convoi n'est pas très important, Leon a un jour de congé. Baretzki taquine Lale à propos de la lettre. D'après lui, Lale n'est plus dans le coup avec les filles. Préférant ignorer ses piques, Lale lui demande s'il a lu un bon livre ces derniers temps.

— Un livre ? Je ne lis pas de livres, marmonne Baretzki.

— Vous devriez.

— Pourquoi ? À quoi ça sert les livres ?

— On peut apprendre beaucoup de choses en lisant des livres. Et les filles aiment bien quand on leur récite un poème ou quand on cite les passages d'un bon roman.

— Je n'ai pas besoin de citer des romans. J'ai cet uniforme, c'est tout ce qu'il me faut pour impressionner les filles. Elles adorent l'uniforme. J'ai une petite amie, tu sais, se vante Baretzki.

Première nouvelle, pense Lale.

— C'est bien. Et elle aime votre uniforme ?

— Et comment ! Il lui arrive même de le mettre. Elle se pavane avec en levant le bras. Elle se prend pour Hitler !

Avec un rire glaçant, il l'imite.

— *Heil Hitler ! Heil Hitler*, scande-t-il en levant le bras.

— Ce n'est pas parce qu'elle aime votre uniforme qu'elle vous aime vous, lâche Lale.

Baretzki s'arrête net.

Lale se maudit d'avoir laissé échapper un commentaire inconsidéré. Il ralentit, se demandant s'il doit revenir sur ses pas pour s'excuser. Non, il va continuer à marcher et attendre. Il ferme les yeux, pose un pied devant l'autre, attend le coup de feu qui va forcément partir. Il entend quelqu'un courir derrière lui. Puis on tire sur sa manche.

— C'est ce que tu penses, *Tätowierer* ? Qu'elle m'aime juste parce que je porte un uniforme ?

Lale, soulagé, se retourne pour le regarder.

— Comment voulez-vous que je sache ce qu'elle aime ? Et si vous m'en disiez un peu plus sur elle ?

Il n'a aucune envie d'avoir cette conversation mais comme il vient d'échapper à une balle dans le dos, il a le sentiment qu'il n'a pas vraiment le choix. Il se trouve que Baretzki connaît très peu de choses de sa petite amie, tout simplement parce qu'il n'a pas cherché à savoir qui elle était vraiment, ce qu'elle faisait. Lale ne peut pas se taire plus longtemps. Voilà qu'il donne des conseils à Baretzki sur l'art de parler aux femmes et de leur faire plaisir. Dans sa tête, Lale se dit qu'il ferait mieux de se taire. Pourquoi se soucier du monstre qui marche à côté de lui, pourquoi chercher à savoir s'il sera un jour capable de traiter une fille avec respect ? En réalité, Lale espère que Baretzki ne survivra pas au camp et qu'il n'aura plus jamais l'occasion de fréquenter une femme.

5

Dimanche matin, enfin ! Lale bondit de son lit et se précipite dehors. Le soleil est levé. *Où sont les autres ? Où sont les oiseaux ? Pourquoi ne chantent-ils pas ?*

— C'est dimanche ! crie-t-il dans le vide.

En tournant sur lui-même, il remarque la mitrailleuse braquée sur lui dans l'un des miradors.

— Oh merde.

Il retourne à toute vitesse dans son Block tandis que des coups de feu viennent perturber le calme de l'aube. La sentinelle semble avoir décidé de lui faire peur. Lale sait que le dimanche est le seul jour où les prisonniers peuvent « dormir », ou du moins rester dans leur Block jusqu'à ce que les crampes à l'estomac les forcent à sortir pour prendre du café noir et un morceau de pain rassis. La sentinelle envoie une nouvelle salve en direction du bâtiment, juste pour s'amuser.

De retour dans sa petite chambre, Lale fait les cent pas, tout en réfléchissant aux premiers mots qu'il va dire à la prisonnière.

Tu es la plus belle fille que j'aie jamais vue. Il tente la phrase mais l'écarte. Il est certain qu'avec son crâne rasé et ses vêtements trop grands pour elle, elle ne se sent pas belle. Toutefois, il garde la formule dans un coin de son esprit. Peut-être vaut-il mieux rester simple – *Comment t'appelles-tu ?* – et voir où ça le mène.

Lale reste, à contrecœur, confiné dans sa chambre, jusqu'à ce qu'il entende la rumeur du camp qui se réveille. D'abord les sirènes qui tirent brutalement les prisonniers de leur sommeil. Puis les SS, de mauvaise humeur parce qu'ils ont la gueule de bois et qu'ils n'ont pas assez dormi, qui aboient les ordres. Enfin, les bidons du petit déjeuner qui arrivent dans un tintamarre métallique accompagné des grognements des prisonniers qui les portent. Ils s'affaiblissent de jour en jour, les bidons s'alourdissent de minute en minute.

Lale se dirige vers l'endroit où on distribue le petit déjeuner et rejoint les autres hommes qui ont droit à des rations supplémentaires. Les signes de tête habituels, quelques yeux qui se lèvent, des sourires brefs, occasionnels. Aucune parole n'est échangée. Il mange la moitié de son pain, fourre le reste dans sa manche dont il retourne le bord pour empêcher le quignon de tomber. S'il le peut, il donnera son pain à la jeune fille. Sinon, il reviendra à Leon.

Les prisonniers qui ne travaillent pas le dimanche vont retrouver des amis d'autres Blocks, se dispersent en petits groupes et profitent du soleil de l'été pendant qu'il est encore temps. L'automne n'est plus très loin. Au moment où Lale s'apprête à partir à la recherche de la jeune fille, il s'aperçoit qu'il n'a pas sa besace. Or il le sait, il doit toujours l'avoir avec lui. D'habitude, il ne quitte jamais sa chambre sans la prendre mais ce matin, il l'a oubliée. *Où ai-je donc la tête* ? Il retourne dans son Block et réapparaît, le sac à la main, une expression déterminée sur le visage – un homme en mission.

Pendant un long moment, Lale marche parmi les autres prisonniers, échange quelques mots avec ceux du Block 7 qu'il connaît. En même temps, il cherche des yeux un groupe de filles. Il est en train de parler avec Leon quand les poils de sa nuque se hérissent. Il a le sentiment qu'on le regarde. Il se retourne. Elle est là.

Elle discute avec trois autres filles. Quand elle s'aperçoit qu'il l'a vue, elle s'arrête. Lale se dirige vers les filles, ses amies reculent, s'éloignant de quelques pas de l'étranger. Elles ont entendu parler de Lale. Elles la laissent seule.

Il s'approche de la fille, comme aimanté par ses yeux. Ses amies gloussent doucement derrière elle. Elle sourit. Un petit sourire hésitant. Lale semble avoir perdu l'usage de la parole. Il rassemble son courage. Il lui tend le pain et la lettre. Incapable de se contenir, il a écrit dans la lettre qu'il ne cesse de penser à elle.

— Comment t'appelles-tu ? demande-t-il. J'ai besoin de savoir ton nom.

Derrière lui, quelqu'un dit : « Gita. »

Il n'a pas le temps d'en dire davantage que déjà les amies de Gita se précipitent vers elle et l'entraînent plus loin, tout en la pressant de questions.

Cette nuit-là, Lale, couché dans son lit, répète son prénom inlassablement. « Gita. Gita. Quel beau nom. »

Dans le Block 29 au camp des femmes, Gita est blottie contre ses amies Dana et Ivana. Un filet de lumière passe à travers une fente entre les lattes de bois de la baraque. Gita approche la lettre de la fente pour relire les mots de Lale.

— Combien de fois vas-tu la lire ? demande Dana.

— Oh je ne sais pas, jusqu'à ce que je la connaisse par cœur.

— Et ça sera quand ?

— *C'était* il y a deux heures environ, répond Gita en riant.

Dana serre son amie dans ses bras.

Le lendemain matin, Gita et Dana sont les dernières à quitter leur Block. Elles sortent de la baraque, bras dessus bras dessous, tout en discutant, comme si elles avaient oublié où elles étaient. Tout à coup, l'officier SS qui se tient devant leur Block frappe Gita dans le dos avec son arme. Les deux filles s'effondrent au sol. Gita laisse échapper un cri de douleur. L'homme leur fait signe avec son arme de se relever. Elles se mettent debout, les yeux baissés.

— Que je ne vous reprenne plus à sourire, lance-t-il d'un air plein de dégoût. Il sort son pistolet de son étui et le presse contre la tempe de Gita. Pas de nourriture pour elles aujourd'hui, dit-il à un autre officier.

Alors qu'il s'éloigne, leur Kapo avance vers elles et les gifle toutes les deux.

— N'oubliez pas où vous êtes.

Il part à son tour. Gita pose la tête sur l'épaule de Dana.

— Je t'ai dit que j'allais revoir Lale dimanche prochain, non ?

Dimanche. Les détenus errent dans le camp, seuls ou en petits groupes. Certains sont assis, le dos appuyé contre les baraques, trop fatigués et faibles pour bouger. Quelques SS arpentent les allées, discutant entre eux, fumant, ignorant les prisonniers. Gita et ses amies avancent, le visage impassible. Elles parlent doucement, toutes sauf Gita, qui regarde autour d'elle.

Lale observe Gita et ses amies et ne peut s'empêcher de sourire en voyant l'air inquiet de Gita. Alors qu'elle scrute le visage des prisonniers, elle tourne le regard vers lui, mais juste à cet instant, il se cache derrière les autres détenus. Il avance doucement vers elle. C'est Dana qui, la première, l'aperçoit. Elle s'apprête à dire quelque chose mais Lale lui fait signe de se taire en posant un doigt sur ses lèvres. Sans ralentir le pas, il prend Gita par la main et continue à marcher. Ses amies rient doucement et se donnent des coups de coude tandis que Lale entraîne doucement Gita derrière le bâtiment de l'administration. Il s'assure que la sentinelle dans le mirador tout proche n'est pas en alerte et ne regarde pas dans leur direction.

Il s'assoit en laissant glisser son dos contre le mur et incite Gita à faire de même. D'ici, ils peuvent voir la forêt derrière la clôture. Gita fixe le sol.

— Bonjour..., dit-il d'une voix hésitante.

— Bonjour, répond-elle.

— J'espère que je ne t'ai pas effrayée.

— On est en sécurité ici ?

Elle lance un regard furtif au mirador.

— Non, sans doute. Mais je ne peux plus me contenter de te voir. J'ai besoin d'être avec toi, de te parler normalement.

— Mais on n'est pas en sécurité.

— On ne le sera jamais ici. Parle-moi. Je veux entendre ta voix. Je veux tout savoir de toi. Tout ce que je connais de toi, c'est ton nom. Gita, c'est magnifique.

— Qu'est-ce que tu veux que je te dise ?

Lale réfléchit à la bonne question. Il opte pour la plus banale.

— Et si… tu me racontais ta journée ?

À cet instant, elle lève la tête et le regarde droit dans les yeux.

— Oh tu sais, je me suis levée, j'ai pris un bon petit déjeuner, j'ai fait une bise à papa et maman avant de prendre le bus pour aller au travail. Au travail…

— D'accord, d'accord. Désolé, question idiote.

Assis côte à côte, ils ne se regardent pas. Lale écoute la respiration de Gita. Elle tape son pouce contre sa cuisse. Enfin elle dit :

— Et toi, ta journée, c'était comment ?

— Oh tu sais. Je me suis levé, j'ai pris un bon petit déjeuner…

Ils échangent un regard et rient doucement. Gita donne un petit coup de coude à Lale. Leurs mains se frôlent un instant.

— Bon, puisqu'on ne peut pas parler de notre journée, dis-moi quelque chose sur toi.

— Il n'y a rien à dire.

Lale est décontenancé.

— Bien sûr que si. Quel est ton surnom ?

Elle regarde Lale en secouant la tête.

— Je ne suis qu'un numéro. Tu devrais le savoir. C'est toi qui me l'as donné.

Lale se lève et, tout en la fixant, il déclame :

— Je m'appelle Ludwig Eisenberg mais on me surnomme Lale. J'ai une mère, un père, un frère et une sœur.

Il marque une pause.

— À ton tour maintenant.

Gita lui lance un regard de défi :

— Je suis la détenue 34902, je vis à Birkenau en Pologne.

Un silence gêné s'installe entre eux. Il la regarde, mais elle ne lève pas les yeux. Elle semble se livrer à un débat intérieur. Que dire ? Que taire ?

Lale se rassoit, devant elle cette fois. Il tend le bras pour prendre sa main dans la sienne mais se ravise.

— Je ne veux pas te contrarier mais promets-moi quelque chose.

— Quoi ?

— Avant qu'on parte d'ici, tu me diras qui tu es et d'où tu viens.

Elle le regarde dans les yeux.

— D'accord, promis.

— Je m'en contenterai pour l'instant. Alors, tu travailles dans les entrepôts du Canada ?

Gita hoche la tête.

— Et ce n'est pas trop dur ?

— Ça va. Mais les Allemands jettent toutes les affaires des détenus pêle-mêle. Les vêtements sont mélangés à la nourriture avariée. Et la moisissure – je déteste toucher un aliment moisi, en plus ça sent mauvais...

— Malgré tout, je suis content que tu ne travailles pas dehors. Parmi mes compagnons, certains connaissent des filles de leur village qui travaillent au Canada. Ils me disent qu'elles trouvent souvent des bijoux et de l'argent.

— Je l'ai entendu moi aussi. Moi, je ne trouve que du pain moisi, on dirait.

— Sois prudente, s'il te plaît. Ne fais rien d'insensé et garde toujours un œil sur les SS.

— Crois-moi, j'ai bien appris ma leçon.

Une sirène retentit.

— Tu ferais mieux de rejoindre ton Block, dit Lale. La prochaine fois, je t'apporterai de la nourriture.

— Tu as de la nourriture ?

— Je peux avoir des rations en plus. Je te donnerai ce que je peux. On se revoit dimanche prochain.

Lale se lève et tend la main. Gita la prend. Il l'aide à se relever et serre sa main un peu trop longtemps dans la sienne. Il ne veut pas la quitter des yeux.

— On devrait y aller.

Elle détourne le regard mais le charme n'est pas rompu. En voyant son sourire, il a les jambes qui flageolent.

6

Les semaines passent ; les arbres entourant le camp ont perdu leurs feuilles, les jours sont de plus en plus courts, l'hiver s'installe.

Qui sont ces gens ? Lale se pose la question depuis son arrivée au camp. Ces groupes d'hommes qui travaillent sur le chantier, ils viennent tous les jours, vêtus en civil, et disparaissent dès que la sirène annonçant la fin du travail retentit. D'un pas vif et léger, égayé par les quelques minutes qu'il a pu voler avec Gita, Lale s'approche du groupe, persuadé qu'il peut aborder un ou deux travailleurs sans que les SS s'énervent et lui tirent dessus. En plus, il a son bouclier en forme de besace.

Lale se dirige nonchalamment vers un des bâtiments en construction. Ils ne ressemblent pas aux Blocks où s'entassent les prisonniers. Mais en cet instant, Lale n'a que faire de la fonction future des bâtiments. Il s'approche de deux hommes, l'un plus âgé que l'autre, occupés à poser des briques. Il s'accroupit à côté d'une des piles. Les deux inconnus le regardent avec intérêt et ralentissent leur cadence. Lale prend une brique et fait semblant de l'étudier sous tous les angles.

— Je ne comprends pas, dit-il doucement.

— Qu'est-ce que vous ne comprenez pas ? demande l'homme plus âgé.

— Je suis juif. Je porte une étoile jaune. Autour de moi, je vois des prisonniers politiques, des criminels, des asociaux qui ne travailleront jamais. Et puis, il y a vous. Vous ne portez aucun signe distinctif.

— Ça ne te regarde pas, le Juif ! dit le jeune homme à peine sorti de l'adolescence.

— Je ne vous veux aucun mal. Je cherche juste à mieux comprendre ce qui m'entoure. Et votre groupe a éveillé ma curiosité. Je m'appelle Lale.

— Va te faire voir, lance le jeune homme.

— Calme-toi, fiston. Ne faites pas attention à lui, dit le vieil homme à Lale, d'une voix rauque de grand fumeur. Je m'appelle Victor. Et le fort en gueule, c'est mon fils, Yuri.

Victor et Lale échangent une poignée de main. Lale tend ensuite la main à Yuri qui refuse de la prendre.

— On vit tout près d'ici, explique Victor. Alors on vient travailler tous les jours au camp.

— Donc si je comprends bien, vous venez tous les jours volontairement. Vous êtes payés, je veux dire ?

— C'est ça, le Juif ! intervient Yuri. On est payés et on rentre chez nous tous les soirs. Vous autres…

— Boucle-la, Yuri ! Tu ne vois pas que cet homme ne nous veut aucun mal, qu'il essaie juste de discuter avec nous ?

— Merci, Victor. Je ne veux pas vous attirer d'ennuis. J'essaie juste de comprendre.

— À quoi sert cette besace ? demande Yuri, piqué au vif par son père qui l'a réprimandé devant Lale.

— C'est là que je range mes outils pour tatouer les numéros sur l'avant-bras des détenus. Je suis le *Tätowierer*.

— Vous devez avoir beaucoup de travail, fait remarquer Victor.

— Certains jours, oui. Je ne sais jamais quand les convois vont arriver, je ne connais pas leur importance non plus.

— J'ai entendu qu'il allait y avoir pire.

— Vous voulez bien m'expliquer ?

— Ce bâtiment. J'ai vu les plans. Ça ne va pas vous plaire.

— Ça ne peut pas être pire que ce qui se passe déjà ici.

Lale se lève et s'appuie contre le tas de briques.

— Le bâtiment s'appelle Crématoire I, dit doucement Victor en détournant le regard.

— Crématoire I. Vous voulez dire qu'il va y en avoir un deuxième ?

— Désolé. Je vous avais dit que ça ne vous plairait pas.

Lale donne un coup de poing dans la dernière brique posée, l'envoie valdinguer et secoue sa main douloureuse.

Victor plonge la main dans un sac et en sort un morceau de saucisson sec enveloppé dans du papier paraffiné.

— Tenez, prenez ça, je sais qu'ils vous affament ici, et j'en ai plein là d'où je viens.

— C'est notre déjeuner, proteste Yuri qui se précipite pour arracher le bout de saucisson de la main de son père.

Victor repousse Yuri.

— Ça ne va pas te faire de mal de t'en passer un jour. Cet homme en a plus besoin que toi.

— Je le dirai à maman quand on rentrera à la maison.

— Tu peux le lui dire, il vaut mieux pour toi qu'elle ne sache rien de ton attitude ! Tu as encore beaucoup à apprendre de la vie, jeune homme. Considère que c'est ta première leçon de savoir-vivre.

Lale n'a toujours pas pris le saucisson.

— Je suis désolé. Je ne voulais pas vous attirer d'ennuis.

— C'est ce que tu as fait pourtant, gémit Yuri.

— Non, réplique Victor. Lale, prenez le saucisson et revenez nous voir demain. J'en aurai encore pour vous. Bon sang, si on peut aider ne serait-ce que l'un d'entre vous, on le fera. Pas vrai, Yuri ?

Yuri tend à contrecœur la main à Lale qui la serre dans la sienne.

— Celui qui sauve une vie, sauve l'humanité entière, dit Lale doucement, plus pour lui-même que pour les autres.

— Je ne peux pas vous aider tous.

Lale prend la nourriture.

— Je n'ai rien pour vous payer.

— Ce n'est pas un problème.

— Merci. J'espère trouver de quoi vous payer. Si j'y parviens, pourriez-vous m'apporter autre chose, comme du chocolat ?

Il voulait du chocolat. C'est ce qu'on offre à une fille si on peut en avoir.

— Je suis sûr que je pourrai en trouver. Vous feriez mieux de partir maintenant. Je vois un officier qui nous regarde.

— À bientôt alors, dit Lale en fourrant le saucisson dans son sac.

Des flocons de neige dérivent autour de lui alors qu'il se dirige vers son Block. Les cristaux de glace renvoient les derniers rayons du soleil. Une multitude de parcelles colorées dansent devant les yeux de Lale. Il repense au kaléidoscope avec lequel il jouait, petit garçon. *Qu'est-ce qui ne colle pas dans cette vision ?* Lale, submergé par l'émotion, presse le pas. Sur son visage, la neige fondue se mêle à ses larmes. L'hiver de l'année 1942 vient de commencer.

De retour dans sa chambre, Lale prend le morceau de saucisson et le coupe avec soin en parts égales. Il déchire des bandes de papier paraffiné et enveloppe chaque morceau avec, puis remet un à un les paquets dans son sac. Arrivé au dernier, Lale s'arrête et regarde le petit paquet de nourriture gratifiant à côté de ses doigts sales et rugueux. Ces doigts autrefois lisses, propres, potelés, habitués à manipuler de la nourriture riche, ces doigts qu'il levait pour dire à ses hôtes : « Non merci, je ne peux plus rien avaler. » Tout en secouant la tête, il met le dernier paquet dans son sac.

Il se dirige vers l'un des bâtiments du Canada. Un jour, il a demandé à un homme du Block 7 s'il savait pourquoi on appelait ces entrepôts ainsi.

— Les filles qui travaillent là-bas rêvent d'un endroit loin d'ici, où l'on trouve tout en abondance et où il fait bon vivre. Elles ont décidé que le Canada était cet endroit.

Lale a déjà parlé à deux filles qui ont été affectées au tri des biens confisqués. Il a souvent guetté la sortie des femmes à la fin de la journée et sait que Gita ne travaille pas dans cet entrepôt. Il y a d'autres bâtiments auxquels il ne peut pas accéder facilement. Elle doit être dans un de ceux-là. Il aperçoit les deux filles. Elles marchent ensemble. Il plonge la main dans son sac, en sort deux petits paquets, et s'approche d'elles en souriant. Puis il tourne et se met à marcher à côté d'elles.

— Je veux que vous tendiez une de vos mains, mais doucement. Je vais vous donner un peu de saucisson. Vous n'ouvrirez le paquet qu'une fois seules.

Les deux filles s'exécutent, sans ralentir le pas, jetant des regards furtifs autour d'elles, à l'affût d'un SS qui pourrait observer leur manège. Une fois le saucisson dans leurs mains, elles croisent les bras contre la poitrine tout autant pour se réchauffer que pour protéger leur butin.

— Les filles, j'ai entendu que vous trouviez parfois des bijoux et de l'argent, c'est vrai ?

Les femmes échangent un regard.

— Je ne veux pas vous mettre en danger, mais vous croyez que vous pourriez en récupérer un peu pour moi ?

L'une d'elles dit nerveusement :

— Ça ne devrait pas être trop difficile. Nos gardiennes ne font plus vraiment attention à nous. Elles pensent qu'on est inoffensives.

— Parfait. Prenez ce que vous pouvez sans éveiller les soupçons. Et avec ça, je pourrai acheter pour vous et pour d'autres de la nourriture comme ce saucisson.

— Tu crois que tu pourrais avoir du chocolat ? demande l'une d'elles, les yeux brillants.

— Je ne peux rien promettre mais je ferai de mon mieux pour en trouver. N'oubliez pas. Prenez à chaque fois de petites quantités. J'essaierai d'être là demain après-midi. Si je ne peux pas, y a-t-il un endroit sûr où cacher les objets jusqu'à ce que je puisse venir vous trouver ?

— Pas dans notre Block. Impossible. Ils nous fouillent tout le temps, répond l'une d'elles.

— Je sais, dit l'autre. La neige s'est amoncelée derrière notre Block. On pourra envelopper la monnaie et les bijoux dans des chiffons et les cacher sous la neige en allant aux toilettes.

— Oui, ça peut marcher, approuve la première.

— Ne dites à personne ce que vous faites, ni d'où vient la nourriture, d'accord ? C'est vraiment important. Votre vie dépend de votre silence. Vous avez compris ?

L'une des filles passe le doigt sur sa bouche fermée. Alors qu'ils approchent du camp des femmes, ils se séparent, Lale rôde quelques instants autour du Block 29. Aucune trace de Gita. Tant pis. Dans trois jours, c'est dimanche.

Le lendemain, Lale travaille à Birkenau. Le convoi n'est pas très important ; au bout de quelques heures, il a terminé. Leon lui demande de passer l'après-midi avec lui afin qu'ils puissent parler de leur situation sans que tous les hommes du Block essaient d'entendre ce qu'ils disent. Lale décline son offre, prétextant qu'il ne se sent pas très bien et qu'il a besoin de se reposer. Chacun part de son côté.

Lale est partagé. Il veut à tout prix récupérer la nourriture que Victor a apportée mais il a besoin de quelque chose pour le payer. Les filles finissent leur journée de travail à l'heure où Victor et les autres ouvriers externes au camp rentrent chez eux. Aura-t-il le temps d'aller voir si elles ont réussi à organiser quelque chose ? Au bout du compte, il décide de rejoindre directement Victor et de lui dire qu'il est train de chercher un moyen de paiement.

Sa besace à la main, Lale se dirige vers le bâtiment en construction. Il cherche Victor et Yuri. Victor l'aperçoit, donne un coup de coude à Yuri, et ils se séparent du groupe. Ils s'approchent doucement de Lale qui s'est arrêté et fait semblant de chercher quelque chose dans sa besace. Yuri tend la main pour saluer Lale.

— Sa mère lui a parlé hier soir, explique Victor.

— Je suis désolé, je n'ai rien pour vous payer mais j'espère avoir trouvé quelque chose. Ne rapportez rien tant que je ne vous aurai pas payé ce que vous m'avez déjà donné.

— Ne vous inquiétez pas. On a de quoi faire, dit Victor.

— Vous prenez un risque. Il est normal que vous ayez quelque chose en contrepartie. Je vous demande juste de me donner un jour ou deux.

Victor sort deux paquets de son sac et les jette directement dans la besace ouverte de Lale.

— On sera là à la même heure demain.

— Merci, dit Lale.

— À plus tard, lance Yuri, ce qui fait sourire Lale.

— À plus tard, Yuri.

De retour dans sa chambre, Lale ouvre les paquets. Du saucisson et du chocolat. Il hume l'odeur du chocolat.

Encore une fois, il coupe la nourriture en petits morceaux pour que les filles puissent la cacher et la distribuer plus facilement. Il espère de tout cœur qu'elles seront discrètes. Il n'ose pas penser aux conséquences si elles ne savent pas tenir leur langue. Il garde un petit bout de saucisson pour le Block 7. La sirène retentit et interrompt Lale dans sa tâche minutieuse, il tient absolument à ce que tous les paquets soient de la même taille. Il jette le tout dans son sac et se dirige en toute hâte vers les entrepôts du Canada.

Lale rattrape ses deux amies non loin du camp des femmes. En le voyant approcher, elles ralentissent le pas, se mêlant à la foule des filles qui vont rejoindre leur Block. Il tient les paquets de nourriture dans une main, son sac dans l'autre, et se faufile entre les femmes. Sans le regarder, chacune des deux filles jette quelque chose dans sa besace. À son tour, il glisse la nourriture dans leurs mains. Elles l'enfouissent immédiatement dans leurs manches. Lale et les filles se séparent à l'entrée du camp des femmes.

Lale ignore ce qu'il va trouver dans les quatre chiffons qu'il dépose sur son lit. Il les ouvre doucement. Ils contiennent des pièces de monnaie, des billets (des zlotys polonais), des diamants, des rubis, des saphirs en vrac, ainsi que des bagues en or et en argent incrustées de pierres précieuses. Lale recule et heurte la porte derrière lui. Il pense à la triste provenance de ces objets, chacun associé à un événement important dans la vie de leur ancien propriétaire. Il a peur aussi pour sa sécurité. S'il se fait prendre avec son butin, il sera certainement exécuté. Comme il entend un bruit dehors, il s'empresse de jeter les bijoux et les pièces dans sa besace puis de s'allonger sur son lit. Personne n'entre. Quelques instants plus tard, il se lève, prend son sac avec lui et sort pour le repas du soir. Dans la cantine, il ne pose pas la besace à ses pieds comme à l'accoutumée. Il la tient d'une main, tout en mangeant. Malgré ses efforts pour dissimuler son inquiétude, il a sûrement l'air bizarre.

Plus tard dans la soirée, il sépare les pierres précieuses de l'argent, les pierres en vrac des bijoux et les enveloppe séparément dans les chiffons. Il cache la plus grande part du butin sous son matelas. Il garde un rubis et une bague avec un diamant dans son sac.

À sept heures le lendemain matin, Lale rôde autour de l'entrée principale du camp quand les travailleurs locaux arrivent. Il se glisse vers Victor, ouvre la main pour montrer le rubis et la bague. Victor fait mine de lui serrer la main, les bijoux passent d'une paume à l'autre. Le sac de Lale est déjà ouvert. Victor s'empresse d'y jeter quelques paquets. Ils viennent de sceller leur alliance.

— Bonne année, murmure Victor.

Lale s'éloigne en traînant les pieds. La neige tombe dru sur le camp. L'année 1943 vient de commencer.

7

Malgré le froid polaire, la neige et la boue qui s'accumulent dans le camp, Lale est de bonne humeur. C'est dimanche. Lale et Gita feront partie des courageux qui auront bravé le mauvais temps pour errer dans le camp, dans l'espoir d'une rencontre furtive, d'un échange rapide, d'un frôlement de mains.

Tout en guettant Gita, Lale fait les cent pas pour se réchauffer. Il passe devant le camp des femmes, le plus souvent possible, mais ne veut pas attirer l'attention sur lui. Plusieurs filles sortent du Block 29, pas Gita. Sur le point d'abandonner, il aperçoit Dana qui jette un regard alentour. Quand elle voit Lale, elle se hâte vers lui.

— Gita est malade, dit-elle dès qu'il peut l'entendre. Elle est malade, Lale. Je ne sais pas quoi faire.

Son cœur s'emballe sous l'effet de la panique. Il repense à la charrette des morts, aux hommes qui l'ont soigné et sauvé du sort qui l'attendait. Il s'en est fallu de peu.

— Je dois la voir.

— Impossible. Notre Kapo est d'une humeur exécrable. Elle veut que les SS viennent récupérer Gita.

— Tu ne dois pas les laisser faire. Tu ne dois pas les laisser l'emmener, dit Lale. Qu'est-ce qu'elle a ? Tu sais ?

— On pense que c'est le typhus. On a perdu plusieurs filles du Block cette semaine.

— Alors il lui faut des médicaments, de la pénicilline.

— Et où veux-tu qu'on trouve de la pénicilline, Lale ? Si on va à l'hôpital pour demander des médicaments, ils la prendront. Je ne veux pas la perdre. J'ai perdu toute ma famille. S'il te plaît, tu peux nous aider, Lale ? le supplie Dana.

— Ne l'emmène pas à l'hôpital. Quoi que tu fasses, surtout ne l'emmène pas là-bas.

Lale réfléchit à toute vitesse.

— Écoute-moi, Dana. Il va peut-être me falloir deux jours mais je vais essayer de lui trouver de la pénicilline.

Il est pris d'un étourdissement. Sa vision se brouille. Ses tempes palpitent.

— Écoute ce que tu vas faire. Demain matin, tu vas la prendre avec toi, comme tu pourras, tu la portes, tu la traînes, peu importe. Tu l'emmènes dans les entrepôts du Canada. Cache-la parmi les vêtements durant la journée, essaie de lui faire boire le plus d'eau possible, puis ramène-la au Block pour l'appel. Tu vas devoir faire ça pendant plusieurs jours jusqu'à ce que je récupère les médicaments. Mais tu dois le faire. C'est le seul moyen d'éviter l'hôpital. Maintenant, va t'occuper d'elle.

— D'accord, je vais faire ce que tu dis. Ivana m'aidera. Mais il lui faut absolument ces médicaments.

Il saisit la main de Dana.

— Dis-lui...

Dana attend.

— Dis-lui que je vais prendre soin d'elle.

Lale regarde Dana repartir en courant vers son Block. Il est tétanisé. De sombres pensées envahissent son esprit. Tous les jours, il voit la charrette des morts – on l'appelle Black Mary. Gita ne peut pas finir dessus. Ce n'est pas le destin qui l'attend. Il regarde les âmes courageuses qui se sont aventurées dehors. Il les imagine tombant dans la neige, restant couchées au sol, le fixant en souriant, heureuses que la mort les ait emmenées loin de cet endroit.

— Tu ne l'auras pas. Je ne te laisserai pas me la prendre, crie-t-il.

Les autres détenus s'écartent de lui. Les SS ont choisi de rester à l'intérieur par cette journée sombre et triste, et bientôt, Lale se retrouve tout seul, paralysé par le froid et la peur. Puis il finit par bouger les pieds. Son esprit rejoint le reste de son corps. Il regagne sa chambre en titubant et se laisse tomber sur son lit.

La lumière du jour pénètre dans sa chambre. La pièce semble vide, comme si lui-même était absent. Il contemple la scène d'en haut, il ne se voit pas. Une sortie hors du corps. *Où suis-je allé ? Il faut que je revienne. J'ai quelque chose d'important à faire*. Le souvenir de son entrevue avec Dana le ramène brusquement à la réalité.

Il prend son sac, ses chaussures, jette une couverture sur ses épaules et sort de sa chambre à toute vitesse pour gagner l'entrée principale du camp. Il ne regarde pas s'il y a des SS. Il doit absolument trouver Victor et Yuri.

Les deux hommes arrivent avec leur détachement. Ils s'enfoncent dans la neige à chaque pas. En voyant Lale, ils s'éloignent des autres, le rejoignant à mi-chemin. Lale montre à Victor les pierres précieuses et l'argent dans sa main, une petite fortune. Il jette tout ce qu'il a dans le sac de Victor.

— J'ai besoin de pénicilline ou de quelque chose de similaire. Vous pouvez m'aider ?

Victor dépose les paquets de nourriture dans la besace ouverte de Lale en hochant la tête.

— Oui.

Lale repart rapidement. Il rôde autour du Block 29, regarde de loin ce qui se passe. *Où sont-elles ? Pourquoi ne sont-elles pas encore sorties ?* Il marche de long en large sans faire attention aux sentinelles dans les miradors qui entourent le camp. Il doit voir Gita. Il faut qu'elle ait survécu à la nuit. Enfin, il aperçoit Dana et Ivana, Gita au milieu, comme suspendue à leurs épaules. Deux autres filles se positionnent pour la cacher des regards curieux. Lale tombe à genoux. Et si c'était la dernière fois qu'il la voyait ?

— Qu'est-ce que tu fais là ?

Baretzki vient de surgir derrière lui.

Il se relève tant bien que mal.

— Je ne me sentais pas bien mais ça va mieux maintenant.

— Tu devrais peut-être voir un docteur. Tu sais qu'on en a plusieurs à Auschwitz.

— Non merci, je préfère encore vous demander de m'abattre.

Baretzki sort son pistolet.

— Mais volontiers, *Tätowierer,* si c'est là que tu veux mourir, je serais ravi de te rendre service.

— Je n'en doute pas, mais non, pas aujourd'hui, dit Lale. Je suppose qu'on a du travail.

Baretzki range son arme.

— Auschwitz, dit-il tout en se mettant à marcher. Et rapporte cette couverture là où tu l'as trouvée. Tu as l'air ridicule avec ça.

Lale et Leon passent la matinée à Auschwitz, à tatouer des numéros, le plus délicatement possible, sur les avant-bras de nouveaux arrivants terrorisés. Mais les pensées de Lale sont accaparées par Gita et plusieurs fois, il appuie trop fort.

Dans l'après-midi, une fois son travail terminé, Lale retourne à Birkenau au pas de course. Il retrouve Dana à l'entrée du Block 29 et lui donne toutes les rations de son petit déjeuner.

— On lui a fait un lit avec des vêtements, dit Dana tout en pliant la nourriture dans sa manchette de fortune. Et on l'a hydratée avec de la neige. On l'a ramenée au Block cet après-midi mais elle va toujours aussi mal.

Lale serre la main de Dana.

— Merci. Essaie de la faire manger. J'aurai les médicaments demain.

Il repart, l'esprit en ébullition. *Je connais à peine Gita, mais comment pourrai-je continuer à vivre si elle n'est plus là ?*

Cette nuit-là, il n'arrive pas à trouver le sommeil.

Le lendemain matin, Victor dépose les médicaments avec les paquets de nourriture dans la besace de Lale.

L'après-midi, Lale parvient à les faire passer à Dana.

Le soir, Dana et Ivana veillent sur Gita qui a perdu conscience. Le typhus est plus fort qu'elles, l'esprit de Gita s'est abîmé dans les ténèbres. Elles lui parlent sans obtenir la moindre réaction de sa part. Dana verse quelques gouttes de liquide d'une petite fiole dans la bouche de Gita qu'Ivana maintient ouverte.

— Je ne sais pas si je pourrai continuer à la porter jusqu'au Canada, dit Ivana épuisée.

— Elle va guérir, insiste Dana. Plus que quelques jours à tenir.

— Où Lale a-t-il trouvé les médicaments ?

— On n'a pas besoin de le savoir. Sois contente qu'il ait pu les récupérer.

— Tu crois que c'est trop tard ?

— Je ne sais pas, Ivana. Contentons-nous de la serrer bien fort et de l'aider à passer la nuit.

Le lendemain matin, Lale aperçoit au loin Gita soutenue par ses amies, en route pour le Canada. Il la voit essayer plusieurs fois de lever la tête et ces simples tentatives le remplissent de joie. Il sait ce qu'il lui reste à faire : aller trouver Baretzki.

Les quartiers principaux des SS se trouvent à Auschwitz. À Birkenau, il n'y a qu'un petit bâtiment pour eux et c'est là que se rend Lale dans l'espoir de croiser Baretzki. Le SS apparaît au bout de plusieurs heures et semble surpris de voir Lale.

— Tu n'as pas assez de travail ? demande Baretzki.

— J'ai une faveur à vous demander, lâche Lale.

Baretzki plisse les yeux.

— Je ne fais plus de faveurs.

— Peut-être qu'un jour je pourrai faire quelque chose pour vous.

Baretzki rit.

— Dis-moi voir ce que tu pourrais faire pour moi.

— On ne sait jamais. Vous ne voulez pas garder une faveur en réserve, juste au cas où ?

Baretzki soupire.

— Qu'est-ce que tu veux ?

— C'est pour Gita.

— Ta petite amie.

— Vous ne pouvez pas la faire transférer aux services de l'administration ?

— Pourquoi ? Je suppose que tu veux qu'elle soit dans un endroit chauffé ?

— Oui.

Baretzki tape du pied.

— Ça va peut-être me prendre un jour ou deux mais je vais voir ce que je peux faire. Je ne te promets rien.

— Merci.

— Tu me dois une faveur, *Tätowierer*.

De nouveau ce sourire suffisant. Il caresse sa badine.

— Tu me dois une faveur.

— Pas encore, mais un jour j'espère, répond Lale d'une voix faussement assurée.

Il s'éloigne, d'un pas léger. Peut-être pourra-t-il rendre la vie de Gita un peu plus supportable.

Le dimanche suivant, Lale marche doucement à côté de Gita qui se remet peu à peu. Il aimerait passer son bras autour de ses épaules, comme il a vu Dana et Ivana le faire, mais il n'ose pas. C'est déjà bien de la sentir à ses côtés. Elle est bientôt trop épuisée pour continuer à avancer et il fait trop froid pour s'asseoir. Elle porte un long manteau en laine, sans doute un vêtement que les filles ont récupéré dans les entrepôts du Canada sans que les SS n'émettent d'objection. Il est doté de poches profondes que Lale remplit de nourriture avant de renvoyer Gita dans son Block pour qu'elle se repose.

Le lendemain matin, Gita, qui tremble de tout son corps, est escortée dans le bâtiment de l'administration par un officier SS. La jeune femme ne sait rien et craint automatiquement le pire. Elle a été malade, à présent elle est faible, les autorités ont sûrement décidé qu'elle ne servait plus à rien. Tandis que l'officier parle à une collègue gradée, Gita balaie la grande salle du regard. Elle est remplie de bureaux verts et ternes et de meubles de rangement. Tout est à sa place. Ce qui la frappe, c'est la chaleur qui règne dans la pièce. Comme les SS travaillent ici aussi, il y a du chauffage, bien évidemment. Des détenues et des civiles accomplissent leurs tâches dans le calme. Efficacement, elles écrivent et classent des documents la tête baissée.

L'officier qui accompagne Gita l'emmène vers sa collègue. Gita trébuche, les séquelles du typhus se font encore sentir. La collègue la retient puis la repousse sans ménagement. Elle prend ensuite le bras de Gita et inspecte son tatouage avant de la traîner jusqu'à un bureau vide et de la pousser sur une chaise en bois dur, à côté d'une autre prisonnière habillée exactement comme elle. La jeune fille ne lève pas les yeux, elle essaie de se faire toute petite, discrète, pour ne pas attirer l'attention de l'officier.

— Mets-la au travail, aboie ce dernier, bougon.

Après le départ de l'officier, la fille montre à Gita une longue liste de noms et d'informations. Elle lui tend une pile de fiches cartonnées et lui montre comment noter les informations concernant chaque personne sur une fiche puis dans un grand registre relié en cuir, posé entre elles. Aucun mot n'est échangé. Il suffit à Gita de jeter un coup d'œil autour d'elle pour comprendre qu'elle doit se taire elle aussi.

Plus tard dans la journée, Gita entend une voix familière. Elle redresse la tête. Lale est entré dans la salle et tend des papiers à une des civiles qui travaille à l'accueil. Après avoir échangé quelques mots avec elle, il scrute doucement tous les visages dans la pièce. Quand il aperçoit Gita, il lui fait un clin d'œil. Elle laisse échapper un hoquet de surprise, quelques femmes se retournent pour la regarder. La fille à côté d'elle lui donne un coup de coude dans les côtes tandis que Lale sort précipitamment des bureaux.

À la fin de sa journée de travail, Gita voit Lale qui se tient à quelque distance. Il regarde les filles sortir du bâtiment de l'administration et regagner leur Block. La présence des SS, en nombre dans cette partie du camp, l'empêche de s'approcher. Tout en se dirigeant vers le camp des femmes, les filles échangent quelques mots.

— Je m'appelle Cilka, dit la nouvelle collègue de Gita. Je suis dans le Block 25.

— Moi, c'est Gita du Block 29.

Quand les filles arrivent au camp des femmes, Dana et Ivana se précipitent vers Gita.

— Ça va ? Ils t'ont emmenée où ? Pourquoi ils t'ont emmenée ? demande Dana dont le visage exprime à la fois la peur et le soulagement.

— Tout va bien. Ils m'ont emmenée dans le bâtiment de l'administration. C'est là que je travaille désormais.

— Comment… ? demande Ivana.

— C'est Lale. Je pense que c'est lui qui a arrangé ça.

— Mais tu vas bien ? Ils ne t'ont pas fait de mal ?

— Je vais bien. Je vous présente Cilka. Je travaille avec elle.

Dana et Ivana donnent l'accolade à Cilka pour la saluer. Gita sourit, heureuse que ses amies acceptent aussi facilement une nouvelle fille parmi elles. Tout l'après-midi, elle s'est demandé comment elles allaient réagir à sa nouvelle affectation : elle travaille à présent dans un confort relatif, sans être exposée au froid, sans avoir à fournir de gros efforts physiques. Elle ne pourrait pas leur en vouloir si elles étaient jalouses de son travail et ne la considéraient plus comme une des leurs.

— Je ferais mieux de rejoindre mon Block, dit Cilka. On se voit demain, Gita.

Ivana regarde Cilka s'éloigner.

— Qu'elle est jolie ! Même vêtue de haillons, elle est magnifique.

— Oui, c'est vrai. Elle m'a adressé de petits sourires toute la journée pour me rassurer. Sa beauté est tout aussi intérieure qu'extérieure.

Cilka se retourne et leur sourit. Puis, dénouant d'une main le foulard sur sa tête, elle leur fait signe avec, laissant apparaître de longs cheveux noirs qui tombent dans son dos. Elle se déplace avec la grâce d'un cygne, une jeune femme qui n'a pas conscience de sa beauté, qui ne semble pas affectée par l'horreur autour d'elle.

— Tu dois absolument lui demander comment elle a fait pour garder ses cheveux, dit Ivana en grattant distraitement son foulard.

Gita retire son foulard de sa tête et passe la main sur les poils courts et hérissés qui couvrent son crâne. Elle sait qu'ils seront bientôt rasés à nouveau. Son sourire disparaît brièvement. Puis elle se dirige vers le chariot pour la distribution du repas bras dessus bras dessous avec Dana et Ivana.

8

Lale et Leon travaillent à toute heure du jour et de la nuit à mesure que les Allemands envahissent villes et villages qu'ils vident de leurs habitants juifs. Ceux de France, de Belgique, de Yougoslavie, d'Italie, de Moravie, de Grèce et de Norvège viennent rejoindre les détenus déjà arrivés d'Allemagne, d'Autriche, de Pologne et de Slovaquie. À Auschwitz, ils tatouent les malheureux qui ont été sélectionnés par l'équipe médicale. Ceux qui sont jugés aptes au travail sont emmenés jusqu'à Birkenau, ce qui évite à Lale et Leon un aller et retour de huit kilomètres entre Birkenau et Auschwitz. Avec l'arrivée de tous ces convois, Lale finit souvent trop tard pour aller chercher le butin prélevé par les filles dans l'entrepôt du Canada. Et Victor rentre tous les soirs avec la nourriture qu'il a apportée. De temps à autre, quand la file devant lui diminue, Lale demande une pause pour aller aux toilettes et gagne en toute hâte le Canada. La réserve de pierres précieuses, de bijoux et d'argent sous son matelas s'accroît.

Le jour a fait place à la nuit mais les hommes continuent à se mettre en rang devant les tables de Lale et Leon. Ils ont franchi la sélection pour cette fois, ils ne mourront pas tout de suite. Lale travaille machinalement, il prend le bout de papier, tatoue le bras qu'on lui tend. « Allez-y. » « Au suivant, s'il vous plaît. » Il sait qu'il est fatigué mais le bras suivant est si lourd qu'il le lâche. Un géant se dresse devant lui. Le cou épais, le torse et les muscles puissants.

— J'ai très faim, murmure l'homme.

Lale fait alors quelque chose qu'il n'a jamais fait auparavant.

— Comment t'appelles-tu ? demande-t-il.

— Jakub.

Lale tatoue le numéro sur le bras de Jakub. Une fois qu'il a terminé, il regarde autour de lui et constate que les SS qui les surveillent sont fatigués et ne prêtent pas vraiment attention à ce qui se passe. Lale fait passer Jakub derrière lui, dans l'ombre, à l'abri de la lumière diffusée par les projecteurs.

— Attends que j'aie terminé.

Sitôt le dernier prisonnier tatoué, Lale et Leon rangent leurs outils et plient leur table. Lale fait un signe à Leon. Conscient qu'il a manqué le repas du soir, il lui promet qu'il apportera quelque chose de sa réserve demain matin. *Ou est-ce ce matin déjà ?* Lale traîne et attend le départ de tous les SS. Il n'y a plus personne à part lui et Jakub, toujours caché dans l'ombre. Un rapide coup d'œil en direction des miradors le rassure. Les sentinelles ne regardent pas dans leur direction. Il fait signe à Jakub de le suivre et le conduit rapidement jusqu'à sa chambre. Lale ferme la porte derrière lui pendant que Jakub s'assoit sur son lit. Lale soulève un coin du matelas enfoncé et sort un peu de pain et de saucisson. Il tend la nourriture à l'homme qui n'en fait qu'une bouchée.

Une fois qu'il a terminé de manger, Lale lui demande :

— D'où viens-tu ?

— D'Amérique.

— Comment as-tu atterri *ici* ?

— Je rendais visite à ma famille en Pologne, j'ai été pris au piège. Plus moyen de repartir. Il y a eu une rafle et me voilà. J'ignore où est ma famille. On a été séparés.

— Mais tu vis en Amérique ?

— Oui.

— Merde, c'est dur.

— Tu t'appelles comment ? demande Jakub.

— Lale. Ici, on m'appelle le *Tätowierer* et, tout comme moi, tu vas bien t'en sortir.

— Je ne comprends pas. Qu'est-ce que tu veux dire ?

— Tu as une carrure hors du commun. Les Allemands sont des salauds de la pire espèce mais ils ne sont pas complètement stupides. Tes qualités physiques ne vont pas leur échapper. Ils sont d'une efficacité redoutable pour dénicher la personne dont ils ont besoin pour effectuer telle ou telle tâche. Ils te trouveront un travail.

— Quel genre de travail ?

— Je ne sais pas. Il ne te reste plus qu'à attendre. Tu sais dans quel Block tu es ?

— Le Block 7.

— Ah je le connais bien. Allez, on va le rejoindre discrètement. Il vaut mieux que tu sois présent au moment de l'appel, dans quelques heures.

Deux jours plus tard, Lale se réveille impatient. C'est dimanche. Il a travaillé les cinq derniers dimanches et Gita lui manque terriblement. Il parcourt le camp à la recherche de la jeune fille. Le soleil brille. En tournant à l'angle d'un Block, il entend tout à coup des cris et des applaudissements. Surpris par ces acclamations qui ne cadrent pas avec l'environnement, il fend la cohue pour voir ce qui soulève autant d'enthousiasme. C'est Jakub qui, entouré de prisonniers et de SS, montre l'étendue de ses talents.

Trois hommes lui apportent une grosse poutre en bois. Il la prend et la lance. Les détenus doivent se bousculer pour s'écarter de sa trajectoire. Un autre prisonnier lui présente une tige en métal que Jakub plie en deux. Plus le temps passe, plus les objets proposés à Jakub sont lourds.

Tout à coup, le silence s'abat sur la foule. Houstek approche, flanqué de SS. Jakub, qui n'a pas remarqué son nouveau public, poursuit son numéro. Houstek le regarde soulever un bout de métal au-dessus de sa tête et le tordre. Il en a vu assez. Il fait un signe au SS à côté de lui. L'homme s'avance vers Jakub. Sans même tenter de toucher Jakub, les SS lui font comprendre qu'il doit les suivre en pointant leurs armes dans la direction où il doit aller.

Au moment où la foule se disperse, Lale aperçoit Gita. Il se précipite vers elle et ses amies. Quelques-unes se mettent à glousser en le voyant. Ce son est si inhabituel dans le camp de la mort que Lale le savoure. Gita est rayonnante. La prenant par le bras, il la conduit à leur endroit habituel derrière le bâtiment de l'administration.

Le sol est encore trop froid pour qu'ils puissent s'asseoir. Gita s'appuie contre le mur et lève le visage vers le soleil.

— Ferme les yeux, dit Lale.

— Pourquoi ?

— Fais ce que je te dis. Fais-moi confiance.

Gita ferme les yeux.

— Ouvre la bouche.

Elle ouvre les yeux.

— Ferme les yeux et ouvre la bouche.

Gita finit par s'exécuter. De son sac, Lale sort un petit bout de chocolat. Il le pose sur les lèvres de Gita, lui laissant le temps d'en sentir la texture avant de l'enfoncer un peu plus dans sa bouche. Elle passe la langue dessus. Lale retire le morceau désormais humide et le passe doucement sur ses lèvres, elle le lèche avec délice. Puis il le remet dans sa bouche. Elle croque dedans et ouvre les yeux, savourant le goût du carré noir.

— Pourquoi le chocolat est-il toujours meilleur quand on nous le fait manger ?

— Je ne sais pas. Je n'ai jamais testé.

Gita prend un petit morceau de chocolat dans la main de Lale.

— Ferme les yeux et ouvre la bouche.

Ils recommencent leur petit jeu. Après avoir passé le dernier morceau de chocolat sur les lèvres de Lale, Gita l'embrasse doucement. Il ouvre les yeux. Ceux de Gita sont fermés. Il l'attire dans ses bras et l'embrasse avec passion. Gita rouvre les yeux et essuie les larmes qui coulent sur les joues de Lale.

— Qu'est-ce que tu as d'autre dans ton sac ? demande-t-elle d'un ton taquin.

Lale renifle puis se met à rire.

— Une bague avec un diamant. À moins que tu ne préfères une émeraude ?

— Oh je vais prendre le diamant, merci, dit-elle, jouant le jeu.

Lale sort de sa besace un magnifique anneau en argent serti d'un diamant. Il lui tend la bague.

— Elle est à toi.

Gita fixe le bijou, incapable de détourner les yeux, fascinée par l'éclat de la pierre.

— Où l'as-tu trouvée ?

— Des filles qui travaillent au Canada récupèrent des bijoux et de l'argent pour moi. C'est ce que j'utilise pour acheter la nourriture et les médicaments que je distribue autour de moi. Prends-la.

Gita tend la main comme pour essayer la bague, puis se ravise.

— Non, garde-la. Fais-en bon usage.

— D'accord, dit Lale qui s'apprête à remettre le bijou dans son sac.

— Stop. Laisse-moi la regarder une dernière fois.

Il tient la bague entre deux doigts et l'oriente vers le soleil.

— Je n'avais jamais rien vu d'aussi beau. Maintenant, range-la.

— C'est la plus belle chose que j'aie vue après toi, dit Lale en regardant Gita.

Elle rougit et se détourne.

— Je veux bien encore un peu de chocolat s'il t'en reste.

Lale lui en tend un morceau. Elle casse un petit carré qu'elle fait fondre dans sa bouche en fermant les yeux. Puis elle enveloppe le reste dans sa manche.

— Viens, dit-il. Retourne auprès des filles pour partager avec elles.

Gita lève la main et lui caresse la joue.

— Merci.

Lale se sent vaciller, troublé de la sentir si près de lui.

Gita prend sa main et se met à marcher. Elle guide Lale. Quand ils arrivent vers l'entrée principale, Lale aperçoit Baretzki. Il lâche la main de Gita. Elle lit dans son regard tout ce qu'elle a besoin de savoir. Il est triste de la quitter sans un mot, sans même savoir quand il la reverra. Il s'approche de Baretzki qui le foudroie du regard.

— Je te cherchais, dit Baretzki. On a du travail à Auschwitz.

Sur le chemin qui mène à Auschwitz, Lale et Baretzki croisent des détachements de détenus, peu nombreux, qui ont sans doute été punis et doivent travailler un dimanche. Plusieurs SS saluent Baretzki au passage. Il les ignore. Quelque chose ne tourne pas rond chez lui. D'habitude, il est plutôt bavard, mais aujourd'hui, il semble particulièrement tendu. Devant eux, Lale aperçoit trois prisonniers assis par terre, dos à dos, se soutenant les uns les autres. À l'évidence, ils sont épuisés. Ils regardent Lale et Baretzki mais ne bougent pas. Sans ralentir, Baretzki prend son fusil dans son dos et leur tire dessus à plusieurs reprises.

Lale se fige, les yeux rivés sur les hommes morts. Puis, en regardant Baretzki s'éloigner, il repense à la première fois qu'il a vu des innocents, assis sur une planche dans l'obscurité, se faire abattre sans raison. C'était sa première nuit à Birkenau. Baretzki l'a distancé. Lale craint qu'il passe sa colère sur lui. Il presse le pas mais reste un peu en arrière. Baretzki n'a pas besoin de se retourner pour savoir qu'il est là. En arrivant devant la porte d'Auschwitz, Lale lève les yeux vers les mots qui figurent sur le fronton : ARBEIT MACHT FREI. En silence, il maudit le Dieu, quel qu'il soit, qui a permis ça.

9

Mars 1943

Lale se présente à l'accueil des services de l'administration pour demander les instructions. Le temps s'améliore doucement. Il n'a pas neigé depuis une semaine. En entrant, il jette un regard circulaire dans la pièce pour s'assurer que Gita est bien à sa place. Oui, elle est là, assise à côté de Cilka. Elles sont devenues très proches toutes les deux. Dana et Ivana semblent avoir pleinement accepté Cilka dans leur petit groupe. Son clin d'œil habituel est accueilli par des sourires discrets. Il s'approche de la Polonaise derrière le comptoir.

— Bonjour Bella, quelle superbe journée !

— Bonjour Lale, répond Bella. Voici le travail de la journée. On m'a demandé de te dire que tous les numéros doivent être précédés de la lettre Z.

Lale regarde la liste de matricules et constate que tous sont effectivement précédés d'un Z.

— Tu sais ce que ça signifie ?

— Non, Lale. On ne me dit rien. Tu en sais plus que moi. Je me contente de suivre les instructions.

— Tout comme moi, Bella. Merci, à plus tard.

La feuille de papier à la main, Lale se dirige vers la sortie.

— Lale ! l'interpelle Bella.

Il se tourne vers elle. Tout en fixant Gita, elle demande :

— Tu n'as rien oublié ?

Lale sourit, puis regarde Gita en haussant les sourcils. Plusieurs filles se couvrent la bouche de la main et jettent un œil aux SS qui supervisent leur travail.

Leon attend Lale dehors. Lale lui transmet les instructions qu'il a reçues à l'accueil. Les camions déchargent leur cargaison de nouveaux détenus à proximité, et les deux hommes marquent un temps d'arrêt quand ils constatent qu'il y a des enfants parmi la foule d'hommes et de femmes dont certains sont âgés. Jusqu'à présent, ils n'ont jamais vu d'enfants à Birkenau.

— On ne va quand même pas tatouer des enfants. Je refuse de faire ça, annonce Leon.

— Voilà Baretzki. Il va nous expliquer ce qu'on doit faire. Ne dis rien.

Baretzki s'avance à grands pas vers eux.

— Je vois que les changements ne t'ont pas échappé, *Tätowierer*. Voici vos nouveaux compagnons. À partir de maintenant, vous allez devoir partager avec eux, alors soyez gentils. Ils sont plus nombreux que vous, beaucoup plus, en fait.

Lale ne dit rien.

— C'est le rebut de l'Europe, ils sont encore pires que vous. Les Tziganes ! Pour une raison qui m'échappe, le Führer a décidé qu'ils doivent vivre ici, avec vous. Qu'est-ce que tu en dis, *Tätowierer* ?

— On doit tatouer les enfants aussi ?

— Vous tatouez tous ceux qui vous tendent un numéro. Je vous laisse. Je vais être occupé à la sélection alors j'aimerais bien ne pas être interrompu, compris ?

Tandis que Baretzki s'éloigne, Leon balbutie.

— Je ne peux pas infliger ça aux enfants.

— Attendons de voir ce qu'on nous demande.

Bientôt, hommes, femmes et enfants s'approchent de Lale et Leon. Dans la foule, il y a aussi bien des bébés dans les bras de leur mère que des vieillards au dos voûté. À leur grand soulagement, Lale et Leon apprennent que les enfants ne seront pas tatoués même si, parmi ceux qui tendent un bout de papier avec leur numéro, certains semblent beaucoup trop jeunes à Lale. Il fait son travail, adressant des sourires aux enfants qui se tiennent à côté de leurs parents, vantant la beauté des bébés dans les bras de leur mère. Baretzki ne risque pas de l'entendre, il est trop loin. Le plus difficile pour lui, c'est de tatouer les vieilles femmes. Les yeux vides, elles ressemblent à des mortes vivantes. Peut-être sont-elles conscientes du sort qui les attend. Il se contente de leur dire qu'il est désolé. Il sait qu'elles ne le comprennent probablement pas.

Dans le bâtiment de l'administration, Gita et Cilka travaillent à leur bureau. Deux officiers SS s'approchent d'elles. L'un prend Cilka par le bras et la force à se lever. Cilka est conduite hors de la pièce. Confuse, elle regarde une dernière fois

Gita avec des yeux implorants. Gita ne voit pas l'employée SS s'avancer vers elle. Elle la frappe sur la tête. Le message est clair, elle doit se remettre au travail.

Cilka tente de résister tandis qu'on la traîne le long d'un couloir vers un endroit du bâtiment qu'elle ne connaît pas. Elle n'a aucune chance contre les deux hommes qui la tiennent. Ils s'arrêtent devant une porte fermée, l'ouvrent et la jettent littéralement à l'intérieur. Cilka se relève et regarde autour d'elle. Un grand lit à baldaquin trône au milieu de la pièce. Il y a aussi une commode, une table de chevet avec une lampe et un fauteuil. Quelqu'un est justement assis dans le fauteuil. Cilka le reconnaît : Lagerführer Schwarzhuber, le commandant de Birkenau. C'est un homme imposant qu'on voit rarement au camp. Il tapote sa botte en cuir avec sa cravache. Le visage impassible, il fixe un espace au-dessus de la tête de Cilka. Cilka recule contre la porte. Elle met la main sur la poignée. Tout à coup, la cravache fend l'air et s'abat sur sa main. Elle laisse échapper un cri de douleur et glisse le long du mur.

Schwarzhuber s'avance vers elle, ramassant sa cravache au passage. Il se dresse de toute sa hauteur devant elle, les narines dilatées, le regard noir, pantelant. Il enlève son chapeau qu'il lance dans la pièce. De son autre main, il continue à taper sa jambe avec sa cravache. À chaque claquement, Cilka tressaille, s'attendant à être frappée. Il se sert de sa cravache pour remonter la chemise de Cilka. Réalisant ce qu'il attend d'elle, Cilka défait les deux premiers boutons d'une main tremblante. Schwarzhuber place ensuite sa cravache sous son menton et la force à se relever. Elle est minuscule à côté de l'homme. Les yeux du SS ne semblent rien voir. Cet homme, qui n'a plus d'âme, n'écoute plus que son corps.

Il tend les deux bras. Elle comprend qu'il veut qu'elle le déshabille. Elle fait un pas en avant, tout en maintenant une certaine distance, et défait les nombreux boutons de sa veste. Un claquement dans son dos lui fait comprendre qu'elle doit aller plus vite. Schwarzhuber est obligé de lâcher sa cravache le temps qu'elle lui enlève sa veste, puis il la lui prend des mains pour la jeter vers son chapeau. Il enlève son maillot. Cilka défait sa ceinture et sa fermeture Éclair. Elle s'agenouille pour tirer son pantalon jusqu'à ses chevilles mais ne parvient pas à le faire passer sur ses bottes.

Déséquilibrée, Cilka tombe lourdement quand il la pousse. Il se met à genoux puis la chevauche. Terrifiée, Cilka tente de se couvrir quand il arrache sa chemise. Elle sent le dos de sa main sur son visage et ferme les yeux. Elle se résout à l'inévitable.

Ce soir-là, Gita sort en courant du bâtiment de l'administration. Les joues striées de larmes, elle regagne son Block. Dana et Ivana la trouvent quelque temps plus tard en train de sangloter sur sa paillasse. Inconsolable, elle leur annonce que Cilka a été emmenée.

Il était clair que ça n'allait pas durer éternellement. Depuis qu'il occupe la fonction de *Tätowierer*, Lale a eu un Block entier pour lui tout seul. Chaque jour, en revenant de son travail, il a observé la progression du chantier autour de lui. Il est désormais dans un camp clairement défini. Il dort dans la chambre réservée d'ordinaire au Kapo, bien qu'il ne soit le Kapo de personne. Il a toujours su que, tôt ou tard, les couchettes vides derrière lui seraient occupées.

Ce jour-là, quand Lale rejoint son Block, il voit des enfants en train de jouer au loup dehors. La vie au camp va changer pour lui. Les plus grands courent vers lui et l'assaillent de questions qu'il ne comprend pas. Au bout de quelque temps, ils se rendent compte qu'ils peuvent communiquer en patois hongrois, quoique pas toujours précisément. Lale montre sa chambre à ceux qui désormais partagent son Block et leur dit, de sa voix la plus sévère, de ne jamais y entrer. Il sait qu'ils ont compris l'interdiction, mais vont-ils pour autant la respecter ? Seul le temps le lui dira. Il s'aperçoit qu'il ne connaît presque rien de la culture tzigane et se demande s'il doit trouver une autre cachette pour son butin sous son matelas.

Il pénètre dans le Block, échange une poignée de main avec les hommes, fait un signe de tête aux femmes, aux plus âgées en particulier. Tous ont déjà compris ce qu'il fait ici. Il essaie de le leur expliquer plus précisément. Ils veulent savoir ce qui va leur arriver. Une question raisonnable à laquelle il n'a pas de réponse. Il promet de les informer s'il apprend quelque chose les concernant. Ils semblent reconnaissants. Beaucoup lui disent que c'est la première fois qu'ils s'adressent à un Juif. Il ne se souvient pas avoir parlé à un Tzigane avant ce jour.

Ce soir-là, il a du mal à s'endormir. Il n'est pas habitué aux pleurs des bébés et aux plaintes des enfants qui réclament à manger à leurs parents.

10

Quelques jours plus tard, Lale est devenu un membre honoraire de la communauté tzigane. Dès qu'il arrive au camp des Tziganes, comme le groupe de baraques s'appelle désormais, il est accueilli par des petits enfants qui s'agglutinent autour de lui, le supplient de jouer avec eux ou de leur distribuer de la nourriture qu'il cache dans son sac. Ils savent qu'il a accès à des rations supplémentaires car il en a déjà partagé avec eux, mais il leur explique qu'il va donner ce qu'il peut aux adultes qui distribueront le surplus à ceux qui en ont le plus besoin. Beaucoup d'hommes l'abordent quotidiennement et lui demandent s'il en sait plus sur le sort qu'on leur réserve. Il leur conseille d'essayer de s'accommoder de la situation et leur recommande d'occuper les enfants en leur dispensant des cours, même s'il s'agit avant tout de leur raconter des histoires sur leurs origines, leur famille, leur culture.

Lale est heureux de constater qu'ils ont suivi son conseil et que c'est aux femmes les plus âgées que revient le rôle d'enseignantes. Il remarque chez elles une petite étincelle qui n'était pas présente auparavant.

Bien sûr, son retour interrompt toujours la leçon en cours. Parfois, il s'assoit avec les enfants, écoute et en apprend beaucoup sur ces gens et cette culture si différents de la sienne. Il pose souvent des questions auxquelles les femmes répondent volontiers car ce qu'elles disent profite aussi aux enfants, beaucoup plus intéressés quand Lale anime les échanges. Lui qui a toujours habité la même maison avec sa famille est intrigué par le mode de vie nomade des Tziganes. Son existence confortable, la place bien définie qu'il a occupée dans le monde, son éducation, son expérience lui semblent tout à coup banales et prévisibles à côté de la vie toujours en mouvement de ses compagnons de Block. Parmi eux, il a remarqué une femme qui passe la plupart de son temps seule. Elle semble n'avoir ni enfant ni famille. Il la voit rarement discuter avec d'autres. Aucun ne lui témoigne de l'affection. Souvent, elle apporte son aide, une paire de mains en plus, aux mères qui se débattent avec leurs enfants. Lale lui donne la cinquantaine mais il sait que les Tziganes paraissent souvent plus vieux que leur âge.

Un soir, après qu'ils ont tous deux aidé les parents à mettre leurs enfants au lit, Lale la suit dehors.

— Merci pour ton aide, ce soir, dit-il.

Elle lui adresse un faible sourire et s'assoit sur une pile de briques pour se reposer.

— Je fais ça depuis mon plus jeune âge. Je pourrais coucher les enfants les yeux fermés.

Lale s'assoit à côté d'elle.

— Je n'en doute pas. Mais tu n'as pas de famille ?

Elle secoue tristement la tête.

— Mon mari et mon fils sont morts du typhus. Il ne reste que moi, Nadya.

— Je suis vraiment désolé, Nadya. J'aimerais que tu me parles d'eux. Je m'appelle Lale.

Ce soir-là, Lale et Nadya discutent longuement. C'est surtout Lale qui parle. Nadya se contente la plupart du temps d'écouter. Il évoque sa famille en Slovaquie et son amour pour Gita. Il apprend qu'elle n'a que quarante et un ans. Son fils est mort il y a trois ans, à l'âge de six ans, deux jours avant son père. Quand Lale lui demande son opinion, il constate que Nadya donne des réponses similaires à celles que donnerait sa mère. Est-ce cela qui l'a attiré vers elle, qui lui donne envie de la protéger comme il veut protéger Gita ? Sa famille lui manque tout à coup terriblement. Il ne peut ignorer ses craintes pour l'avenir. Des pensées sombres, qu'il a tenté de refouler, le consument. Puisqu'il ne peut plus aider les siens, alors il fera ce qu'il peut pour cette femme devant lui.

Quelques jours plus tard, à son retour au Block, Lale voit un bambin trotter vers lui. Il le prend dans ses bras. L'odeur et le poids du garçon lui rappellent le jeune neveu à qui il a dit au revoir plus d'un an auparavant. Submergé par l'émotion, Lale repose l'enfant et se précipite dans sa chambre. Pour une fois, aucun des gamins ne le suit. Quelque chose leur dit de garder leurs distances.

Allongé sur son lit, il repense aux derniers instants qu'il a passés avec sa famille. Les adieux sur le quai de la gare avant qu'il ne monte dans le train pour Prague. Sa mère l'avait aidé à faire sa valise. Entre deux sanglots, elle enlevait les vêtements qu'il avait déjà rangés et glissait des livres dans ses bagages : « Pour un peu de réconfort et en souvenir de la maison quel que soit l'endroit où tu atterriras. »

Sur le quai, alors qu'il s'apprêtait à monter dans son wagon, Lale avait vu des larmes dans les yeux de son père, pour la première fois. Jamais il n'aurait cru que son père, si fort, si fiable, pût se laisser aller à pleurer. De la vitre du wagon, il l'avait regardé s'éloigner, soutenu par son frère et sa sœur. Sa mère avait couru sur le quai, les bras tendus, comme si elle cherchait à retenir son fils adoré. Ses deux neveux, qui n'avaient pas conscience des changements à venir, s'amusaient innocemment à poursuivre le train.

Tout en s'agrippant à sa valise qui ne contenait que des vêtements et les quelques livres que sa mère y avait glissés, Lale s'était mis à sangloter, la tête contre la vitre. Il avait été tellement touché par le chagrin de sa famille, qu'il n'avait pas pris la mesure du sien.

Lale s'arrache à ses sombres pensées, se sermonne et retourne dehors pour jouer avec les enfants. Ils s'amusent à le poursuivre et grimpent sur lui. *Plus besoin d'arbres quand on a un* Tätowierer *à qui se suspendre*.

Le soir, il se joint à un groupe d'hommes assis devant la baraque. Ils échangent des souvenirs et des anecdotes sur la vie de leur famille, fascinés par les différences et les similarités entre leurs cultures. Toujours sous le coup des émotions qui ont marqué sa journée, Lale dit :

— Vous savez, dans une autre vie, je n'aurais rien à faire avec vous. Je me détournerais probablement ou traverserais la rue pour ne pas marcher sur le même trottoir que vous.

Les hommes restent silencieux quelques instants avant que l'un des Tziganes ne réponde :

— Eh *Tätowierer,* dans une autre vie on n'aurait rien à faire de toi non plus. On serait les premiers à traverser la rue.

Des rires éclatent. L'une des femmes sort du Block pour leur dire de se taire. Ils vont réveiller les enfants et plus personne ne pourra dormir après. Les hommes se replient à l'intérieur, un peu penauds. Lale s'attarde dehors. Il n'est pas assez fatigué pour dormir. Il sent la présence de Nadya derrière lui et se retourne. Elle se tient sur le seuil. Il l'invite à le rejoindre.

Nadya s'assoit à côté de lui, ses yeux fixant la nuit. Il observe son visage de profil. Elle est plutôt belle. Ses cheveux bruns, qui n'ont pas été rasés, tombent sur ses épaules. Ils se soulèvent doucement dans la brise, si bien qu'elle ne cesse de caler des mèches derrière ses oreilles. Un geste que Lale connaît bien. Un geste répété par sa mère toute la journée, tous les jours, lorsque des mèches rebelles s'échappaient de son chignon bien serré ou du foulard qui couvrait ses cheveux. Quand Nadya parle, on dirait qu'elle chuchote mais Lale s'aperçoit que sa voix est ainsi. Il comprend enfin ce qui l'attriste dans cette voix. Elle ne laisse transparaître aucune émotion. Que Nadya évoque les jours heureux avec sa famille ou la tragédie qu'ils vivent au quotidien depuis leur arrivée au camp, son timbre reste le même.

— Que signifie ton nom ? demande-t-il.

— Espoir, il veut dire espoir.

Nadya se lève.

— Bonne nuit, dit-elle.

Elle a disparu avant que Lale n'ait le temps de répondre.

11

Mai 1943

La vie quotidienne de Lale et Leon est rythmée par l'arrivée des transports en provenance de toute l'Europe. Quand au printemps succède l'été, les convois sont de plus en plus nombreux.

Ce jour-là, Lale et son assistant ont pour mission de tatouer des détenues qui forment une longue procession devant leur table. La sélection a lieu à quelque distance de leur poste de travail. Ils sont trop occupés pour y prêter attention. Un bras, un morceau de papier apparaissent devant eux, ils font leur travail, répétant inlassablement la même tâche. Ces prisonnières sont particulièrement silencieuses, peut-être ont-elles compris que l'endroit est maléfique. Soudain quelqu'un se met à siffler. L'air est familier, un opéra peut-être ? Le sifflement semble se rapprocher, Lale regarde dans la direction du son. Un homme vêtu d'une blouse blanche s'avance vers eux. Lale baisse la tête, s'efforçant de garder la cadence. *Ne regarde pas les visages*. Il prend le papier, tatoue le numéro, comme il l'a fait des milliers de fois auparavant.

Le sifflement s'arrête. Le docteur se tient désormais à côté de Lale. Une odeur âcre de désinfectant émane de sa personne. L'homme se penche, inspecte l'ouvrage de Lale et prend le bras qu'il est en train de tatouer. Apparemment satisfait, il repart aussi vite qu'il est arrivé, tout en sifflant un autre air connu. Lale regarde Leon qui a blêmi. Baretzki apparaît à côté d'eux.

— Que pensez-vous de notre nouveau docteur ?

— Il ne s'est pas vraiment présenté, murmure Lale.

Baretzki rit.

— C'est un docteur à qui il vaut mieux ne pas être présenté, vous pouvez me croire. Même moi, j'ai peur de lui. C'est un sale type.

— Vous connaissez son nom ?

— Mengele. Herr Doktor Josef Mengele. Retiens bien ce nom, *Tätowierer.*

— Qu'est-ce qu'il faisait à la sélection ?

— Herr Doktor a fait savoir qu'il participera à de nombreuses sélections car il cherche des patients bien particuliers.

— Je suppose que la maladie n'est pas un critère pour lui.

Baretzki est littéralement plié en deux.

— Qu'est-ce que tu peux être drôle, parfois, *Tätowierer* !

Lale se remet au travail. Un peu plus tard, il entend le sifflement retentir derrière lui et le son lui fait l'effet d'une décharge électrique, la peur l'envahit tout entier, si bien qu'il dérape avec son aiguille et pique la jeune femme qu'il est en train de tatouer. Elle laisse échapper un cri de douleur. Lale essuie le sang qui dégouline le long de son bras. Mengele s'approche.

— Qu'est-ce qui ne va pas, *Tätowierer* ? Tu es bien le *Tätowierer*, non ? demande Mengele.

Le son de sa voix lui fait froid dans le dos.

— Monsieur, je veux dire... oui, monsieur... je suis le *Tätowierer*, Herr Doktor, balbutie Lale.

Mengele, planté à côté de lui, le fixe de ses yeux noirs comme le charbon, dépourvus de compassion. Un étrange sourire flotte sur ses lèvres. Il repart.

Baretzki revient vers Lale et lui donne un coup sur le bras.

— Dure journée, *Tätowierer* ? Tu veux prendre une pause et nettoyer les latrines à la place ?

Ce soir-là, Lale essaie d'enlever le sang séché sur sa chemise avec l'eau d'une flaque. Il reste une petite tache qu'il renonce à faire partir. Cette tache lui rappellera le jour où il a rencontré Mengele. Un docteur qui fera plus de mal qu'il ne soulagera de douleurs, dont la simple existence menace la vie des autres dans une mesure que Lale ne veut même pas imaginer. Oui, cette tache doit rester pour rappeler à Lale le nouveau danger qui vient d'entrer dans sa vie. Il devra se méfier de cet homme dont l'âme est plus froide que son scalpel.

Le lendemain, Lale et Leon sont appelés à Auschwitz pour tatouer des jeunes femmes. Le docteur siffleur est présent. Posté devant la colonne de filles, il décide de leur destin d'un simple geste de la main : droite, gauche, droite, droite, gauche, gauche. Lale ne voit aucune logique dans ces décisions. Les filles sont toutes dans la fleur de l'âge, en forme et en bonne santé. Mengele a surpris son regard. Lale ne peut détourner les yeux quand le docteur prend le visage de la fille suivante dans ses grosses mains, le fait pivoter de droite à gauche, puis de haut en bas, et ouvre sa bouche. Ensuite, il la gifle et la pousse vers la gauche. Rejetée. Lale le toise de la tête aux pieds. Mengele fait venir un officier SS et lui parle. Le gradé regarde Lale puis s'avance vers lui. *Merde*.

— Qu'est-ce que vous voulez ? demande-t-il d'une voix faussement assurée.

— La ferme, *Tätowierer*.

L'officier SS se tourne vers Leon.

— Laisse tes affaires et viens avec moi.

— Attendez une minute. Vous ne pouvez pas l'emmener. Vous ne voyez pas le nombre de personnes qu'il nous reste à tatouer ? demande Lale, terrifié pour son jeune assistant.

— Dans ce cas, tu ferais mieux de te remettre au travail, sinon tu vas y passer la nuit, *Tätowierer*. Herr Doktor ne sera pas content.

— Laissez-le, s'il vous plaît. On va immédiatement se remettre au travail. Je ne voulais pas contrarier Herr Doktor, je suis désolé, dit Lale.

Le gradé braque son arme sur Lale.

— Tu veux venir aussi, *Tätowierer* ?

Leon dit :

— J'y vais. Ça va aller, Lale. Je reviendrai dès que possible.

— Je suis désolé, Leon.

Lale ne peut plus regarder son ami dans les yeux.

— Ça va. Je vais m'en tirer. Remets-toi au travail.

Leon est emmené.

Ce soir-là, Lale, très affecté, retourne seul à Birkenau. Il avance tête baissée, en traînant les pieds. Quelque chose, en bordure du chemin, attire son attention. Une touche de couleur. Une fleur, une fleur esseulée, qui se balance dans la brise. Des pétales rouge sang autour d'un cœur de jais. Il en cherche d'autres mais n'en voit aucune. Toutefois c'est une fleur et il se demande quand il aura l'occasion d'offrir un bouquet à une femme qu'il aime. Des images de Gita et de sa mère surgissent dans son esprit, les deux femmes qu'il aime le plus au monde, elles semblent flotter devant lui, hors de portée. Le chagrin l'assaille par vagues, menaçant de le submerger. *Ces deux-là se rencontreront-elles un jour ? La plus jeune apprendra-t-elle de la plus vieille ? Maman acceptera-t-elle Gita, l'aimera-t-elle autant que moi je l'aime ?*

Il a appris de sa mère l'art de la séduction et l'a aussi pratiqué sur elle. Il est pratiquement certain qu'elle ne s'en est pas rendu compte, mais lui savait parfaitement ce qu'il faisait. Il a compris, en observant ses réactions, ce qui plaît à une femme, ce qui lui déplaît, ce qu'il faut faire ou ne pas faire. Il croyait que tous les jeunes hommes testaient leur art du flirt sur leur mère et se demandait s'ils en étaient conscients. Il a abordé le sujet avec plusieurs de ses amis, dont la réaction choquée ne s'est pas fait attendre. Quoi ? Ils ne s'autoriseraient jamais à faire une chose pareille. Pourtant, quand il leur demandait avec qui, de leur mère ou de leur père, ils avaient la relation la plus complice, ils reconnaissaient tous qu'ils parvenaient plus facilement à amadouer leur mère que leur père, mais ils mettaient cela sur le compte de leur plus grande souplesse.

Le lien très fort que Lale a avec sa mère a influencé sa façon de se comporter avec les filles et avec les femmes. Il est attiré par toutes les femmes, pas seulement physiquement mais émotionnellement. Il aime leur parler, les complimenter, il aime qu'elles se sentent bien dans leur peau. Pour lui, toutes les femmes sont belles et il ne voit aucun mal à le leur dire. Sa mère mais aussi sa sœur lui ont inconsciemment appris ce qu'une femme attend d'un homme et il a essayé d'appliquer cet enseignement à sa propre vie. « Sois attentif, Lale, pense aux petites choses, les grandes se régleront d'elles-mêmes. » Il entend encore la douce voix de sa mère.

Il se penche et cueille la fleur à la courte tige. Il trouvera un moyen de l'offrir à Gita demain. De retour dans sa chambre, Lale pose doucement la précieuse fleur à côté de son lit avant de sombrer dans un sommeil sans rêves, mais le lendemain matin, quand il se réveille, les pétales de la fleur se sont séparés et gisent recroquevillés à côté du cœur noir. *C'est la mort qui a toujours le dernier mot ici.*

12

Lale ne veut plus regarder cette fleur, aussi sort-il du Block pour la jeter. Baretzki traîne dehors mais Lale l'ignore, préférant retourner à l'intérieur, dans sa chambre. Baretzki le suit et s'appuie contre l'encadrement de la porte. Il scrute le visage de Lale dont il perçoit sans doute le désespoir. Lale a conscience d'être assis sur un véritable trésor. Son matelas bosselé cache des pierres précieuses, de l'argent, des saucissons et du chocolat. Il prend son sac et sort en bousculant Baretzki, le forçant à se retourner et à le suivre dehors.

— Attends, *Tätowierer*, il faut que je te parle.

Lale s'arrête.

— J'ai une requête.

Lale reste silencieux et se contente de fixer un point derrière l'épaule de Baretzki.

— Mes copains officiers et moi, on a besoin de distraction. Comme il fait meilleur, on avait pensé à un match de foot. Qu'est-ce que tu en penses ?

— Je suis certain que vous allez bien vous amuser.

— Oui, en effet.

Baretzki joue le jeu et attend.

Lale finit par cligner des yeux.

— En quoi puis-je vous être utile ?

— Eh bien puisque tu me le demandes, *Tätowierer*, on aimerait que tu trouves onze prisonniers pour affronter une équipe de SS dans un match amical.

Lale pense d'abord rire de cette requête, mais il se contente de fixer le point derrière l'épaule de Baretzki. Il réfléchit longuement à la réponse qu'il peut donner à cette étrange demande.

— Quoi ? Il n'y aura même pas de remplaçants ?

— Non, pas de remplaçants.

— Bien sûr, pourquoi pas ?

Mais qu'est-ce que j'ai dit ? J'aurais pu répondre de mille autres façons. J'aurais pu lui dire d'aller se faire voir.

— Parfait. Forme ton équipe et on se retrouve dans le camp dans deux jours, dimanche. Oh, et c'est nous qui fournirons le ballon.

Tout en riant bruyamment, Baretzki s'éloigne.

— Au fait, *Tätowierer*, tu as ta journée. Il n'y a pas de convoi aujourd'hui.

Lale passe le reste de la journée à répartir son trésor en petits paquets. De la nourriture pour les Tziganes et les garçons du Block 7 et, bien sûr, pour Gita et ses amies. Il trie ensuite les pierres et les monnaies par type. Le processus paraît complètement surréaliste. Les diamants avec les diamants, les rubis avec les rubis, les dollars avec les dollars, et il y a même une devise qu'il n'a jamais vue auparavant. On peut y lire l'inscription « South African Reserve Bank » et

« Suid-Afrikaans ». Il ignore sa valeur et surtout comment elle a pu atterrir à Birkenau. Il prend plusieurs pierres précieuses et part à la recherche de Victor et Yuri pour faire les achats du jour. Puis il joue un moment avec les garçons de son Block tout en réfléchissant à ce qu'il va dire aux hommes du Block 7 quand ils reviendront du travail.

Ce soir-là, Lale est entouré d'une douzaine d'hommes qui le regardent avec incrédulité.

— C'est une blague, dit l'un d'eux.

— Non, répond Lale.

— Tu veux qu'on joue au foot avec les SS ?

— Oui, dimanche.

— Ne compte pas sur moi. Tu ne peux pas me forcer.

À l'arrière du groupe, une voix l'interpelle.

— Moi, je suis partant. Je tapais un peu dans la balle avant.

Un homme de petite taille se fraie un chemin jusqu'à Lale.

— Je m'appelle Joel.

— Merci, Joel. Bienvenue dans l'équipe. Il me faut encore neuf joueurs. Qu'est-ce que vous avez à perdre ? C'est pour vous la seule occasion d'affronter physiquement ces salauds en toute impunité.

— Je connais un type dans le Block 15 qui jouait dans l'équipe nationale de Hongrie. Je lui demanderai si tu veux, dit un autre détenu.

— Et toi ?

— Oui, bien sûr. Je m'appelle Joel moi aussi. Je demanderai autour de moi. Il y a un moyen de s'entraîner avant dimanche ?

— Il joue au foot et en plus il a le sens de l'humour. Il me plaît bien, cet homme-là ! Je reviendrai demain pour voir qui tu auras réussi à convaincre. Merci Joel le Grand.

Lale regarde l'autre Joel.

— Ne le prends pas mal.

— Mais je ne le prends pas mal, répond Joel le Petit.

Lale sort du pain et du saucisson de son sac. Il pose le tout sur une couchette à côté. En partant, il voit deux des hommes distribuer la nourriture. Ceux qui reçoivent une portion la divisent en morceaux plus petits qu'ils font passer. Pas de bousculade, pas de bagarre, la distribution de la précieuse nourriture se fait dans le calme. Il entend l'un des hommes dire : « Tiens Joel le Grand, prends ma part, tu vas avoir besoin de toute ton énergie. » Lale sourit. Une journée qui avait mal commencé se termine par le geste magnanime d'un homme pourtant affamé.

Le jour du match arrive. En s'approchant, Lale voit les SS tracer une ligne blanche à la peinture. La forme du terrain de fortune est loin d'être parfaitement rectangulaire. Lale entend quelqu'un appeler son nom. En se retournant, il aperçoit son équipe et va rejoindre les hommes.

— Salut Lale. J'ai quatorze joueurs, toi et moi inclus. J'ai quelques remplaçants si l'un de nous s'écroule, annonce fièrement Joel le Grand.

— Désolé mais on m'a dit : « Pas de remplaçants. » Juste l'équipe. Choisis les hommes les plus résistants.

Les détenus se regardent. Trois mains se lèvent et ceux qui se sont portés volontaires pour se retirer s'éloignent. Lale voit certains membres de son équipe faire des étirements et sautiller, s'échauffant à la manière des professionnels.

— On dirait que certains de nos coéquipiers connaissent leur affaire, fait remarquer Lale à Joel le Petit.

— Et comment ! Six d'entre eux étaient semi-professionnels.

— Tu plaisantes ?

— Pas du tout ! On va leur mettre une sacrée raclée aux SS !

— Joel le Petit, c'est impossible ! On ne peut pas gagner. Je pense que je ne me suis pas bien fait comprendre.

— Tu m'as dit de former une équipe, c'est ce que j'ai fait.

— Oui, mais on ne peut pas gagner. Il ne faut surtout pas humilier les SS. Ils pourraient se venger en tirant sur les détenus. Regarde autour de toi.

Joel le Petit voit des centaines de prisonniers rassemblés dans l'enceinte. Une véritable effervescence règne dans le camp. Les détenus se bousculent pour trouver le meilleur poste d'observation autour du périmètre délimité par les lignes blanches. Il soupire.

— Je vais le dire aux autres.

Lale scrute les visages dans la foule. Il en cherche un en particulier. Gita, accompagnée de ses amies, lui fait un petit signe. Il répond à son salut. Il a très envie de courir vers elle, de la prendre dans ses bras et de disparaître avec elle derrière le bâtiment de l'administration. Il entend tout à coup un bruit retentissant derrière lui. Des SS enfoncent à coups de masse de gros poteaux dans la terre à chaque extrémité du terrain : les buts.

Baretzki s'avance vers lui.

— Viens avec moi.

Au bout du champ, les prisonniers s'écartent pour laisser passer l'équipe de SS. Ils ont tous délaissé leur uniforme. Certains l'ont troqué contre des vêtements confortables pour jouer au foot. Des shorts, des tricots de corps.

Derrière les joueurs, le commandant Schwarzhuber flanqué de gardes et le chef de Lale, Houstek, ferment la marche. Ils s'approchent de Lale et de Baretzki.

— Voici le capitaine de l'équipe des détenus, c'est le *Tätowierer*.

Baretzki présente Lale à Schwarzhuber.

— *Tätowierer*.

Schwarzhuber se tourne vers l'un de ses gardes.

— Avons-nous un trophée pour les vainqueurs ?

Un gradé SS prend une coupe des mains d'un soldat à côté de lui et la montre à son commandant.

— Nous avons cette coupe. Un beau trophée. On peut lire l'inscription : « Coupe du monde 1930 ». Si mes souvenirs sont bons, c'est la France qui avait gagné.

Il montre le trophée à Lale.

— Qu'est-ce que tu en penses ?

Lale n'a pas le temps de répondre que déjà Schwarzhuber s'est emparé de la coupe qu'il soulève pour la montrer à tout le monde. Les SS applaudissent.

— Que le match commence et que la meilleure équipe gagne.

En retournant vers ses joueurs, Lale marmonne :

— Que la meilleure équipe voie le jour se lever demain !

Lale rejoint son équipe qui se réunit au milieu du champ. Les spectateurs applaudissent. L'arbitre donne un coup de pied dans le ballon qu'il envoie en direction de l'équipe des SS. Le match commence.

Dix minutes plus tard, les détenus ont déjà marqué deux buts. Deux à zéro. Lale se réjouit naturellement des performances de son équipe, mais le bon sens finit par l'emporter quand il voit le visage furieux des SS. Il fait comprendre à ses joueurs qu'ils doivent ralentir jusqu'à la fin de la première mi-temps. Ils ont eu leur heure de gloire, il est désormais temps de laisser les SS entrer dans le match. À la fin de la première mi-temps, il y a deux partout. Durant la courte pause, pendant que les SS se désaltèrent, Lale et son équipe parlent tactique. Lale explique aux joueurs qu'ils ne peuvent pas gagner ce match. Ils décident de marquer deux autres buts, pour remonter le moral des détenus-spectateurs, mais il leur faudra perdre d'un but d'écart à la fin.

Au début de la deuxième mi-temps, une pluie de cendres s'abat sur les joueurs et les spectateurs. Les crématoires tournent à plein régime, Birkenau reste un lieu d'extermination, même pendant le match. Les prisonniers marquent un nouveau but, puis les SS. Les détenus, dont le régime alimentaire n'est pas du tout compatible avec la pratique d'un sport, fatiguent. Les SS marquent deux buts. Les détenus n'ont pas besoin de saborder le match, ils ne sont plus en mesure de rivaliser avec l'équipe adverse. Au coup de sifflet final, les SS mènent. Deux buts d'écart. Schwarzhuber avance sur le terrain et présente le trophée au capitaine SS, qui le soulève. Les gardes et les officiers SS applaudissent discrètement. Tandis que les SS regagnent leurs baraques pour aller fêter leur victoire, Houstek passe devant Lale et lui lance :

— Bien joué, *Tätowierer*.

Lale réunit son équipe et félicite chacun des joueurs. La foule a commencé à se disperser. Il cherche Gita des yeux. Elle n'a pas bougé. Il court vers elle et la prend par la main. Ils fendent la foule pour se diriger vers le bâtiment de l'administration. Pendant que Gita s'assoit par terre derrière le bâtiment, Lale s'assure qu'ils sont bien à l'abri des regards indiscrets. Satisfait, il prend place à côté d'elle. Il regarde Gita passer les doigts dans l'herbe qu'elle semble scruter.

— Qu'est-ce que tu fais ?

— Je cherche des trèfles à quatre feuilles. Tu n'imagines pas combien il y en a ici.

Lale sourit, charmé.

— Tu plaisantes ?

— Non, j'en ai trouvé plusieurs. Ivana en trouve tout le temps. Tu as l'air choqué.

— Je le suis. Toi, la fille qui ne veut pas croire qu'elle va sortir d'ici un jour, tu cherches des porte-bonheur !

— Ils ne sont pas pour moi. C'est vrai, je ne crois pas à ces trucs.

— Pour qui sont-ils alors ?

— Tu n'as pas remarqué combien les SS sont superstitieux ? Quand on trouve un trèfle à quatre feuilles, on le garde précieusement. C'est comme une monnaie pour nous.

— Je ne comprends pas.

— Quand les SS menacent de nous frapper, on leur offre un trèfle et parfois, ça les dissuade de nous battre. Si on apporte un trèfle à quatre feuilles au moment du repas, on obtient une ration supplémentaire.

Lale caresse doucement son visage. Ça l'angoisse terriblement de ne pas pouvoir protéger la fille qu'il aime. Gita baisse à nouveau la tête et reprend sa recherche. Elle arrache une poignée d'herbe qu'elle lance sur Lale en souriant. Il rit. Il la pousse doucement. Elle est désormais allongée sur le dos. À son tour, il ramasse une poignée d'herbe et en saupoudre son visage. Elle souffle dessus. Une autre poignée atterrit sur son cou et dans son décolleté. Elle laisse les brins d'herbe là où ils sont. Il défait le premier bouton de sa chemise, laisse tomber quelques brins d'herbe et les regarde disparaître entre ses seins.

— Je peux t'embrasser ? demande-t-il.

— Comment peux-tu avoir envie de m'embrasser ? Ça fait une éternité que je ne me suis pas lavé les dents.

— Moi non plus. Je suis sûr qu'on se neutralise du coup.

Gita se contente de lever la tête vers lui en guise de réponse. Leur précédent baiser, si furtif fût-il, a réveillé le désir qui sommeillait en lui depuis un an. La passion les envahit tandis qu'ils s'explorent. Ils en veulent plus. Ils en désirent plus.

Leur étreinte est interrompue par les aboiements d'un chien à proximité. Ils savent que l'animal a forcément un maître. Lale se lève et aide Gita à se mettre debout. Il la serre dans ses bras. Un dernier baiser avant qu'ils ne rejoignent en courant la place et se mêlent à la foule.

Au camp des femmes, ils aperçoivent Dana, Ivana et Cilka. Ils s'avancent vers elles.

Lale remarque la pâleur de Cilka.

— Qu'est-ce qu'elle a, Cilka ? demande-t-il. Elle n'a pas l'air bien.

— Elle va aussi bien que possible vu les circonstances.

— Elle est malade ? Tu as besoin de médicaments ?

— Non, elle n'est pas malade. Mieux vaut que tu ne saches pas.

Tandis qu'ils approchent des filles, Lale se blottit contre Gita et murmure :

— Dis-moi. Je peux peut-être l'aider.

— Pas cette fois mon amour.

Gita est entourée de ses amies. Elles repartent ensemble. Cilka, la tête baissée, reste en arrière.

Mon amour !

13

Cette nuit-là, Lale, couché dans son lit, n'a jamais été aussi heureux.

Sur sa paillasse, Gita est blottie contre Dana qui dort à poings fermés. Les yeux grands ouverts, elle revit dans l'obscurité les moments qu'elle vient de passer avec Lale : ses baisers, le désir qui brûle en elle, elle a envie qu'il continue, qu'il aille plus loin. Son visage s'empourpre quand elle imagine leur prochaine rencontre.

Dans un lit à baldaquin majestueux, Schwarzhuber et Cilka sont enlacés. Les mains du commandant explorent le corps de la jeune femme qui fixe le néant. Elle ne voit rien. Elle ne sent rien. Hébétée.

Dans sa salle à manger privée à Auschwitz, Höss est assis à une table élégante qui a été dressée pour une seule personne. Des mets délicats sont présentés dans une porcelaine délicate. Il verse un peu de Château-Latour 1932 dans un verre en cristal. Il fait tourner son verre pour aérer le vin, l'incline pour l'observer puis le sent et le goûte. Malgré les contraintes et le stress liés à sa fonction, il n'a aucune envie de renoncer aux petits luxes de la vie.

Baretzki, ivre, rentre en titubant dans sa chambre située dans une baraque réservée aux SS à Auschwitz. Il ferme la porte d'un coup de pied, vacille et tombe lourdement sur son lit. Non sans difficulté, il enlève la sangle qui tient son arme de poing et la suspend à la colonne de lit. Affalé sur son matelas, il avise le plafonnier – encore éclairé, dont la lumière l'aveugle. Après avoir tenté de se lever sans succès, il repère son arme, s'empare maladroitement du holster, sort le pistolet. Au deuxième tir, il neutralise l'ampoule récalcitrante. Son pistolet tombe à terre, Baretzki a sombré.

Le lendemain matin, Lale, comme à son habitude, fait un clin d'œil à Gita en allant chercher les instructions et son matériel au bâtiment de l'administration. Son sourire s'évanouit quand il voit Cilka assise à côté de Gita, la tête baissée. Une fois encore, elle l'ignore. *Ça n'a que trop duré.* Il doit absolument convaincre Gita de lui dire ce qui se passe avec Cilka. Une fois dehors, il retrouve Baretzki qui a la gueule de bois et est de fort mauvaise humeur.

— Dépêche-toi. Un camion nous attend pour nous emmener à Auschwitz.

Lale le suit jusqu'au camion. Baretzki s'installe dans la cabine et claque la portière. Lale a compris le message. Il grimpe sur le plateau. Ballotté de tous les côtés, il serre les dents jusqu'à Auschwitz.

Une fois au camp principal, Baretzki annonce à Lale qu'il retourne se coucher et lui dit de se rendre au Block 10. Arrivé devant le Block, Lale avise un officier SS qui monte la garde. Ce dernier lui dit de faire le tour pour entrer par la porte de derrière. Lale constate que la baraque ne ressemble pas à celles de Birkenau.

La première chose qu'il voit quand il tourne à l'angle du bâtiment, ce sont les barbelés qui entourent une partie de la cour. Peu à peu, il distingue des formes et des mouvements dans la zone clôturée. Il avance en titubant, fasciné par ce qu'il voit derrière la clôture : des filles, des douzaines de filles, nues – beaucoup gisent au sol, certaines sont assises, d'autres debout. Elles sont toutes pratiquement immobiles. Tétanisé, Lale voit un garde pénétrer dans l'enceinte, se faufiler entre les filles, soulevant leur bras gauche pour lire leur tatouage, sans doute l'œuvre de Lale. Il finit par trouver celle qu'il cherche, la traîne jusqu'à la sortie, au milieu des corps enchevêtrés. Lale regarde leur visage. Atone. Silencieux. Il constate que plusieurs d'entre elles sont appuyées contre les barbelés. Contrairement aux autres clôtures d'Auschwitz et de Birkenau, celle-ci n'est pas électrifiée. Les filles n'ont même plus la possibilité de mettre immédiatement un terme à leurs souffrances.

— Qui êtes-vous ? demande une voix derrière lui.

Lale se retourne. Un officier SS est sorti par la porte de derrière. Lale soulève doucement sa besace.

— Le *Tätowierer*.

— Alors qu'est-ce que tu fais dehors ? Tu es attendu à l'intérieur.

Un ou deux docteurs et infirmières vêtus de blouses blanches le saluent brièvement tandis qu'il traverse une grande pièce pour aller se présenter au bureau. Les prisonniers ici ne ressemblent plus à des humains. Plutôt à des marionnettes abandonnées par leur marionnettiste. Il s'approche de l'infirmière derrière le bureau et lui présente sa besace.

— *Tätowierer.*

Elle le regarde avec dégoût, renifle, se lève et part. Il la suit. Ils empruntent un long couloir puis débouchent dans une grande salle. Une cinquantaine de jeunes filles, en rang, attendent en silence. Une odeur aigre règne dans la pièce. À l'avant de la file, Mengele est en train d'examiner une des détenues. Il ouvre sa bouche sans ménagement, empoigne ses hanches, puis ses seins. Des larmes silencieuses coulent sur les joues de la jeune femme. Après avoir terminé son examen, il la congédie d'un signe de la main. À gauche. Rejetée. Une autre fille est poussée à sa place.

L'infirmière conduit Lale jusqu'à Mengele qui interrompt son examen.

— Tu es en retard, dit-il avec un clin d'œil, se délectant de la gêne de Lale.

Il montre un petit groupe de filles sur sa gauche.

— Je les garde. Tatoue-les.

Lale s'éloigne.

— Un de ces jours, je t'aurai, *Tätowierer.*

Lale le regarde et voit un sourire malsain étirer les coins de sa bouche. À nouveau, cette vision provoque un frisson glacé qui se répand dans son corps. Ses mains se mettent à trembler. Lale accélère le pas, se hâtant vers une petite table où une autre infirmière l'attend avec des fiches d'identification. Elle lui fait de la place pour qu'il puisse installer ses affaires. Il aligne ses outils et ses flacons d'encre tout en tentant de contrôler ses tremblements. Il regarde Mengele à la dérobée. Le docteur examine une nouvelle fille terrifiée, passant les mains dans ses cheveux et sur sa poitrine.

— N'aie pas peur, je ne vais pas te faire de mal, dit le docteur.

Lale voit la fille trembler, terrorisée.

— Allons, allons. Tu es en sécurité. C'est un hôpital ici. On soigne les gens.

Mengele se tourne vers une infirmière qui se trouve à proximité.

— Allez chercher une couverture pour cette jolie petite chose.

Reportant son attention sur la fille, il dit :

— Je vais bien m'occuper de toi.

La fille est envoyée vers Lale. Il baisse la tête et se prépare à tatouer les numéros que lui montre l'infirmière.

Une fois son travail terminé, Lale quitte le bâtiment et jette un coup d'œil vers la zone clôturée. Elle est vide. Il tombe à genoux, saisi de haut-le-cœur. Mais il n'a rien à vomir. Le seul fluide qu'il arrive à expulser de son corps, c'est les larmes qu'il verse pour ces filles.

Quand Gita rentre au Block ce soir-là, elle apprend qu'il y a de nouvelles venues. Les anciennes considèrent les filles fraîchement arrivées avec méfiance et une pointe de ressentiment. Elles n'ont aucune envie de parler des horreurs qui les attendent, et encore moins de partager leurs rations.

— Gita, c'est toi Gita ? l'interpelle une femme d'une voix fluette.

Gita s'approche du groupe de femmes dont la plupart semblent assez âgées. Il est rare de voir des femmes âgées à Birkenau, où se concentrent les filles jeunes aptes au travail. Une dame s'avance, les bras tendus.

— Gita, c'est moi, ta voisine, Hilda Goldstein.

Gita la dévisage puis reconnaît soudain sa voisine, originaire comme elle de Vranov nad Topl'ou, plus pâle et plus mince que la dernière fois qu'elle l'a vue.

Des souvenirs se bousculent dans sa tête, des odeurs, des textures, des images du passé : une porte familière, l'odeur du bouillon de poulet, un morceau de savon craquelé sur l'évier, des voix joyeuses par les chaudes nuits d'été, les bras de sa mère.

— Madame Goldstein…

Gita s'approche encore, serre la main de la femme.

— Vous aussi, ils vous ont emmenée.

La femme hoche la tête.

— Ils nous ont tous pris, il y a une semaine environ. J'ai été séparée des autres et on m'a fait monter dans un train.

Quelques secondes d'espoir.

— Mes parents et mes sœurs sont avec vous ?

— Non, ils les ont emmenés il y a quelques mois. Vos parents et vos sœurs. Vos frères étaient partis depuis longtemps. Votre mère a dit qu'ils avaient rejoint la Résistance.

— Vous savez où ils ont été emmenés ?

Mme Goldstein baisse la tête.

— Je suis désolée. On nous a dit qu'ils étaient… ils étaient…

Gita s'écroule par terre. Dana et Ivana se précipitent vers elle, s'assoient à côté d'elle et la serrent dans leurs bras. Au-dessus d'elles, Mme Goldstein répète :

— Je suis désolée, je suis désolée.

Dana et Ivana pleurent tout en enlaçant Gita dont les yeux sont secs. Elles balbutient quelques mots de condoléances. *Ils ne sont plus de ce monde*. Les souvenirs ne surgissent plus. Elle sent un vide terrible en elle. Se tournant vers ses amies, elle leur demande d'une voix hachée, brisée :

— Vous pensez que je peux pleurer ? Juste un peu ?

— Tu veux qu'on prie avec toi ? demande Dana.

— Non, juste quelques larmes. Ces assassins ne tireront rien de plus de moi.

Ivana et Dana essuient leurs yeux du revers de leurs manches tandis que des larmes silencieuses coulent sur les joues de Gita. Elles se relaient pour les essuyer. Gita trouve en elle la force de se lever et d'étreindre Mme Goldstein. Elle ne s'en serait jamais crue capable. Les yeux perdus dans le vague, elles restent silencieuses, s'enfonçant dans les ténèbres du désespoir, chacune se demandant ce qu'est devenue sa famille. Doucement, les deux groupes de femmes, les anciennes et les nouvelles, se rejoignent.

Après la soupe du soir, Gita s'assoit à côté de Mme Goldstein qui lui donne les dernières nouvelles de leur ville natale. Petit à petit, famille par famille, le quartier s'est vidé de ses habitants. Des bruits circulaient déjà sur les camps de concentration. Personne ne savait vraiment qu'ils s'étaient transformés en usines de la mort. Mais on savait que les gens n'en revenaient pas. Quelques-unes de leurs connaissances avaient quitté leur maison pour trouver refuge dans un pays voisin. Pour Gita, il est évident que Mme Goldstein ne survivra pas longtemps si on la fait travailler dans les entrepôts ou dehors. Elle accuse le poids des années et paraît plus vieille que son âge. Elle est brisée – physiquement et émotionnellement.

Le lendemain matin, Gita aborde sa Kapo pour lui demander une faveur. Elle va demander à Lale de l'aider. Il lui fournira ce que la Kapo demandera, en échange de quoi Mme Goldstein ne sera pas intégrée à un *Kommando* de travail. Elle pourra passer sa journée au Block. Mme Goldstein pourrait par exemple vider les seaux hygiéniques utilisés la nuit, une tâche généralement imposée à une personne choisie chaque jour par la Kapo. Elle jette souvent son dévolu sur une fille qu'elle soupçonne d'avoir parlé en mal d'elle. La Kapo réclame une bague sertie de diamants en échange de sa faveur. Elle a entendu parler du trésor de Lale. Le marché est conclu.

Pendant plusieurs semaines, Lale doit se rendre à Auschwitz tous les jours. Les cinq crématoriums tournent à plein régime, il reste néanmoins beaucoup de détenus à tatouer. C'est au bâtiment de l'administration à Auschwitz qu'il reçoit ses instructions et ses fournitures. Il n'a ni le temps, ni la possibilité d'aller au bâtiment de l'administration de Birkenau. Il n'a donc pas l'occasion de voir Gita. Il aimerait lui faire passer un message, pour lui dire qu'il va bien.

Baretzki est bien disposé, il est même d'humeur taquine. Il a un secret et il veut que Lale devine de quoi il s'agit. Lale joue le jeu, si puéril soit-il.

— Vous nous laissez tous rentrer chez nous ?

Baretzki éclate de rire et donne un petit coup dans le bras de Lale.

— Vous avez été promu ?

— Ce n'est pas dans ton intérêt que je sois promu, *Tätowierer*. Je pourrais être remplacé par quelqu'un de beaucoup moins gentil.

— D'accord, j'abandonne.

— Bon, je vais te le dire. Vous allez tous avoir des rations supplémentaires et des couvertures en plus la semaine prochaine, pendant quelques jours. La Croix-Rouge va venir visiter votre camp de vacances.

Lale réfléchit. *Qu'est-ce que ça signifie ? Le monde extérieur va-t-il enfin apprendre ce qui se passe ici* ? Il fait de gros efforts pour contrôler ses émotions devant Baretzki.

— C'est chouette. Vous pensez que ce camp va réussir le test humanitaire des pratiques de détention ?

Baretzki se creuse la tête. Lale pourrait presque l'entendre réfléchir. Il trouve son incompréhension presque amusante mais n'ose pas sourire.

— Vous serez bien nourris le temps que restera la délégation. Enfin, ceux d'entre vous que nous allons leur montrer.

— Il s'agira donc d'une visite sous contrôle ?

— Tu crois qu'on est stupides ou quoi ? demande Baretzki en riant.

Lale ne prend pas la peine de répondre.

— Je peux vous demander une faveur ?

— Tu peux.

— Si j'écris un mot à Gita pour lui dire que je vais bien mais que je suis occupé à Auschwitz, vous lui ferez passer ?

— Je vais faire mieux que ça, je vais le lui dire moi-même.

— Merci.

Bien que Lale et un groupe de prisonniers triés sur le volet reçoivent des rations supplémentaires pendant quelques jours, elles se tarissent rapidement, et Lale se demande si la Croix-Rouge a bien visité le camp. Baretzki est tout à fait capable d'avoir inventé toute cette histoire. Lale espère qu'il transmettra le message à Gita, mais il sait que Baretzki n'est pas fiable. Il ne lui reste plus qu'à espérer qu'il aura bientôt un dimanche libre de travail.

Un jour enfin, Lale termine plus tôt que d'habitude. Il court sur le chemin qui relie les deux camps et arrive au bâtiment abritant les services administratifs à Birkenau juste au moment où les travailleurs sortent. Il attend avec impatience. Pourquoi faut-il qu'elle soit l'une des dernières à quitter le travail aujourd'hui ? Enfin elle apparaît. Le cœur de Lale bondit dans sa poitrine. Il s'empresse de la prendre par le bras et l'entraîne à l'arrière du bâtiment. Elle tremble quand il la pousse doucement contre le mur.

— J'ai cru que tu étais mort, j'ai cru que je ne te reverrais jamais. Je…, balbutie-t-elle.

Il caresse son visage.

— Baretzki ne t'a pas transmis mon message ?

— Non, personne ne m'a transmis de message.

— Chut, ça va maintenant. J'ai travaillé tous les jours à Auschwitz pendant des semaines.

— J'ai eu si peur.

— Je sais, mais je suis là maintenant. Et j'ai quelque chose à te dire.

— Quoi ?

— D'abord, laisse-moi t'embrasser.

Ils s'embrassent, s'enlacent, se pressent l'un contre l'autre avec passion, avant qu'elle ne le repousse.

— Qu'est-ce que tu voulais me dire ?

— Ma belle Gita, tu m'as ensorcelé. Je suis tombé amoureux de toi.

Ces mots qu'il vient de prononcer, il a l'impression d'avoir attendu toute sa vie de les dire.

— Pourquoi ? Pourquoi dire ça ? Regarde-moi. Je suis laide. Je suis sale. Mes cheveux... Autrefois j'avais de beaux cheveux.

— J'aime tes cheveux comme ils sont en ce moment et je les aimerai à l'avenir.

— Mais on n'a pas d'avenir.

Lale la prend fermement par la taille et la force à le regarder.

— Si, on en a un. Il y aura un lendemain pour nous. La nuit où je suis arrivé ici, je me suis juré de survivre à cet enfer. On va survivre, on va faire notre vie dans un endroit où on sera libres de s'embrasser quand on veut, libres de faire l'amour quand on veut.

Gita rougit et se détourne. Il attire doucement son visage vers lui.

— Libres de faire l'amour où et quand on veut, tu m'entends ?

Gita hoche la tête.

— Tu me crois ?

— J'aimerais bien mais...

— Il n'y a pas de mais. Crois-moi. Maintenant, tu ferais mieux de retourner dans ton Block avant que ta Kapo ne se pose des questions.

Tandis que Lale commence à s'éloigner, Gita le prend par le bras et l'attire contre elle. Elle l'embrasse avec fougue.

Rompant leur étreinte, il dit :

— Je devrais peut-être disparaître plus souvent.

— N'essaie même pas, dit-elle en lui donnant une tape sur le torse.

Ce soir-là, Dana et Ivana assaillent Gita de questions, soulagées de voir leur amie sourire à nouveau.

— Tu lui as dit pour ta famille ? demande Dana.

— Non.

— Pourquoi ?

— Je ne peux pas. C'est trop douloureux. Et il était si heureux de me voir...

— Gita, s'il t'aime comme il le dit, il voudra savoir que tu as perdu ta famille, il voudra te consoler.

— Tu as sans doute raison, Dana. Mais si je le lui dis, on sera tristes tous les deux. Je veux que le temps qu'on passe ensemble soit différent. Je veux oublier où je suis, ce qui est arrivé aux miens. Et quand il me prend dans ses bras, j'oublie l'espace d'un instant. Est-ce que c'est mal de vouloir échapper un peu à la réalité ?

— Non, pas du tout.

— Je sais que j'ai la possibilité de m'évader, que j'ai Lale et pas vous. J'aimerais de tout mon cœur que vous viviez la même chose.

— On est très heureuses que tu aies Lale, dit Ivana.

— Ça nous suffit de savoir que l'une de nous a trouvé un peu de bonheur ici. On partage ces moments avec toi parce que tu acceptes de nous les faire partager. Ça nous suffit, dit Dana.

— Tout ce qu'on te demande, c'est de ne pas avoir de secrets pour nous.

— Pas de secrets, promet Gita.

— Pas de secrets, approuve Dana.

14

Le lendemain matin, Lale se présente au bâtiment de l'administration et s'avance vers le bureau de Bella.

— Lale, où étais-tu passé ? demande Bella qui l'accueille avec un sourire chaleureux. On a cru qu'il t'était arrivé quelque chose.

— Auschwitz.

— Ah n'en dis pas plus ! Tu dois avoir besoin de matériel. Attends ici, je vais te réapprovisionner.

— Pas trop quand même, Bella.

Bella lance un coup d'œil à Gita.

— Bien sûr, juste assez pour que tu puisses revenir demain.

— Tu me connais très bien, jeune Bella, merci.

Bella part chercher les fournitures pour Lale qui s'appuie sur le bureau et fixe Gita. Il sait qu'elle l'a vu entrer mais elle garde la tête baissée, affichant un air faussement timide. Elle passe le doigt sur ses lèvres. Une vague de désir envahit Lale.

Il remarque que la chaise à côté d'elle, celle de Cilka, est vide. Il se promet de découvrir ce qui se passe.

En quittant le bâtiment de l'administration, il se dirige vers la zone où se déroule la sélection car il a remarqué qu'un camion est déjà arrivé avec de nouveaux détenus. Il est en train d'installer sa table quand Baretzki surgit à ses côtés.

— Je t'amène quelqu'un, *Tätowierer*.

Lale n'a pas le temps de lever les yeux qu'il entend déjà une voix familière, à peine plus forte qu'un murmure.

— Salut, Lale.

Leon se tient à côté de Baretzki – pâle, plus mince, voûté. Il avance en posant prudemment un pied devant l'autre.

— Je vous laisse à vos retrouvailles.

Baretzki s'éloigne en souriant.

— Leon, oh mon Dieu, tu es en vie !

Lale se précipite vers lui et le serre dans ses bras. Il sent chaque os à travers la chemise de son ami. Puis il s'écarte et l'examine à quelque distance.

— Mengele ? C'est à cause de Mengele ?

Leon ne peut que hocher la tête. Lale passe les mains le long des bras maigres de Leon, touche son visage.

— Le salaud. Un jour il aura ce qu'il mérite ! Dès que j'aurai fini ici, j'irai te chercher de la nourriture. Du chocolat, du saucisson, qu'est-ce que tu veux ? Je vais t'engraisser.

Leon lui sourit faiblement.

— Merci, Lale.

— Je savais que le salaud affamait les prisonniers. Je pensais qu'il n'infligeait ce traitement qu'aux filles.

— Si seulement il n'y avait que ça !

— Qu'est-ce que tu veux dire ?

Leon regarde Lale droit dans les yeux.

— Il m'a coupé les couilles, Lale, dit-il d'une voix forte et ferme. On perd l'appétit quand on te coupe les couilles, tu peux me croire.

Lale a un mouvement de recul, horrifié. Il se détourne pour cacher son choc à Leon. Leon réprime un sanglot, scrute le sol comme s'il cherchait quelque chose à fixer, peine à retrouver sa voix.

— Je suis désolé, je n'aurais pas dû te l'annoncer comme ça. Merci de te soucier de moi. J'accepte ton offre avec reconnaissance.

Lale inspire profondément, s'efforçant de contrôler sa colère. Il a très envie de se déchaîner, de venger le crime commis sur son ami.

Leon s'éclaircit la voix.

— Y a-t-il une chance que je retrouve mon travail ?

Lale sent une chaleur lui monter au visage.

— Bien sûr. Je suis ravi de te reprendre. Mais tu dois d'abord recouvrer des forces. Pourquoi n'irais-tu pas dans ma chambre ? Si un des Tziganes t'arrête, dis-lui que tu es mon ami et que c'est moi qui t'ai envoyé ici. Tu trouveras de quoi manger sous mon lit. Je te rejoindrai quand j'aurai terminé.

Un gradé SS approche.

— Vas-y, dépêche-toi.

— Je suis incapable de me dépêcher pour le moment.

— Je suis désolé.

— C'est bon. Je suis parti. À tout à l'heure.

L'officier regarde Leon s'éloigner et reporte son attention sur sa tâche : déterminer qui va vivre et qui va mourir.

Le lendemain, quand Lale se présente aux services de l'administration, il apprend qu'il a un jour de congé. Il n'y a pas de convoi attendu à Auschwitz ni à Birkenau, et Herr Doktor n'a pas requis son aide. Il passe la matinée avec Leon. Il a soudoyé son ancien Kapo du Block 7 pour qu'il réintègre Leon dans sa baraque à condition qu'il travaille pour lui quand il aura repris des forces. Il lui donne la nourriture qu'il avait prévu de distribuer à ses amis tziganes ainsi qu'à Gita et aux filles de son Block.

Quand Lale quitte Leon, Baretzki l'interpelle.

— Où tu étais passé, *Tätowierer* ? Je t'ai cherché partout.

— On m'a dit que j'avais congé aujourd'hui.

— Plus maintenant. Viens, on a un travail pour toi.

— Il faut que j'aille chercher ma besace.

— Tu n'as pas besoin de ton matériel pour ce travail. Viens.

Lale emboîte le pas à Baretzki. Ils se dirigent vers l'un des fours crématoires.

Lale le rattrape.

— Où allons-nous ?

— Tu es inquiet ? demande Baretzki en riant.

— Vous ne le seriez pas, vous ?

— Non.

Lale sent son cœur se serrer, il respire de plus en plus vite. Doit-il s'enfuir ? S'il se met à courir, Baretzki l'abattra certainement avec son arme. Et alors ? Une balle n'est-elle pas préférable aux fours ?

Ils sont tout près du Crématoire III quand Baretzki décide de mettre un terme au supplice de Lale. Il ralentit le pas.

— Ne t'inquiète pas. Allez viens, avant qu'on se retrouve dans le pétrin tous les deux et qu'on finisse dans les fours.

— Vous ne vous débarrassez pas de moi ?

— Pas encore. Il y a deux prisonniers là-dedans qui semblent avoir le même numéro. Il faut que tu les examines. C'est sûrement toi ou l'eunuque qui les avez tatoués. Tu dois nous dire qui est qui.

Le bâtiment en briques rouges se dresse devant eux. De grandes fenêtres cachent sa véritable fonction. Il suffit pourtant de regarder les grandes cheminées pour comprendre. Ils sont accueillis à l'entrée par deux SS qui plaisantent avec Baretzki et ignorent Lale. Ils indiquent des portes fermées à l'intérieur du bâtiment. Baretzki et Lale se dirigent vers elles. Lale regarde autour de lui, observe ce dernier couloir qui mène à la mort à Birkenau. Il voit les membres du *Sonderkommando*, la mine abattue. Ils s'apprêtent à faire un travail dont personne sur terre ne voudrait : récupérer les corps dans les chambres à gaz et les mettre dans les fours. Il tente d'établir un contact visuel avec eux, il aimerait leur faire comprendre que lui aussi travaille pour l'ennemi. Lui aussi a choisi de rester en vie le plus longtemps possible, en marquant dans leur chair les gens de sa confession. Aucun d'eux ne lève les yeux vers lui. Il a entendu ce que les autres détenus disent de ces hommes, des privilèges qu'on leur accorde – ils sont logés dans des baraques séparées, sont rigoureusement isolés de tous les autres prisonniers, ont droit à des rations supplémentaires, disposent de vêtements chauds et de couvertures pour la nuit. Lale bénéficie également de privilèges liés à son travail et il se dit, la mort dans l'âme, que lui aussi est méprisé pour la fonction qu'il occupe au sein du camp. Incapable d'exprimer sa solidarité, il continue à marcher.

On les conduit à une grande porte en acier. Un garde se tient devant.

— C'est bon, tout le gaz est parti. Il faut que nous les envoyions au four mais c'est impossible tant que les numéros n'ont pas été vérifiés.

Le garde ouvre la porte pour faire entrer Lale et Baretzki. Se dressant de toute sa hauteur, Lale regarde Baretzki droit dans les yeux. Il fait un geste ample de la main, l'invitant à entrer.

— Après vous.

Baretzki éclate de rire et donne une tape dans le dos de Lale.

— Non, après toi.

— Non, après vous, répète Lale.

— J'insiste, *Tätowierer*.

L'officier SS ouvre grand la porte et ils entrent dans une salle immense. Des corps, des centaines de corps nus, emplissent la pièce. Ils sont enchevêtrés, entassés les uns sur les autres, les membres tordus. Des yeux fixes qui ne voient plus rien. Des hommes, jeunes et vieux ; des enfants dessous. Du sang, du vomi, de l'urine, des excréments. L'odeur de la mort a envahi l'espace confiné. Lale tente de retenir sa respiration. Ses poumons le brûlent. Ses genoux menacent de se dérober sous lui. Derrière lui, Baretzki lâche : « Merde. »

Ce mot prononcé par un sadique souligne un peu plus l'inhumanité de la scène. Lale a le sentiment d'être en train de se noyer au fond d'un puits.

— Par là, dit un officier.

Ils le suivent vers un côté de la salle où deux corps d'hommes sont disposés l'un à côté de l'autre. L'officier s'adresse d'abord à Baretzki, qui, d'un geste, lui fait comprendre que Lale connaît l'allemand. Pour une fois, les mots lui manquent.

— Ils ont tous les deux le même numéro. Comment est-ce possible ? demande l'officier.

Lale se contente de secouer la tête et de hausser les épaules. *Qu'est-ce que vous voulez que j'en sache* ?

— Regarde-les. Lequel correspond au numéro ? lance l'officier d'une voix hargneuse.

Lale se penche et prend un des bras. Il est soulagé d'avoir une raison de s'agenouiller, le temps de se ressaisir. Il observe attentivement les chiffres tatoués sur le bras qu'il tient.

— L'autre ? demande-t-il.

Le bras de l'autre victime lui est présenté. Il étudie les deux numéros.

Regardez ici. Ce n'est pas un trois, mais un huit. Il est un peu effacé mais c'est bien un huit.

Le garde inscrit les numéros corrects sur les deux bras froids. Sans en demander l'autorisation, Lale se lève et quitte le bâtiment. Baretzki le rattrape dehors. Il le trouve plié en deux en train de respirer profondément.

Baretzki attend un peu.

— Ça va ? finit-il par demander.

— Non, ça va pas. Espèce de salauds ! Combien d'entre nous allez-vous encore tuer ?

— Tu es bouleversé, ça se voit.

Baretzki n'est qu'un gamin, un gamin sans instruction. Mais Lale ne peut s'empêcher de se demander comment il peut rester indifférent au sort des gens qu'ils viennent de voir, ces corps tordus, ces visages déformés par la douleur au moment de la mort.

— Allez viens, dit Baretzki.

Lale se relève et marche à côté de lui, sans le regarder.

— Tu sais quoi, *Tätowierer* ? Je parie que tu es le seul Juif à être entré dans un four et à en être ressorti vivant.

Il rit bruyamment, donne une tape dans le dos de Lale et s'éloigne à grands pas.

15

Lale sort d'un pas déterminé de son Block et traverse le camp. Deux officiers SS s'approchent de lui, prêts à faire feu. Sans ralentir, il brandit sa besace.

— *Politische Abteilung !*

Les SS baissent leur arme et il passe sans un mot. Lale entre dans le camp des femmes et se dirige immédiatement vers le Block 29 où il est accueilli par la Kapo, adossée au bâtiment. Elle a l'air de s'ennuyer ferme. Les détenues dont elle a la charge sont au travail. Elle ne prend pas la peine de bouger quand il s'avance vers elle et sort de son sac une grosse tablette de chocolat. Ayant reçu l'ordre de Baretzki de ne pas s'immiscer dans la relation entre le *Tätowierer* et la détenue 34902, elle accepte le pot-de-vin.

— S'il vous plaît, amenez-moi Gita. J'attendrai à l'intérieur.

Après avoir caché le chocolat entre ses deux énormes seins et haussé les épaules, la Kapo part en direction du bâtiment de l'administration. Lale entre dans le Block et ferme la porte derrière lui. Il n'attend pas longtemps. Un rayon de soleil, la porte qui s'ouvre, il sait qu'elle est arrivée. Gita le voit debout dans la semi-pénombre, la tête baissée.

— Toi !

Lale fait un pas vers elle. Elle recule brusquement, heurtant la porte fermée, visiblement bouleversée.

— Ça va ? Gita, c'est moi.

Il fait encore un pas. Choqué, il constate qu'elle tremble de tout son corps.

— Dis quelque chose, Gita.

— Toi… toi…, répète-t-elle.

— Oui, c'est moi, Lale.

Il prend ses deux poignets qu'il tente de serrer dans ses mains.

— As-tu seulement idée de ce qui te passe par la tête quand deux SS viennent te chercher ? Vas-y, dis-moi !

— Gita…

— Comment est-ce que tu as pu faire une chose pareille ? Comment est-ce que tu as pu laisser les SS m'emmener ?

Lale est sidéré. Il relâche la pression qu'il exerce sur ses poignets, elle se dégage et se détourne de lui.

— Je suis désolé, je ne voulais pas t'effrayer. J'ai juste demandé à ta Kapo de te faire venir ici. J'avais besoin de te voir.

— Quand quelqu'un est emmené par les SS, il ne revient pas en général. Tu comprends ? J'ai cru qu'on allait me tuer, et à ce moment-là, je n'ai pensé qu'à toi. Pas à mes amies du Block, pas à Cilka qui m'a regardée partir et qui doit être bouleversée, mais à toi, uniquement à toi. Et maintenant, je découvre que c'est *toi* la cause de tout ça.

Lale a honte. À cause de son désir égoïste, il a effrayé la femme qu'il aime. Soudain, elle se jette sur lui, les poings levés. Il tend les bras vers elle. Elle s'écrase contre lui. Elle lui frappe le torse tout en pleurant, le visage strié de larmes. Lale accepte les coups sans broncher attendant qu'elle se calme. Puis, doucement, il lève son visage, essuie ses larmes avec sa main et tente de l'embrasser. Au moment où leurs lèvres se touchent, Gita recule et le foudroie du regard. Il tend les bras vers elle pour qu'elle revienne vers lui. Comme elle se fait prier, il les laisse retomber le long de son corps. Elle se jette à nouveau sur lui, le plaquant contre un mur tout en tentant de déchirer sa chemise. Déconcerté, Lale la repousse à bout de bras, mais elle ne veut rien entendre, se presse contre lui et l'embrasse violemment. Il la soulève, la prenant sous les fesses, elle enroule les jambes autour de sa taille et l'embrasse avec une telle fougue qu'elle mord ses lèvres. Lale sent le goût salé du sang, mais lui rend son baiser. Il trébuche contre une couchette où ils s'effondrent tous les deux, tout en arrachant leurs vêtements. Leur étreinte est passionnée, désespérée. C'est un besoin qu'ils ressentent depuis si longtemps qu'il ne peut plus être nié. Deux êtres qui ont désespérément besoin d'amour et d'intimité, et qui craignent de ne jamais avoir l'occasion de vivre leur passion. Leur union scelle leur alliance, et Lale sait en cet instant qu'il ne pourra en aimer aucune autre. Il est d'autant plus déterminé à vivre un jour de plus, deux jours de plus, des milliers de jours, le temps qu'il faudra pour pouvoir tenir sa promesse à Gita. « On sera libres de faire l'amour où et quand on voudra. »

Épuisés, ils restent allongés dans les bras l'un de l'autre. Gita s'endort, Lale passe un long moment à la regarder. La lutte physique entre eux est terminée, remplacée par un tumulte qui fait rage dans le cœur de Lale. *Qu'est-ce que cet endroit a fait de nous ? Que sommes-nous devenus ? Combien de temps allons-nous pouvoir continuer ainsi ? Elle a cru que tout était fini pour elle aujourd'hui. C'est moi qui ai causé cette souffrance. Plus jamais je ne ferai ça.*

Il touche ses lèvres. Il gémit. Il chasse ses sombres pensées et sourit en pensant à ce qui a causé cette douleur sur sa bouche. Il embrasse doucement Gita pour la réveiller.

— Salut toi, murmure-t-il.

Gita se couche sur le ventre et le regarde, inquiète.

— Ça va ? Tu avais l'air, je ne sais pas... même si j'étais dans tous mes états quand je suis arrivée, maintenant que j'y repense, tu avais une mine épouvantable.

Lale ferme les yeux et laisse échapper un profond soupir.

— Qu'est-ce qui s'est passé ?

— Disons que j'ai failli toucher le fond mais que j'ai pu remonter à la surface.

— Tu me raconteras un jour.

— Je ne pense pas. N'insiste pas, Gita.

Elle hoche la tête.

— Maintenant, je crois que tu devrais retourner au bureau auprès de Cilka et des autres pour les rassurer.

— Mmm. J'ai envie de rester ici avec toi pour toujours.

— Toujours, c'est une éternité.

— À moins que ça ne soit demain, dit-elle.

— Non.

Gita tourne la tête en rougissant puis ferme les yeux.

— À quoi tu penses ? demande-t-il.

— J'écoute. Les murs.

— Que disent-ils ?

— Rien. Ils respirent bruyamment, pleurent pour celles qui partent le matin et ne reviennent pas le soir.

— Ils ne pleurent pas pour toi, mon amour.

— Pas aujourd'hui. Je le sais à présent.

— Ni aujourd'hui ni demain. Ils ne pleureront jamais pour toi. Allez, sors de là et retourne travailler.

Elle se roule en boule.

— Tu peux partir le premier ? Il faut que je retrouve mes habits.

Lale l'embrasse une dernière fois puis cherche ses vêtements en tâtonnant. Enfin habillé, il lui donne un rapide baiser avant de partir. La Kapo a retrouvé sa place contre le mur.

— Ça va mieux, *Tätowierer* ?

— Oui, merci.

— Le chocolat est excellent. J'aime bien le saucisson aussi.

— Je vais voir ce que je peux faire.

— Fais donc, *Tätowierer*. À bientôt.

16

Mars 1944

Le coup sur la porte tire Lale d'un profond sommeil. Il ouvre avec précaution, s'attendant à voir l'un des petits Roms. Mais ce sont deux jeunes hommes qui se tiennent sur le seuil. Ils regardent à droite, à gauche. À l'évidence, ils sont effrayés.

— Qu'est-ce que vous voulez ? demande Lale.

— C'est vous le *Tätowierer* ? demande l'un d'eux en polonais.

— Ça dépend qui le demande.

— On a besoin du *Tätowierer*. On nous a dit qu'il vivait ici, dit l'autre garçon.

— Entrez, sinon vous allez réveiller les bébés.

Lale ferme la porte derrière les jeunes hommes et les invite à s'asseoir sur le lit. Ils sont tous les deux grands et maigres. L'un d'eux a quelques taches de rousseur.

— Je vous repose la question : qu'est-ce que vous voulez ?

— On a un ami, balbutie le garçon aux taches de rousseur.

— On a tous un ami, l'interrompt Lale.

— Notre ami a des ennuis.

— On a tous des ennuis.

Les deux inconnus échangent un regard, se demandant s'ils doivent continuer.

— Désolé, je vous écoute.

— Il a été capturé et on a peur qu'ils le tuent.

— Capturé ? Qu'est-ce qu'il faisait ?

— En fait, il s'est évadé la semaine dernière, ils l'ont rattrapé et l'ont ramené ici. À votre avis, qu'est-ce qu'ils vont lui faire ?

Lale est incrédule.

— Comment a-t-il fait pour s'évader ? Et comment a-t-il pu être assez stupide pour se faire reprendre ?

— On ne sait pas exactement comment ça s'est passé.

— Eh bien, il sera pendu, sans doute à la première heure demain matin. C'est la punition pour ceux qui essaient de s'évader… alors ceux qui réussissent carrément…

— Vous pouvez faire quelque chose ? On nous a dit que vous pourriez nous aider.

— Je peux vous aider si vous avez besoin de nourriture mais c'est à peu près tout. Où est ce garçon en ce moment ?

— Il est dehors.

— Où ça dehors ? Devant le Block ?

— Oui.

— Bon sang mais faites-le entrer tout de suite, dit Lale en ouvrant la porte.

L'un des garçons se précipite dehors et revient bientôt avec un jeune homme tremblant de peur, qui n'ose même pas lever la tête. Lale lui fait signe de s'asseoir sur son lit. Il a les yeux bouffis.

— Tes amis m'ont dit que tu t'étais évadé.

— Oui, monsieur.

— Comment tu as fait ?

— En fait, j'étais en train de travailler dehors. J'ai demandé au garde si je pouvais aller faire mes besoins. Il m'a dit d'aller dans les arbres parce qu'il n'avait pas envie de sentir l'odeur. Ensuite, quand j'ai voulu rejoindre mon détachement, j'ai vu que les hommes étaient déjà en train de partir. Je me suis dit que si je courais pour les rattraper, je risquais d'être abattu par un des autres gardiens, alors je suis retourné dans la forêt.

— Et ? demande Lale.

— Eh bien, j'ai continué à marcher. Je me suis fait prendre quand je suis arrivé au village et que j'ai volé de la nourriture. Je mourais de faim. Les soldats ont vu mon numéro de matricule et m'ont ramené ici.

— Et maintenant, ils vont te pendre demain matin, c'est bien ça ?

Le garçon baisse la tête. Lale se dit que sa tête aura exactement la même position demain quand surviendra la mort par strangulation.

— Vous pouvez faire quelque chose pour nous, *Tätowierer* ?

Lale arpente sa petite chambre. Il remonte la manche du garçon et observe son numéro. *Un des miens*. Il recommence à faire les cent pas. Les garçons le regardent en silence.

— Restez là, dit-il d'une voix ferme.

Il prend sa besace et sort de la pièce en toute hâte.

Les faisceaux des projecteurs balaient l'enceinte, des yeux violents scrutent les alentours à la recherche de quelqu'un à tuer. Lale reste au plus près des Blocks, longeant les murs, et se dirige vers le bâtiment de l'administration. Il entre dans le bureau principal. À son grand soulagement, il aperçoit Bella derrière le comptoir de l'accueil. Elle lève les yeux vers lui.

— Lale, qu'est-ce que tu fais là ? Je n'ai pas de travail pour toi.

— Salut Bella. Je peux te demander quelque chose ?

— Bien sûr, oui, n'importe quoi. Tu le sais, Lale.

— Quand je suis venu ce matin, j'ai cru entendre parler d'un convoi qui partait ce soir.

— Oui, il va quitter le camp à minuit.

— Combien de personnes ?

Bella prend une feuille volante à côté d'elle.

— J'ai cent noms. Pourquoi ?

— Des noms, pas des numéros ?

— Non, ils ne sont pas tatoués. Ils viennent d'arriver et vont être envoyés dans un camp d'hommes. Aucun n'a de numéro de matricule.

— On peut en glisser un de plus sur cette liste ?

— Je suppose. Qui ? Toi ?

— Non, tu sais que je ne partirais jamais d'ici sans Gita. C'est pour quelqu'un d'autre. Le moins tu en sais, le mieux ça vaudra.

— Très bien, je vais faire ça pour toi. Comment s'appelle-t-il ?

— Merde, dit Lale. Je reviens tout de suite.

Furieux contre lui-même, Lale retourne à toute vitesse dans sa chambre.

— Ton nom, comment t'appelles-tu ?
— Mendel.
— Mendel comment ?
— Pardon, Mendel Bauer.

De retour au bureau, Lale indique le nom à Bella qui l'ajoute en bas de la liste tapée à la machine.

— Les gardes ne vont pas se poser de questions en voyant un nom écrit à la main alors que les autres sont dactylographiés ? demande Lale.

— Non, ils sont beaucoup trop fainéants pour se poser des questions. Dis juste à la personne concernée de se trouver vers l'entrée principale quand les garçons monteront dans le camion.

Lale sort de sa besace une bague incrustée de rubis et de diamants et la tend à Bella.

— Merci. C'est pour toi. Tu peux la garder ou la vendre. Je veillerai à ce qu'il fasse partie du convoi.

Une fois dans sa chambre, Lale chasse les deux amis de Mendel du lit, prend sa besace et s'assoit à côté du jeune homme.

— Donne-moi ton bras.

Sous les yeux des garçons, Lale entreprend de transformer le numéro de matricule en serpent. Le dessin n'est pas parfait mais suffit néanmoins à cacher les chiffres.

— Pourquoi faites-vous ça ? demande un des garçons.

— Là où va Mendel, personne ne porte de numéro de matricule. Si son tatouage était découvert, il serait immédiatement renvoyé ici pour honorer son rendez-vous avec le bourreau.

Il termine son œuvre et se tourne vers les deux garçons qui le regardent.

— Vous deux, vous allez retourner dans votre Block. Soyez prudents. Je ne peux pas assurer plus d'un sauvetage par nuit, dit-il. Votre ami ne sera plus là demain. Il va partir avec un convoi à minuit. J'ignore où il va, mais où qu'il aille, il aura au moins une chance de rester en vie. Vous comprenez ?

Les trois garçons se donnent l'accolade et se promettent de se retrouver dès que le cauchemar sera terminé. Une fois les amis partis, Lale se rassoit à côté de Mendel.

— Tu restes ici en attendant minuit. Je t'emmènerai jusqu'au camion et ensuite, tu seras tout seul.

— Je ne sais pas comment vous remercier.

— Si tu réussis à t'évader à nouveau, ne te fais pas attraper cette fois. Ça me suffira comme remerciement.

Quelque temps plus tard, Lale entend du mouvement dans le camp.

— Allez, il est temps de partir.

Ils se glissent dehors et longent les murs du bâtiment jusqu'à ce qu'ils voient deux camions à bord desquels montent des hommes.

— Dépêche-toi, essaie de te glisser au milieu d'une des files. Impose-toi et donne-leur ton nom quand ils te le demanderont.

Mendel s'empresse de rejoindre l'un des rangs et parvient à s'insérer dans la file entre deux hommes. Il croise ses bras sur sa poitrine tout autant pour se prémunir du froid que pour protéger le serpent qu'il porte désormais. Lale voit l'un des gardes cocher son nom et le pousser dans le camion. Dès que le moteur est en route et que le véhicule démarre, Lale retourne discrètement dans sa chambre.

17

Les mois qui suivent sont particulièrement éprouvants. Les détenus meurent de toutes sortes de manières. Certains sont emportés par la maladie, la malnutrition, le froid. D'autres se jettent sur les clôtures électrifiées et se tuent. D'autres encore sont abattus par une sentinelle en haut d'un mirador avant d'atteindre les barbelés. Les chambres à gaz et les crématoires tournent à plein régime. Hommes et femmes se mettent en rang devant les tables de Leon et Lale, les files sont de plus en plus longues tandis que des dizaines de milliers de personnes sont déportées à Auschwitz et Birkenau.

Lale et Gita se voient le dimanche quand c'est possible. Ces jours-là, ils se mêlent au flot des prisonniers et parviennent à voler un baiser ou une caresse. De temps à autre, ils peuvent passer quelques instants ensemble dans l'intimité du Block de Gita. Ces rares moments de bonheur leur donnent la motivation de se battre pour survivre et, dans le cas de Lale, d'imaginer un avenir ensemble. La Kapo de Gita engraisse grâce à la nourriture que Lale lui apporte. Parfois, quand Lale ne peut pas voir Gita pendant de longues périodes, elle demande carrément :

— Quand revient ton ami ?

Un dimanche, à force d'insister, Lale parvient à faire parler Gita qui lui explique ce qui se passe avec Cilka.

— Cilka est le jouet de Schwarzhuber.

— Oh mon Dieu. Depuis combien de temps ?

— Je ne sais pas exactement. Un an, peut-être plus.

— C'est un salaud, un ivrogne, un sadique ! dit Lale en serrant les poings. Je n'ose même pas imaginer ce qu'il lui fait subir.

— Arrête ! Je ne veux pas y penser.

— Qu'est-ce qu'elle te dit sur lui ? Sur le temps qu'ils passent ensemble ?

— Rien. On ne lui pose pas de questions. Je ne sais pas comment l'aider.

— Il la tuera de ses mains si elle se refuse à lui. Je suppose que Cilka l'a déjà compris, sinon elle serait morte depuis longtemps. Le pire serait naturellement qu'elle tombe enceinte.

— Ne t'inquiète pas, aucune de nous ne risque de tomber enceinte. Pour cela, il faudrait avoir un cycle menstruel. Tu ne savais pas ?

— Euh si, je savais, répond Lale embarrassé. C'est juste que… en fait, on n'en a jamais parlé. Je n'y avais pas réfléchi.

— Vous n'avez aucun souci à vous faire, toi et ce salaud. Cilka et moi ne risquons pas d'avoir un bébé, d'accord ?

— Ne me compare pas à lui, s'il te plaît. Dis-lui qu'elle est pour moi une héroïne et que je suis fier de la connaître.

— Pourquoi une héroïne ? Ce n'est pas une héroïne, réplique Gita agacée. Elle veut vivre, c'est tout.

— Et c'est ce qui fait d'elle une héroïne. Toi aussi, tu es une héroïne, ma chérie. Que vous ayez choisi de survivre toutes les deux, c'est déjà une forme de résistance face à ces salauds de nazis. Choisir de vivre, c'est un acte de défi, une forme d'héroïsme.

— Dans ce cas, qu'est-ce que tu es, toi ?

— On m'a donné le choix de participer à la destruction de notre peuple, et j'ai choisi de le faire pour survivre. J'espère qu'un jour je ne serai pas traité de criminel ou de collaborateur.

Gita se penche vers lui et l'embrasse.

— Pour moi, tu es un héros.

Le temps passe et ils sont surpris de voir les premières filles rentrer au Block. Heureusement, ils sont habillés, si bien que la sortie de Lale est moins embarrassante qu'elle aurait pu l'être.

— Bonjour. Salut. Dana, quel plaisir de te voir. Les filles. Mesdames, dit-il en partant.

La Kapo, fidèle à son poste à l'entrée du Block, secoue la tête en regardant Lale.

— Il faut être parti d'ici avant le retour des autres. D'accord, *Tätowierer* ?

— Désolé, ça ne se reproduira plus.

Lale avance dans le camp le pas vif et léger. Il est surpris d'entendre son nom tout à coup et regarde autour de lui pour voir qui l'interpelle. C'est Victor. Il s'apprête à quitter les lieux avec les autres travailleurs polonais. Victor lui fait signe d'approcher.

— Bonjour Victor. Salut Yuri. Comment allez-vous ?

— Pas aussi bien que toi, on dirait. Qu'est-ce qui se passe ?

Lale fait un petit geste de la main.

— Rien, rien.

— On a de la nourriture pour toi, on a cru qu'on n'allait pas pouvoir te la donner. Tu as de la place dans ton sac ?

— Bien sûr. Désolé, j'aurais dû venir vous voir plus tôt, mais, je... j'étais occupé.

Lale ouvre son sac. Victor et Yuri entreprennent de le remplir. Bientôt il déborde.

— Tu veux que je t'apporte le reste demain ? demande Victor.

— Non, je vais tout prendre. Je vous paierai demain.

Parmi les milliers de femmes qui se trouvent à Birkenau, il y a une fille, en plus de Cilka, dont les SS ont épargné la chevelure. Elle a environ l'âge de Gita. Lale ne lui a jamais adressé la parole mais il l'a croisée plusieurs fois. Elle se distingue naturellement des autres avec sa longue crinière blonde. Toutes les autres filles tentent de cacher du mieux qu'elles peuvent leur tête tondue sous un foulard, la plupart du temps un bout de tissu arraché à leur chemise. Lale a demandé à Baretzki un jour pourquoi la fille avait eu droit à ce traitement de faveur, pourquoi on lui avait permis de garder ses cheveux longs.

— Le jour de son arrivée au camp, a répondu Baretzki, le commandant Höss participait personnellement à la sélection. Il l'a vue, l'a trouvée jolie et a dit qu'il ne fallait pas toucher ses cheveux.

Lale est souvent déconcerté par ce qu'il voit dans les deux camps, mais que Höss n'ait trouvé qu'une seule fille jolie parmi les centaines de milliers qui ont franchi la sélection, voilà qui le sidère.

Tandis que Lale se hâte de regagner sa chambre, un saucisson fourré dans son pantalon, il tombe sur elle en franchissant l'angle d'un bâtiment. La seule « belle » fille du camp est en train de le dévisager. Il rejoint sa chambre en un temps record.

18

Le printemps a chassé les pires démons de l'hiver. Le temps plus clément donne un peu d'espoir à tous ceux qui ont survécu aux éléments et aux caprices des surveillants et des SS. Même Baretzki semble moins cynique.

— Je sais que tu as accès à certains produits, *Tätowierer,* dit-il en parlant d'une voix plus basse que d'habitude.

— Je ne vois pas ce que vous voulez dire.

— Tu trouves des produits. Je sais que tu as des contacts avec l'extérieur.

— Qu'est-ce qui vous fait dire ça ?

— Écoute, je t'aime bien. On est comme des frères, toi et moi. Est-ce que je ne t'ai pas confié mes secrets ?

Lale choisit de ne pas contester leur « fraternité ».

— Vous parlez, j'écoute, dit Lale.

— Parfois, tu m'as donné des conseils et j'ai écouté. J'ai même essayé d'écrire des choses gentilles à ma petite amie.

— Je ne savais pas.

— Eh bien maintenant, tu sais, dit Baretzki le plus sérieusement du monde. Écoute, j'aimerais que tu essaies d'organiser quelque chose pour moi.

Lale a peur que quelqu'un ne surprenne leur conversation.

— Je vous ai dit…

— C'est l'anniversaire de ma petite amie bientôt et j'aimerais que tu me trouves une paire de bas Nylon que je pourrais lui envoyer.

Lale dévisage Baretzki, incrédule.

Baretzki lui sourit.

— Trouve-les-moi et je ne t'abattrai pas.

Il rit.

— Je vais voir ce que je peux faire. Ça peut me prendre plusieurs jours.

— Pas trop longtemps, quand même.

— Je peux faire autre chose pour vous ? demande Lale.

— Non, tu as repos aujourd'hui. Tu peux passer un peu de temps avec *Gita*.

Lale grimace. Ça ne lui plaît déjà guère que Baretzki sache qu'il passe du temps avec elle, mais ce qui le hérisse, c'est d'entendre le salaud prononcer son nom.

Avant de faire ce que Baretzki a suggéré, Lale part à la recherche de Victor. Il trouve Yuri qui lui raconte que Victor est malade et n'a pas pu venir travailler aujourd'hui. Lale lui dit qu'il est désolé de l'apprendre et s'éloigne.

— Je peux faire quelque chose pour toi ? demande Yuri.

Lale se retourne.

— Je ne sais pas. J'ai une requête spéciale.

Yuri hausse un sourcil.

— Je pourrai peut-être t'aider.

— Des bas en Nylon. Tu sais, ce que mettent les filles sur leurs jambes.

— Je ne suis plus un gamin, Lale. Je sais ce que c'est.

— Tu pourrais m'en trouver une paire ?

Lale montre deux diamants au creux de sa main.

Yuri les prend.

— Donne-moi deux jours. Je pense que je peux t'aider.

— Merci Yuri. Tu salueras ton père pour moi. J'espère qu'il se rétablira vite.

Lale se dirige vers le camp des femmes quand il entend un bruit d'avion. En levant la tête, il aperçoit un petit appareil qui survole les lieux à basse altitude avant de décrire un arc de cercle pour refaire un passage. Il vole si bas que Lale peut distinguer le symbole de l'Air Force des États-Unis.

Un prisonnier crie :

— C'est les Américains, les Américains sont là !

Tous les détenus lèvent les yeux vers le ciel. Certains se mettent à sauter en agitant les bras. Lale regarde les miradors autour de l'enceinte et remarque que les sentinelles sont en alerte. Elles braquent leurs mitrailleuses sur les hommes et les femmes qui s'agitent. Quelques-uns se contentent de faire des signes pour attirer l'attention du pilote, d'autres montrent les fours crématoires et crient :

— Larguez les bombes ! Larguez les bombes !

Lale envisage de se joindre à eux tandis que l'avion effectue un deuxième passage avant de virer sur l'aile pour survoler encore une fois le camp. Plusieurs prisonniers courent vers les crématoires, pointent le doigt vers eux, cherchant par tous les moyens à faire passer leur message.

— Larguez les bombes, larguez les bombes !

Après un troisième passage au-dessus de Birkenau, l'avion reprend de l'altitude puis s'éloigne et disparaît. Les détenus continuent à crier. Beaucoup tombent à genoux, désespérés de ne pas avoir été entendus.

Lale commence à reculer vers un Block à proximité. Juste à temps. Les balles se mettent à pleuvoir sur l'enceinte. Les gardes dans les miradors tirent sur tous ceux qui n'ont pas eu le temps de se mettre à l'abri.

En raison du danger, Lale renonce à voir Gita. Il regagne son Block où il est accueilli par des gémissements et des pleurs. Des femmes bercent des enfants touchés par les tirs.

— Ils ont vu l'avion et ils se sont joints aux prisonniers qui couraient dans le camp, explique l'un des hommes.

— Qu'est-ce que je peux faire pour vous aider ? demande Lale.

— Fais rentrer les autres enfants. Ils n'ont pas besoin de voir ça.

— Bien sûr.

— Merci Lale. Je vais t'envoyer nos anciennes. Elles te donneront un coup de main. Je ne sais pas quoi faire des corps. Je ne peux pas les laisser là.

— Les SS vont venir les récupérer, j'en suis sûr.

Ces mots lui paraissent si durs, si cruels. Lale sent les larmes lui picoter les yeux. Il se dandine d'un pied sur l'autre.

— Je suis vraiment désolé.

— Qu'est-ce qu'ils vont faire de nous ? demande l'homme.

— J'ignore ce qui nous attend.

— On va tous mourir ici.

— Je ferai tout pour que ça n'arrive pas.

Lale rassemble les enfants et les accompagne à l'intérieur. Certains pleurent. D'autres sont trop choqués pour pleurer. Plusieurs femmes, les plus âgées, viennent l'aider. Ils emmènent les enfants à l'autre bout du Block et commencent à leur raconter des histoires. Mais cette fois, ça ne marche pas. Les petits sont inconsolables. La plupart restent silencieux, traumatisés.

Lale va dans sa chambre, en revient avec du chocolat. Nadya et lui le coupent et le distribuent. Certains des enfants prennent le morceau qu'on leur tend, d'autres regardent le chocolat comme si lui aussi allait leur faire du mal.

Lale ne peut rien faire de plus. Nadya le prend par la main et l'aide à se relever.

— Merci. Tu as fait tout ce que tu as pu.

Elle effleure sa joue du revers de sa main.

— Laisse-nous maintenant.

— Je vais aider les hommes dehors, répond Lale d'une voix hésitante.

Il sort, à moitié chancelant. Là, il aide les hommes à rassembler les petits corps pour que les SS les emmènent. Il remarque qu'ils sont déjà en train de récupérer les cadavres qui gisent dans le camp. Plusieurs femmes refusent de donner leurs précieux enfants et quand il voit ces petits êtres sans vie arrachés aux bras de leur mère, Lale a le cœur brisé.

— *Yitgadal v'yitkadash sh'mei raba*[1]...

Lale récite le Kaddish à voix basse. Il ignore comment ou avec quels mots les Roms honorent leurs morts, aussi a-t-il recours à cette prière de consolation qu'il connaît depuis toujours. Il reste assis dehors un long moment, les yeux levés vers le ciel, se demandant ce que les Américains ont vu et pensé. Plusieurs hommes se joignent à lui en silence, un silence qui n'a plus rien de calme. Un mur de chagrin les entoure.

Lale pense à la date : le 4 avril 1944. Quand il a vu le mot « avril » sur sa fiche de travail cette semaine, il a eu comme un choc. Avril ? Qu'est-ce qu'il y a eu en avril ? Puis il a compris. Dans trois semaines, ça fera deux ans qu'il est ici. *Deux ans*. Comment a-t-il fait ? Comment est-il possible qu'il respire encore alors que tant d'autres sont morts ? Il repense à la promesse qu'il s'est faite le premier soir. Survivre et voir les coupables payer. Peut-être que les personnes dans l'avion ont compris ce qui se passait, peut-être qu'on va venir les sauver. Ce sera trop tard pour ceux qui sont morts aujourd'hui, mais peut-être leur mort n'aura-t-elle pas été complètement inutile. *Accroche-toi à ça. Pense à ça pour te lever demain matin, après-demain matin et les jours suivants*.

Les étoiles qui scintillent au-dessus de lui ne lui sont plus d'aucun réconfort. Elles ne font que souligner le gouffre entre ce que devrait être la vie et ce qu'elle est en cet instant. Elles lui rappellent douloureusement ces nuits chaudes d'été

1. Que Son nom soit glorifié et sanctifié.

quand, enfant, il se glissait dehors pour sentir la brise caresser son visage et se laisser bercer par son souffle ; les soirées qu'il passait avec de jeunes femmes, à marcher main dans la main dans un parc, au bord d'un lac, leur chemin illuminé par des milliers d'étoiles. Cette voûte céleste au-dessus de lui l'avait toujours réconforté. *Ma famille, où qu'elle soit, regarde peut-être les mêmes étoiles en cet instant et se demande où je suis. J'espère qu'elles leur apporteront plus de réconfort qu'à moi.*

C'était au début du mois de mars 1942 que Lale avait fait ses adieux à ses parents, à son frère et à sa sœur, dans sa ville natale de Krompachy. Il avait démissionné de son ancien travail et quitté son appartement à Bratislava en octobre 1941. Il avait pris cette décision après avoir discuté avec un vieil ami, non juif, qui travaillait pour l'administration locale. Son copain l'avait prévenu que les choses allaient changer politiquement pour tous les citoyens juifs et que rien ne pourrait le sauver de ce qui les attendait, pas même son charme naturel. Son ami lui avait proposé un travail qui, d'après lui, le protégerait de la persécution. Après avoir rencontré le patron de son ami, il avait obtenu un poste d'assistant du président du Parti national slovaque. Les membres du SNP ne se souciaient pas de religion. Ce qui leur importait, c'était que le pays reste aux mains des Slovaques. Vêtu de l'uniforme du Parti, qui ressemblait beaucoup trop à un uniforme militaire, Lale avait parcouru le pays pendant plusieurs semaines, distribuant des tracts, prenant la parole dans les assemblées et les meetings. Le Parti essayait de faire comprendre à la jeunesse, en particulier, qu'il était important de s'unir pour contester la politique du gouvernement, sous la coupe d'Hitler, qui n'offrait pas de protection à tous les Slovaques.

Lale savait que tous les Juifs de Slovaquie devaient porter l'étoile jaune de David sur leurs vêtements. Il avait refusé. Pas par crainte. Mais parce qu'il se considérait comme un Slovaque avant tout : fier, têtu et même, il était prêt à le reconnaître, un brin arrogant quant à la place qu'il occupait dans le monde. Sa judéité était annexe et n'avait jamais influencé ses actes ou le choix de ses fréquentations. Si le sujet était abordé dans la conversation, il ne l'esquivait pas, mais passait rapidement à autre chose. Ce n'était pas un trait fondamental de sa personnalité. Cette question était plus souvent soulevée dans la chambre à coucher que dans un restaurant ou un club.

En février 1942, on l'avait prévenu que le ministère des Affaires étrangères allemand avait exigé du gouvernement slovaque qu'il organise la déportation des Juifs de son pays, Juifs qui devaient fournir une main-d'œuvre supplémentaire pour le Reich. Il avait demandé un congé pour rendre visite à sa famille. Le congé lui avait été accordé. Ses supérieurs lui avaient dit qu'il pourrait reprendre son poste à n'importe quel moment, qu'il serait protégé.

Lale ne pensait pas être particulièrement naïf. Comme beaucoup d'autres citoyens européens à l'époque, il s'était inquiété de l'avènement d'Hitler et des horreurs que le Führer infligeait aux petites nations, mais il ne pouvait pas accepter que les nazis envahissent la Slovaquie. Ce n'était pas nécessaire. Le gouvernement leur donnait tout ce qu'ils voulaient, quand ils le voulaient, et ne représentait aucune menace pour eux. La Slovaquie voulait juste qu'on la laisse tranquille. Durant les dîners entre amis ou les réunions de famille, on parlait parfois de la persécution des Juifs dans les autres pays, mais personne ne pensait que les Juifs slovaques étaient particulièrement en danger.

Et pourtant, il est là maintenant. Deux années se sont écoulées depuis son arrivée. Il vit dans une communauté scindée en deux – d'un côté les Juifs, de l'autre les Tziganes. On s'attache à leur « race » et non à leur nationalité, et c'est quelque chose que Lale ne peut toujours pas saisir. Des nations menacent d'autres nations. Elles ont un pouvoir politique, une puissance militaire. *Comment une « race » dispersée dans une multitude de pays peut-elle être une menace ?* Tant qu'il vivra – quelle que soit la durée de son passage sur cette terre –, il ne comprendra jamais ça.

19

— Tu as perdu la foi ? demande Gita en se calant contre le torse de Lale, derrière le bâtiment de l'administration où ils ont l'habitude de se retrouver.

Elle a choisi ce moment pour lui poser la question parce qu'elle veut entendre sa réponse sans voir l'expression de son visage.

— Pourquoi cette question ? demande-t-il.

— Parce que je pense que tu ne crois plus en Dieu et ça m'attriste.

— Donc toi, tu as toujours la foi ?

— C'est moi qui ai posé la question la première, tu dois me répondre.

— Dans ce cas, oui, j'ai perdu la foi.

— Quand ?

— Le soir où je suis arrivé ici. Je t'ai raconté ce qui s'était passé, ce que j'ai vu. Comment un Dieu miséricordieux pourrait-il laisser faire ça ? Je ne sais pas. Et la suite des événements ne m'a pas fait changer d'avis, bien au contraire.

— Tu dois pourtant croire en quelque chose ?

— Oui, je crois en toi, en moi, je crois qu'on va partir d'ici et recommencer de zéro là où on pourra.

— Je sais… quand et où on voudra.

Elle soupire.

— Oh Lale, si seulement…

Lale la fait pivoter vers lui.

— Je ne veux pas être défini par ma judéité. Je ne cherche pas à nier le fait que je suis juif, mais je suis d'abord un homme, un homme amoureux de toi.

— Et moi ? Si je veux continuer à croire en mon Dieu ? Si la foi est importante pour moi ?

— Je n'ai pas mon mot à dire.

— Si.

Un silence gêné s'installe entre eux. Il la regarde. Elle a les yeux baissés.

— Ça ne me pose aucun problème que tu aies la foi, dit Lale doucement. En fait, je t'encouragerai même dans ce sens, tout ce qui compte pour moi, c'est de t'avoir à mes côtés. Quand on partira d'ici, je veillerai à ce que tu puisses pratiquer ta religion et quand nos bébés naîtront, tu pourras les initier à la foi.

— Des bébés ? Je ne sais pas si je pourrai avoir des enfants. Je suis complètement détraquée à l'intérieur.

— Une fois qu'on sera sortis d'ici et que je t'aurai un peu engraissée, on aura des enfants et ils seront magnifiques parce qu'ils tiendront de leur mère.

— Merci, mon amour. Grâce à toi, j'ai envie de croire en l'avenir.

— Parfait. Ça veut dire que tu vas me donner ton nom de famille et me dire d'où tu viens ?

— Pas encore. Je te le dirai le jour où on partira d'ici. S'il te plaît, ne me pose plus de questions.

Après avoir quitté Gita, Lale part à la recherche de Leon et des hommes du Block 7. C'est une magnifique journée d'été et il a l'intention de profiter du soleil et de ses amis tant qu'il le peut. Assis contre le mur d'une des baraques, ils discutent. Leur conversation est simple. Quand la sirène retentit, Lale prend congé de ses amis et rejoint son Block. En approchant du bâtiment, il sent immédiatement que quelque chose ne tourne pas rond. Les petits Tziganes, qui d'habitude courent vers lui pour l'accueillir, restent où ils sont. Ils s'écartent quand il passe devant eux. Ils ne répondent pas à son salut. Il comprend immédiatement pourquoi lorsqu'il ouvre la porte de sa chambre. Sur son lit sont étalées les pierres précieuses et les devises qu'il cachait sous son matelas. Deux officiers SS attendent.

— Tu veux bien nous expliquer ça, *Tätowierer* ?

Lale reste muet.

L'un des SS lui arrache sa besace des mains et vide son contenu – des flacons d'encre et ses outils – par terre. Les deux officiers rangent le butin dans le sac. Les pistolets dégainés, ils regardent Lale droit dans les yeux et lui font signe d'avancer. Les enfants s'écartent à nouveau pour laisser passer Lale, escorté des deux SS. Il quitte le camp des Tziganes, persuadé qu'il n'y reviendra jamais.

Lale se tient devant Houstek. Le contenu de sa besace est étalé sur le bureau de l'Oberscharführer.

Houstek prend et examine les pierres précieuses une par une, puis procède de la même façon avec les bijoux.

— Où est-ce que tu as trouvé tout ça ? demande-t-il sans lever les yeux vers Lale.

— Des détenus me l'ont donné.

— Quels détenus ?

— Je ne connais pas leur nom.

Houstek dévisage Lale.

— Tu ignores qui t'a donné tout ça ?

— Oui.

— Et je suis censé te croire ?

— Oui, monsieur. Ils m'apportent ces objets mais je ne leur demande par leur nom.

Houstek abat son poing sur le bureau, les pierres précieuses tremblent et cliquettent.

— Je suis très en colère, *Tätowierer*. Tu travailles bien. Maintenant, je vais devoir trouver quelqu'un pour te remplacer.

Il se tourne vers les deux officiers.

— Emmenez-le au Block 11. Il va vite retrouver la mémoire.

Les SS escortent Lale dehors et le font monter dans un camion. Deux officiers SS sont assis à ses côtés, chacun enfonce un pistolet dans ses côtes. Pendant le trajet de quatre kilomètres, Lale dit mentalement adieu à Gita et à l'avenir qu'ils viennent d'évoquer. Il ferme les yeux, récite dans sa tête les noms de chaque membre de sa famille. Le visage de son frère et celui de sa sœur lui apparaissent moins distinctement à présent. Mais il revoit parfaitement sa mère. Comment dire adieu à sa mère ? La personne qui lui a donné la vie, qui lui a appris à vivre ? Il ne peut pas lui dire au revoir. Quand l'image de son père surgit devant lui, il laisse échapper un cri étouffé. L'un des officiers enfonce un peu plus le pistolet dans ses côtes. La dernière fois qu'il a vu son père, il pleurait. Il ne veut pas garder cette image de lui, aussi en cherche-t-il une autre. Il revoit son père avec ses chevaux adorés. Il leur parlait si chaleureusement, rien à voir avec la façon dont il s'adressait à ses enfants. Lale pense à son frère Max, plus vieux, plus sage que lui. Il lui dit qu'il espère ne pas l'avoir déçu, qu'il a essayé d'agir comme lui l'aurait fait à sa place. Quand il pense à sa petite sœur, Goldie, la douleur est trop forte.

Le camion s'arrête brusquement. Lale est projeté contre l'un des officiers.

On l'enferme dans une petite cellule du Block 11. La fonction des Blocks 10 et 11 est bien connue. Ils sont réservés aux détenus qu'on veut punir. Derrière ces centres de torture isolés se dresse le mur de la Mort, le mur des exécutions. Lale s'attend à être emmené là-bas après avoir été torturé.

Pendant deux jours, il reste enfermé dans sa cellule, sans voir personne, dans une obscurité presque totale, mis à part un mince rai de lumière sous la porte. Tout en écoutant les pleurs et les cris des autres détenus, il revit chaque moment qu'il a passé avec Gita.

Le troisième jour, il est aveuglé par la lumière du soleil qui entre à flots dans sa cellule. Un homme à la carrure imposante s'encadre dans l'embrasure de la porte et lui tend une gamelle contenant du liquide. Lale la prend et quand ses yeux se sont réhabitués à la lumière, il reconnaît l'homme.

— Jakub, c'est toi ?

Jakub entre dans sa cellule dont le plafond est si bas qu'il est contraint de se baisser.

— *Tätowierer*, qu'est-ce que tu fais là ?

Jakub est choqué.

Lale se lève tant bien que mal, la main tendue.

— Je me suis souvent demandé ce que tu étais devenu, dit-il.

— Comme tu me l'avais prédit, ils ont trouvé un travail pour moi.

— Tu es garde ?

— Pas simplement un garde, mon ami, dit Jakub d'une voix sombre. Assieds-toi et mange. Je vais t'expliquer ce que je fais ici et ce qui t'attend.

Lale s'assoit avec appréhension et regarde le contenu de la gamelle. Un bouillon très liquide et trouble avec un morceau de pomme de terre qui flotte. Affamé il y a quelques minutes encore, il n'a plus d'appétit.

— Je n'ai jamais oublié ta gentillesse, dit Jakub. J'étais sûr que j'allais mourir de faim la nuit où je suis arrivé ici et toi, tu m'as offert de la nourriture.

— Il est clair que tes besoins en nourriture sont supérieurs à ceux d'un homme normalement constitué.

— J'ai entendu que tu passais de la nourriture en fraude dans le camp. C'est vrai ?

— C'est pour ça que je suis là. Les prisonnières qui travaillent au Canada récupèrent des devises et des pierres précieuses que j'utilise pour acheter de la nourriture et des médicaments aux villageois polonais. Ensuite, je redistribue les vivres. Quelqu'un qui s'est sans doute senti lésé a dû me dénoncer.

— Tu ne sais pas qui ?

— Non, et toi ?

— Non, ce n'est pas mon travail de savoir. Mon travail consiste à te faire parler. Tu dois me donner des noms de prisonniers : ceux qui ont l'intention de s'évader, de résister, et bien sûr ceux qui t'ont donné l'argent et les bijoux.

Lale détourne les yeux. Il commence à réaliser ce qu'impliquent les révélations de Jakub.

— Tout comme toi, *Tätowierer*, je fais ce que je peux pour survivre.

Lale hoche la tête.

— Je suis censé te battre jusqu'à ce que tu me donnes les noms. Je suis un assassin, Lale.

Lale secoue la tête et marmonne tous les jurons qu'il connaît.

— Je n'ai pas le choix.

Lale réfléchit. Des noms de prisonniers morts lui viennent à l'esprit. Pourrait-il les donner à Jakub ? *Non. Ils finiront par découvrir la vérité et je serai ramené ici.*

— En fait, dit Jakub, je ne peux pas te laisser me donner ces noms.

Lale le dévisage, déconcerté.

— Tu as été gentil avec moi et je ferai en sorte que les coups que je te porterai paraissent plus violents qu'ils ne le seront réellement. Mais je te tuerai avant que tu me donnes les noms. Je veux avoir le moins de sang possible sur les mains, je veux épargner le plus d'innocents possible, explique Jakub.

— Oh Jakub ! Je n'aurais jamais imaginé qu'ils te confieraient un tel travail. Je suis vraiment désolé.

— Si je dois tuer un Juif pour en sauver dix autres, je n'hésiterai pas une seconde.

Lale pose sa main sur l'épaule carrée de l'homme.

— Fais ce que tu as à faire.

— Ne parle qu'en yiddish, dit Jakub en se détournant. Je ne pense pas que les SS ici te connaissent ou savent que tu parles allemand.

— D'accord pour le yiddish.

— Je repasserai plus tard.

De nouveau plongé dans l'obscurité, Lale réfléchit à son sort. Il décide de ne lâcher aucun nom. Reste à savoir qui va se charger de le tuer : un officier SS qui s'ennuie et dont la soupe va être froide, ou Jakub qui le sacrifiera pour sauver les autres. Il se résigne calmement à la mort. Quelqu'un dira-t-il à Gita ce qui lui est arrivé ou restera-t-elle dans l'ignorance jusqu'à la fin de sa vie ?

Lale, épuisé, finit par sombrer dans un profond sommeil.

— Où est-il ? gronde son père en faisant irruption dans la maison.

Lale n'est pas venu, comme d'habitude. Son père rentre tard, après l'heure du dîner, parce qu'il a dû faire le travail de son fils. Lale se met à courir et essaie de se cacher derrière sa mère, l'éloignant du banc devant lequel elle se tient, essayant de dresser une barrière entre son père et lui. Elle tente d'attraper en tâtonnant un bout de vêtement, son bras, pour le protéger de la colère du père qui s'apprête à lui donner une tape sur la tête à tout le moins. Son père ne la force pas à se pousser, il ne tente pas non plus de taper Lale.

— Je vais m'occuper de lui, promet sa mère. Je le punirai après le dîner. Maintenant, assieds-toi.

Le frère et la sœur de Lale lèvent les yeux au ciel. La scène n'a rien de nouveau pour eux.

Plus tard ce soir-là, Lale promet à sa mère qu'il va essayer d'être plus obéissant. Mais c'est tellement difficile d'aider son père. Lale a peur de finir comme lui, vieux avant l'âge, trop fatigué pour complimenter sa femme sur sa beauté, sur le repas qu'elle a passé la journée à préparer pour lui. Lale ne veut pas être comme ça.

— Je suis ton préféré, pas vrai, maman ? demande souvent Lale.

S'ils ne sont rien que tous les deux, sa mère le serre bien fort dans ses bras.

— Oui, mon chéri, tu es mon préféré.

Si son frère et sa sœur sont présents, elle répond :

— Vous êtes tous mes préférés.

Lale n'a jamais entendu son frère ou sa sœur poser une telle question, mais peut-être l'ont-ils fait en son absence. Quand il était petit, il annonçait souvent à sa famille qu'il épouserait sa mère plus tard. Son père faisait semblant de ne pas entendre. Son frère et sa sœur se bagarraient avec lui et lui rappelaient que leur mère était déjà mariée. Après avoir interrompu leur querelle, sa mère le prenait à part et lui expliquait qu'un jour il trouverait une femme à aimer et qu'il prendrait soin d'elle. Il ne voulait jamais la croire.

Jeune homme, il rentrait à la maison en courant, impatient de retrouver sa mère, qui le serrait dans ses bras. Il aimait sentir son corps rassurant contre le sien, sa peau douce, le baiser qu'elle déposait sur son front.

— Qu'est-ce que je peux faire pour t'aider ? demandait-il.

— Tu es un bon garçon. Un jour, tu feras un merveilleux mari.

— Dis-moi ce qu'il faut faire pour être un bon mari. Je ne veux pas être comme papa. Il ne te fait pas sourire. Il ne t'aide pas.

— Ton père travaille très dur pour gagner de l'argent et subvenir à nos besoins.

— Je sais, mais il ne peut pas faire les deux ? Gagner l'argent et te faire sourire ?

— Tu as encore beaucoup à apprendre, jeune homme.

— Alors apprends-moi. Je veux que la fille que j'épouserai m'aime, qu'elle soit heureuse avec moi.

La mère de Lale s'asseyait et il prenait place en face d'elle.

— Tu dois d'abord apprendre à l'écouter. Même si tu es fatigué, prends la peine d'écouter ce qu'elle a à dire. Il faut que tu saches ce qu'elle aime et, encore plus important, ce qu'elle n'aime pas. Fais-lui de petits présents quand tu peux – offre-lui des fleurs, des chocolats –, les femmes aiment ces choses.

— Quand est-ce que papa t'a offert quelque chose ? Tu te souviens de la dernière fois ?

— Ça n'a pas d'importance. Ce qui compte pour toi, c'est de savoir ce que veulent les filles, pas ce que j'ai moi.

— Quand j'aurai de l'argent, je t'apporterai des fleurs et du chocolat, promis.

— Tu devrais garder ton argent pour la fille dont tu tomberas amoureux.

— Mais comment vais-je savoir que c'est elle ?

— Oh, tu le sauras.

Elle le prenait dans ses bras et caressait ses cheveux : son fils, son grand garçon.

Son image s'efface, les larmes brouillent la vue de Lale, il cligne des yeux. Et il imagine Gita dans ses bras, il se voit en train de lui caresser les cheveux.

— Tu avais raison, maman. Je sais.

Jakub vient le chercher. Il le traîne le long d'un couloir et le fait entrer dans une petite pièce sans fenêtre. Elle est éclairée par une simple ampoule au plafond. Des menottes sont suspendues à une chaîne sur le mur du fond. Un fouet gît au sol. Deux officiers SS sont en train de discuter comme s'ils n'avaient pas remarqué la présence de Lale. Il recule en traînant les pieds sans lever les yeux du sol. Soudain, Jakub lui assène un coup en plein visage et l'envoie valdinguer contre le mur. Les officiers prêtent désormais attention à ce qui se passe. Lale tente de se redresser. Jakub lève doucement le pied droit. Lale a le temps d'anticiper le coup. Il recule juste au moment où le pied de Jakub atteint ses côtes, puis se roule par terre, halète, croise les bras sur son torse pour exagérer l'effet de l'impact. Tandis qu'il se lève doucement, Jakub lui décoche un coup au visage. Cette fois, Lale n'a pas tenté de l'esquiver bien que Jakub lui ait fait comprendre ses intentions. Son nez saigne. Jakub force Lale à se lever, sans ménagement, et le menotte à la chaîne.

Il ramasse le fouet, arrache la chemise de Lale et le frappe cinq fois dans le dos. Puis il baisse le pantalon et le slip de Lale et lui assène cinq coups sur les fesses. Les cris de Lale ne sont pas simulés. Jakub tire sa tête en arrière.

— Donne-nous le nom des prisonnières qui ont volé pour toi ! dit Jakub d'une voix ferme et menaçante.

Les officiers regardent la scène, l'air parfaitement détachés.

Lale secoue la tête puis murmure entre deux gémissements :

— Je ne les connais pas.

Jakub donne dix nouveaux coups de fouet à Lale. Le sang coule le long de ses jambes. Les deux officiers sont de plus en plus attentifs. Ils s'approchent. Jakub renverse la tête de Lale en arrière.

— Parle, dit-il d'une voix hargneuse.

Puis il chuchote à son oreille :

— Dis que tu ne sais pas et fais semblant de perdre connaissance.

Plus fort, il répète :

— Donne-nous les noms.

— Je n'ai jamais demandé. Je ne sais pas. Vous devez me croire...

Jakub lui assène un coup dans le ventre. Lale plie les genoux comme s'il ne tenait plus sur ses jambes, ses yeux se révulsent, et il fait semblant de s'évanouir. Jakub se tourne vers les SS.

— Ce Juif est un faible. S'il connaissait les noms, il nous les aurait déjà donnés.

Il envoie un coup de pied dans les jambes de Lale toujours suspendu à la chaîne.

Les officiers hochent la tête et quittent la pièce.

Une fois la porte fermée, Jakub libère rapidement Lale et l'allonge délicatement sur le sol. À l'aide d'un chiffon qu'il a caché sous sa chemise, il essuie les traces de sang sur son corps, puis il remonte doucement son pantalon.

— Je suis vraiment désolé, Lale.

Il l'aide à se relever, le porte jusque dans sa cellule et le couche sur le ventre.

— Tu t'en es bien tiré. Il faudra que tu dormes dans cette position pendant un petit moment. Je reviendrai plus tard avec de l'eau et une chemise propre. Repose-toi maintenant.

Les jours suivants, Jakub apporte de la nourriture et de l'eau à Lale, et de temps à autre, une chemise propre. Il décrit à Lale ses blessures et lui annonce qu'elles guérissent bien. Lale sait qu'il sera marqué à vie. Peut-être le *Tätowierer* mérite-t-il cela ?

— Combien de fois m'as-tu frappé ? demande Lale.

— Je ne sais pas.

— Si, tu sais !

— C'est terminé, Lale. Et tu récupères bien. N'y pense plus.

— Tu m'as cassé le nez ? J'ai du mal à respirer par le nez.

— Sans doute, mais ce n'est pas trop grave. Il est déjà beaucoup moins enflé et à peine déformé. Tu es toujours un bel homme. Les filles continueront à te courir après.

— Je ne veux pas que les filles me courent après.

— Pourquoi ?

— J'ai trouvé celle que je veux.

Le lendemain, quand la porte s'ouvre, Lale lève les yeux, s'attendant à voir Jakub. Deux officiers SS s'encadrent dans l'embrasure de la porte et lui font signe de se lever et de les suivre. Lale reste assis et tente de reprendre contenance. *Est-ce la fin ? Vont-ils m'emmener au mur de la Mort* ? En silence, il dit adieu à sa famille et enfin à Gita. Les SS s'impatientent, entrent dans sa cellule et braquent leur arme sur lui. Il les suit, les jambes tremblantes. Flanqué des deux officiers, il avance en chancelant et, pour la première fois depuis une semaine, il sent le soleil sur son visage. En levant les yeux, prêt à affronter son destin, il voit plusieurs prisonniers qu'on pousse dans un camion. *Peut-être n'est-ce pas la fin, après tout ?* Ses jambes ne le portent plus. Les officiers le traînent jusqu'au véhicule. Ils le jettent dedans. Lale ne regarde pas une fois derrière lui. Il se cramponne à la bâche du camion durant tout le trajet jusqu'à Birkenau.

20

Les SS aident Lale à descendre du camion et le traînent jusqu'au bureau de l'Oberscharführer Houstek en le tenant chacun par un bras.

— On n'a rien pu en tirer, même après l'intervention du grand Juif, dit l'un d'eux.

Houstek se tourne vers Lale qui lève la tête.

— Alors comme ça, tu ne connaissais vraiment pas leurs noms ? Et ils ne t'ont pas abattu là-bas ?

— Non, monsieur.

— Ils t'ont renvoyé vers moi et tu es redevenu mon problème.

— Oui, monsieur.

Houstek s'adresse aux officiers.

— Emmenez-le au Block 31. Il se tourne vers Lale. On va te faire travailler dur jusqu'à ce que tu aies ton compte, crois-moi.

Les deux officiers le font sortir du bureau. Lale essaie de tenir le rythme mais, à mi-parcours, il abandonne et se laisse traîner, sacrifiant la peau de ses pieds aux graviers. Les officiers ouvrent la porte du Block 31 et le jettent à l'intérieur avant de s'en aller. Lale gît par terre, épuisé physiquement et moralement. Plusieurs détenus s'approchent prudemment de lui. Deux essaient de l'aider à se lever, mais Lale laisse échapper un cri de douleur. Ils renoncent. L'un d'eux soulève la chemise de Lale, découvrant les zébrures sur son dos et ses fesses. Avec plus de délicatesse cette fois, ils le mettent debout et le couchent sur une paillasse. Il ne tarde pas à s'endormir.

— Je sais qui c'est, dit un des détenus.

— Qui ? demande un autre.

— C'est le *Tätowierer*. Tu ne le reconnais pas ? Il t'a sûrement tatoué.

— Ouais, tu as raison. Je me demande qui il a bien pu foutre en rogne.

— Il m'a donné plusieurs fois des rations supplémentaires quand j'étais au Block 6. Il distribuait toujours de la nourriture.

— Je ne suis pas au courant. J'ai toujours été dans ce Block. J'ai dû énerver quelqu'un le jour de mon arrivée.

Les hommes rient doucement.

— Il ne pourra pas venir à la soupe. Je lui apporterai un peu de ma ration. Il va en avoir besoin demain.

Quelques instants plus tard, Lale est réveillé par deux hommes, qui lui tendent chacun un morceau de pain. Il accepte avec gratitude.

— Il faut que je sorte d'ici.

Les hommes rient.

— Bien sûr, mon ami. Tu as donc deux options : l'une est rapide, l'autre prendra un peu plus de temps.

— Expliquez-moi.

— Eh bien, demain matin, tu peux te jeter sur la charrette des morts quand elle passera devant le Block. Sinon, tu peux venir travailler aux champs avec nous jusqu'à ce que tu t'écroules ou que tu les supplies de t'abattre.

— Aucune de ces options ne me plaît. Il faut que je trouve un autre moyen.

— Bonne chance, mon ami. Tu ferais mieux de dormir un peu. La journée va être longue, surtout dans ton état.

Cette nuit-là, Lale rêve de ses départs.

La première fois qu'il a quitté la maison de ses parents, il était jeune. Un jeune homme plein de promesses, qui voulait voler de ses propres ailes. Il trouverait un travail qui lui plairait, qui lui permettrait d'évoluer. Il vivrait de formidables expériences, visiterait les villes les plus romantiques d'Europe dont il avait lu les descriptions dans des livres : Paris, Rome, Vienne. Par-dessus tout, il voulait trouver la femme dont il tomberait amoureux, qu'il comblerait d'affection et de présents. Toutes ces choses importantes dont lui avait parlé sa mère : les fleurs, les chocolats, mais il lui offrirait aussi son temps et son attention.

Son deuxième départ, plein d'incertitude, l'avait ébranlé. Qu'est-ce qui l'attendait ?

Il était arrivé à Prague au terme d'un long voyage, particulièrement éprouvant émotionnellement. Il s'était présenté aux autorités compétentes. On lui avait dit de trouver un logement à proximité et de revenir chaque semaine jusqu'à ce qu'on décide de son affectation. Le 16 avril, un mois plus tard, on lui demanda de se présenter avec ses affaires dans une école de la ville.

C'est là qu'il fut logé avec d'autres jeunes Juifs qui venaient de toute la Slovaquie.

Lale mettait un point d'honneur à soigner son apparence, il en tirait une grande fierté, et les circonstances ne changèrent rien à cet état d'esprit. Tous les jours, il se lavait et nettoyait ses vêtements dans les toilettes de l'école. Il ignorait où on allait l'envoyer, mais voulait se présenter sous son meilleur jour à son arrivée.

Après cinq jours d'attente interminable, de crainte, mais surtout d'ennui, Lale et les autres durent rassembler leurs affaires et furent conduits à la gare. On ne leur donna aucune information sur leur destination. Un train conçu pour transporter le bétail s'arrêta et on leur ordonna de monter à bord. Certains protestèrent – ces wagons crasseux constituaient une atteinte à leur dignité. Lale observa la réaction des soldats et vit pour la première fois ses compatriotes menacer des Juifs avec leur arme et frapper ceux qui continuaient à résister avec la crosse de leur fusil. Il grimpa dans un wagon avec les autres. Quand plus personne ne put s'y entasser, le train referma ses portes. Les soldats de l'armée slovaque les verrouillèrent, ceux-là même dont la mission aurait dû être de les protéger.

Ce bruit de portière qui se referme, il allait l'entendre se répéter d'innombrables fois.

Le lendemain matin, les deux gentils prisonniers aident Lale à sortir du Block et attendent l'appel avec lui. *Ça fait combien de temps que je ne suis pas resté planté à attendre qu'on appelle mon numéro de matricule ?* Des numéros. Toujours des numéros. Le numéro est la clé de la survie. Le numéro de matricule coché sur la liste du Kapo indique qu'on est toujours en vie. Le numéro de Lale figure tout en bas de la liste puisqu'il est le dernier arrivé au Block 31. Il ne répond pas la première fois qu'on l'appelle. L'un des prisonniers qui l'accompagnent doit lui donner un coup de coude pour le faire réagir. Après avoir avalé un peu de café clair et froid et une fine tranche de pain rassis, ils partent sur leur lieu de travail, escortés de leurs gardiens.

Dans un champ situé entre Auschwitz et Birkenau, ils doivent transporter d'énormes pierres d'un lieu à un autre puis les reprendre pour les rapporter à l'endroit initial. Voilà en quoi consiste leur travail, des allers et retours incessants tout au long de la journée. Lale a vu ce va-et-vient des centaines de fois quand il a parcouru à pied le chemin qui sépare les deux camps. *Non, je n'ai fait que l'entrevoir. Je ne pouvais pas regarder franchement ce qu'enduraient ces hommes*. Il ne tarde pas à comprendre que les SS abattent le dernier à arriver au bout du champ avec sa pierre. Lale doit mobiliser toutes ses forces. Ses muscles sont douloureux mais il reste fort dans sa tête. Une fois, il arrive avant-dernier. À la fin de la journée, les survivants rassemblent les corps et les portent jusqu'au camp. Lale est exempté de cette tâche, mais seulement pour le premier jour. Demain, il devra lui aussi traîner un cadavre, à condition qu'il soit encore en vie.

Quand ils arrivent à Birkenau, Lale voit Baretzki à l'entrée principale. Le SS se met à marcher à côté de lui.

— J'ai appris ce qui t'est arrivé.

Lale le regarde.

— Baretzki, vous pouvez m'aider ?

En lui demandant de l'aide, il admet devant les autres qu'il est différent d'eux. Il connaît le nom de l'officier et peut le prier de lui porter secours. Il a profondément honte de s'afficher ainsi avec l'ennemi mais il n'a pas d'autre choix s'il veut s'en sortir.

— Peut-être... Qu'est-ce qu'il y a ?

Baretzki semble mal à l'aise.

— Pourriez-vous transmettre un message à Gita ?

— Tu veux vraiment qu'elle sache où tu es ? Tu ne penses pas qu'il vaut mieux qu'elle te croie déjà mort ?

— Dites-lui simplement où je suis, Block 31, et demandez-lui de le dire à Cilka.

— Tu veux que son amie sache où tu es ?

— Oui, c'est important. Elle comprendra.

— Hum. Je le ferai si j'en ai envie. C'est vrai que tu cachais une véritable fortune, des diamants, sous ton matelas ?

— Ils ont aussi parlé des rubis, des émeraudes, des dollars américains, des livres britanniques et sud-africaines ?

Baretzki secoue la tête en riant et tape Lale dans le dos – réveillant ses douleurs – avant de s'éloigner.

— Cilka. Gita doit le dire à Cilka, répète Lale.

D'un geste du bras, Baretzki congédie Lale.

Au moment où Baretzki entre dans le camp des femmes, elles font la queue pour la soupe du soir. Cilka le voit aborder leur Kapo et désigner Gita du doigt. La Kapo fait signe à Gita d'approcher. Cilka attire Dana vers elle tandis que Gita s'avance lentement vers Baretzki. Elles ne peuvent pas entendre ce qu'il dit, mais voient Gita couvrir son visage de ses mains. Elle se tourne alors vers ses amies et vient se jeter dans leurs bras.

— Il est en vie ! Lale est en vie ! s'exclame-t-elle. Il a dit que je dois te dire, Cilka, qu'il est dans le Block 31.

— Pourquoi à moi ?

— Je ne sais pas, mais il a dit que Lale avait insisté pour que je te donne cette information.

— Qu'est-ce *qu'elle* peut faire ? demande Dana.

Cilka se détourne, elle réfléchit à toute allure.

— Je ne sais pas, répond Gita, pas d'humeur à analyser. Tout ce que je sais, c'est qu'il est en vie.

— Cilka, qu'est-ce que tu peux faire ? Comment peux-tu l'aider ? l'implore Dana.

— Je vais y réfléchir, promet Cilka.

— Il est en vie. Mon amour est en vie, répète Gita.

Cette nuit-là, Cilka est couchée dans les bras de Schwarzhuber. Elle sent qu'il ne dort pas. Au moment où elle ouvre la bouche pour dire quelque chose, il retire son bras qui reposait sous son dos.

— Ça va ? demande-t-elle d'une voix hésitante, craignant d'éveiller ses soupçons en posant une question si intime.

— Oui.

Il y a une douceur dans sa voix, qu'elle n'a jamais entendue auparavant. Enhardie, elle tente sa chance.

— Je ne vous ai jamais rien refusé, n'est-ce pas ? Et je ne vous ai jamais rien demandé jusqu'à maintenant, dit-elle timidement.

— C'est vrai, convient-il.

— Je peux vous demander juste une chose ?

Lale parvient à passer la journée suivante. Cette fois, il doit faire sa part et aider un autre détenu à porter l'un des hommes abattus jusqu'au camp. Quand il constate qu'il ne pense qu'à la souffrance causée par le cadavre, sans éprouver beaucoup de compassion pour l'homme mort, il se déteste. *Qu'est-ce qui m'arrive ?* Plus il avance, plus la douleur dans ses épaules devient insoutenable et l'attire vers le fond. *Tiens bon, tiens bon !*

Alors qu'ils arrivent au camp, Lale remarque deux personnes derrière la clôture qui sépare les prisonniers des quartiers du personnel SS. Cilka semble minuscule à côté du Lagerführer Schwarzhuber. Un garde, qui se trouve du même côté de la clôture que Lale, s'entretient avec eux. Lale s'arrête et, en se relâchant, provoque involontairement la chute du détenu qui tient l'autre extrémité du cadavre. Il regarde Cilka qui le fixe à son tour avant de dire quelque chose à Schwarzhuber. Il hoche la tête et montre Lale du doigt. Cilka et Schwarzhuber s'éloignent, le garde s'approche de Lale.

— Viens avec moi.

Lale pose les jambes du cadavre par terre et observe pour la première fois le visage de l'homme mort. De nouveau capable de compassion, il incline la tête, attristé par la fin tragique d'un innocent, encore un. Il lance une œillade contrite au détenu qui portait le corps avec lui et s'empresse de suivre le garde. Les autres prisonniers du Block 31 le regardent partir, ébahis.

— On m'a dit de te ramener dans ton ancienne chambre, au camp des Tziganes, annonce le garde.

— Je connais le chemin.

— Comme tu voudras.

Le garde le laisse poursuivre sa route.

Lale s'arrête devant le camp des Tziganes et observe un instant les enfants qui jouent. Plusieurs d'entre eux le regardent furtivement. Ils se demandent sans doute s'ils ont bien vu. On leur a dit que le *Tätowierer* était mort. L'un d'eux se précipite vers Lale, passe les bras autour de sa taille et le serre bien fort, lui souhaitant la bienvenue. Les autres ne tardent pas à le rejoindre. Bientôt, ce sont les adultes qui sortent du Block pour le saluer.

— Où étais-tu passé ? demandent-ils. Tu es blessé ?

Il esquive leurs questions.

Nadya se tient à l'arrière du groupe. Lale croise son regard. Il se faufile entre les hommes, les femmes et les enfants, et s'arrête devant elle. Il essuie une larme qui coule sur la joue de son amie.

— Je suis content de te voir, Nadya.

— Tu nous as manqué. Tu m'as manqué.

Lale se contente de hocher la tête. Il doit vite partir s'il ne veut pas s'effondrer devant tout le monde. Il court se retrancher dans sa chambre, ferme la porte et se couche sur son lit.

21

— Tu es sûr que tu n'es pas un chat ?

En entendant ces mots, Lale met quelque temps à comprendre où il se trouve. Il ouvre les yeux et voit Baretzki, hilare, penché au-dessus de lui.

— Quoi ?

— Tu dois être un chat, parce que tu as plus de vies que n'importe qui d'autre ici.

Lale se dresse tant bien que mal sur son séant.

— C'était…

— Cilka, oui, je sais. Ça doit être bien d'avoir des amis haut placés.

— Je donnerais volontiers ma vie pour qu'elle puisse se passer de tels amis.

— Tu as failli donner ta vie. Ça ne lui aurait été d'aucune utilité d'ailleurs.

— Oui, c'est une situation contre laquelle je ne peux rien.

Baretzki rit.

— Tu te prends vraiment pour le commandant des camps ? Peut-être que c'est toi qui commandes, après tout. Tu es encore en vie alors que tu devrais être mort. Comment as-tu fait pour sortir du Block 11 ?

— Je n'en ai pas la moindre idée. Quand ils sont venus me chercher, j'étais persuadé qu'ils allaient me conduire au mur de la Mort. Mais non, ils m'ont jeté à l'arrière d'un camion et m'ont ramené ici.

— Jusqu'à présent, personne n'est sorti vivant de son séjour au sein de la Strafkompanie, alors bien joué, dit Baretzki.

— Je ne suis pas fâché d'avoir créé un précédent. Comment se fait-il que j'aie pu retrouver mon ancienne chambre ?

— Facile, elle va de pair avec le travail.

— Quoi ?

— Tu es le *Tätowierer,* et Dieu merci si je puis dire. L'eunuque qui t'a remplacé n'était pas à la hauteur.

— Houstek me laisse reprendre mon travail ?

— Si j'étais toi, je ne m'approcherais pas de lui. Il ne voulait pas que tu reviennes. Il voulait que tu sois abattu. C'est Schwarzhuber qui avait d'autres projets pour toi.

— Il faut absolument que je trouve un peu de chocolat pour Cilka.

— *Tätowierer,* ne recommence pas. Ils ne vont pas te quitter des yeux. Allez viens, je t'emmène au travail.

En sortant, Lale dit :

— Je suis désolé de ne pas avoir pu me procurer les bas en Nylon que vous vouliez. J'avais pris des dispositions mais mes projets ont été contrariés.

— Au moins, tu auras essayé. De toute façon, ce n'est plus ma petite amie. Elle m'a quitté.

— Oh, je suis désolé. J'espère que ce n'est pas à cause d'un conseil que j'ai pu vous donner.

— Je ne pense pas. Elle a juste rencontré quelqu'un qui habite dans la même ville – dans le même pays – qu'elle.

Lale s'apprête à ajouter quelque chose puis se ravise, préférant se taire. Baretzki l'accompagne jusqu'à l'enceinte où des hommes sont arrivés par camion pour la sélection. Lale sourit intérieurement en voyant Leon travailler : il fait tomber son aiguille, renverse de l'encre.

Baretzki s'éloigne et Lale s'approche de Leon par-derrière.

— Besoin d'un coup de main ?

Leon se retourne et renverse un flacon d'encre en prenant la main de Lale qu'il se met à serrer vigoureusement, fou de joie.

— Je suis tellement heureux de te revoir ! s'exclame-t-il.

— Crois-moi, je suis vraiment heureux d'être de retour. Comment vas-tu ?

— Hormis le fait que je pisse toujours assis, ça va. Beaucoup mieux maintenant que tu es là.

— Alors mettons-nous au travail. On dirait qu'ils nous en envoient quelques-uns.

— Gita sait-elle que tu es de retour ? demande Leon.

— Je pense. C'est son amie Cilka qui m'a sorti de là.

— Celle qui… ?

— Oui. J'essaierai de les voir demain. Donne-moi une de ces aiguilles. Je ne veux surtout pas leur donner une raison de me renvoyer où j'étais.

Leon lui tend une aiguille insérée dans un porte-plume et en cherche une autre dans la besace de Lale. Ensemble, ils se mettent au travail, tatouant les tout derniers résidents de Birkenau.

L'après-midi suivant, Lale guette les filles qui sortent du travail devant le bâtiment de l'administration. Dana et Gita ne le voient pas tout de suite. Il doit se poster devant elles et leur bloquer la route. Ébahies, elles ne réagissent pas immédiatement. Puis elles se jettent à son cou et le serrent dans leurs bras. Dana pleure. Gita ne verse pas une larme. Lale les prend par la main.

— Toujours aussi belles toutes les deux, dit-il.

Gita lui donne une tape sur le bras de sa main libre.

— J'ai cru que tu étais mort. Encore une fois. J'ai pensé que je ne te reverrais plus jamais.

— Moi aussi, dit Dana.

— Mais je suis bien vivant. Grâce à vous et à Cilka, je suis vivant. Je suis là, avec vous deux, comme il se doit.

— Mais..., s'écrie Gita.

Lale l'attire contre lui et la tient fermement.

Dana dépose un baiser sur sa joue.

— Je vous laisse tous les deux. Je suis tellement heureuse de te voir, Lale. J'ai cru que Gita allait mourir de chagrin.

— Merci, Dana, dit Lale. Tu es une amie précieuse pour nous deux.

Elle s'éloigne, le sourire aux lèvres.

Des centaines de prisonniers avancent dans le camp, tandis que Lale et Gita restent immobiles, ne sachant que faire.

— Ferme les yeux, dit Lale.

— Quoi ?

— Ferme les yeux et compte jusqu'à dix.

— Mais…
— Fais ce que je te dis, s'il te plaît.
Gita s'exécute, ferme un œil, puis l'autre. Elle compte jusqu'à dix et rouvre les paupières.
— Je ne comprends pas.
— Je suis toujours là. Je ne te quitterai plus jamais !
— Viens, on ne peut pas rester là, dit-elle.
Ils se dirigent vers le camp des femmes. N'ayant rien à donner à la Kapo, Lale ne veut pas que Gita arrive en retard. Ils marchent, blottis l'un contre l'autre.
— Je ne sais pas combien de temps je vais pouvoir tenir.
— Ça ne va pas durer éternellement, ma chérie. Accroche-toi, s'il te plaît, accroche-toi. On passera le reste de notre vie ensemble.
— Mais…
— Il n'y a pas de « mais » ! Je t'ai promis que nous sortirions de ce camp et que nous ferions notre vie ensemble.
— Comment ? On ne sait pas de quoi demain sera fait. Regarde ce qui vient de t'arriver.
— Je suis là avec toi à présent, non ?
— Lale…
— Arrête, Gita.
— Tu me diras ce qui t'est arrivé ? Où tu étais ?
Lale secoue la tête.
— Non. Je suis là avec toi maintenant. Ce qui compte, c'est ce que je t'ai souvent dit : un jour, on sortira d'ici et on sera de nouveau libres, libres de vivre ensemble. Fais-moi confiance, Gita.
— Oui.
Lale savoure ce « oui ».

— Un jour, tu prononceras ce mot dans d'autres circonstances. Devant un rabbin, entourée de notre famille et de nos amis.

Gita rit et pose brièvement la tête sur l'épaule de Lale alors qu'ils arrivent devant l'entrée du camp des femmes.

Lale se dirige vers son Block quand deux jeunes s'approchent de lui et marchent à ses côtés.

— Vous êtes bien le *Tätowierer* ?

— Qui me demande ?

— On a entendu que vous pouviez trouver de la nourriture.

— Celui qui vous a dit ça se trompe.

— On peut payer, dit l'un d'eux en ouvrant le poing pour montrer le diamant qu'il cache. Une pierre de petite taille mais sans la moindre imperfection.

Lale serre les dents.

— Allez, prenez-le. On apprécierait vraiment que vous nous procuriez un peu de nourriture, monsieur.

— Dans quel Block êtes-vous ?

— Dans le Block 9.

Combien de vies a un chat ?

Le lendemain matin, Lale traîne autour de l'entrée principale, la besace à la main. Par deux fois, des SS s'approchent de lui.

— *Politische Abteilung*, dit-il à chaque fois.

Les SS passent leur chemin. Mais il a plus d'appréhension désormais. Victor et Yuri quittent la file des hommes qui entrent au camp et saluent Lale chaleureusement.

— Faut-il te demander où tu étais ?

— Il ne vaut mieux pas, répond Lale.

— Les affaires reprennent ?

— Plus comme avant. Je vais ralentir, d'accord ? J'aimerais juste un peu de nourriture si possible, pour les bas en Nylon, ce n'est plus la peine.

— Bien sûr, avec plaisir, dit Victor avec enthousiasme.

Lale tend la main, Victor la serre dans la sienne, le diamant change de main.

— C'est un acompte. À demain ?

— À demain.

Yuri le regarde.

— Je suis content de te revoir, dit-il doucement.

— Moi aussi, Yuri. Tu as grandi ?

— Oui, je pense que j'ai grandi.

— Dis-moi, tu n'aurais pas un peu de chocolat sur toi ? J'ai vraiment besoin de passer un peu de temps avec ma chérie.

Yuri sort une tablette de son sac et la tend à Lale en lui faisant un clin d'œil.

Lale se dirige vers le camp des femmes et le Block 29. La Kapo est à sa place habituelle, en train de profiter du soleil. Elle regarde Lale approcher.

— *Tätowierer*, ça fait plaisir de te revoir.

— Vous avez perdu du poids. Ça vous va bien, dit Lale avec une pointe d'ironie.

— Ça fait un moment qu'on ne te voyait plus.

— Je suis de retour.

Il lui tend le chocolat.

— Je vais te la chercher.

Elle part en direction du bâtiment de l'administration et parle à une SS à l'extérieur. Lale entre dans le Block et s'assoit en attendant l'arrivée de Gita. Elle ne tarde pas à apparaître. Après avoir fermé la porte derrière elle, elle s'avance vers lui. Il se lève, s'appuie sur le montant d'une couchette. Il craint de buter sur les mots qu'il s'apprête à dire. Il affiche un air faussement assuré.

— Faire l'amour quand et où on veut. On n'est peut-être pas libres, mais je choisis maintenant et je choisis ici. Qu'est-ce que tu en penses ?

Elle se jette dans ses bras, couvrant son visage de baisers. Alors qu'ils ont commencé à se déshabiller, Lale s'arrête tout à coup et prend les mains de Gita dans les siennes.

— Tu m'as demandé si je te dirais où j'avais disparu et je t'ai répondu non, tu te souviens ?

— Oui.

— Je ne veux toujours pas en parler, mais je dois quand même te montrer quelque chose. Tu n'as rien à craindre maintenant, je vais bien mais j'ai pris quelques coups.

— Montre-moi.

Lale enlève doucement sa chemise et tourne son dos vers elle. Elle ne dit rien, se contente de passer doucement les doigts sur les zébrures de son dos. Puis elle les effleure avec ses lèvres. Lale sait qu'il est inutile d'en dire davantage. Ils font l'amour doucement, tendrement. Il sent les larmes lui monter aux yeux et les refoule. Jamais il n'a ressenti un tel amour.

22

Lale passe les longues journées d'été en compagnie de Gita ou, quand il ne peut pas la voir, à penser à elle. Leur charge de travail n'a pas diminué, bien au contraire : des milliers de Juifs hongrois arrivent à Auschwitz chaque semaine. Des troubles finissent par éclater aussi bien dans le camp des hommes que dans le camp des femmes. Lale a découvert pourquoi : tout est une question de numéro de matricule. Les « gros » numéros – les derniers arrivés – sont les moins respectés. Chaque fois qu'une nouvelle nationalité arrive au camp, les anciens luttent pour défendre leur territoire. Gita a parlé à Lale de ce qui se passe au camp des femmes. Les Slovaques, présentes au camp depuis longtemps, en veulent aux Hongroises qui se plaignent de ne pas avoir droit aux maigres avantages que les anciennes ont conquis de haute lutte. Elles ont par exemple obtenu l'autorisation de porter des vêtements trouvés dans les entrepôts du Canada à la place des tenues rayées. Et elles ne sont pas disposées à partager. Les SS ne prennent pas parti quand les bagarres éclatent. Toutes les personnes impliquées sont sévèrement punies : elles sont privées de leur maigre ration, frappées – parfois à coups de cravache ou de crosse – ou violemment battues devant les autres prisonnières contraintes d'assister à la bastonnade.

Gita et Dana restent à l'écart et ne se mêlent jamais aux disputes. Gita est déjà confrontée à la jalousie mesquine de certaines détenues qui envient son travail aux services de l'administration, son amitié avec Cilka qui semble bénéficier de protection en haut lieu, et son histoire d'amour avec le *Tätowierer* autorisé à lui rendre visite.

Lale n'a quant à lui rien à voir avec les conflits qui peuvent opposer petits et gros numéros. Il travaille essentiellement avec Leon et une poignée d'autres prisonniers, sous l'œil des SS qui les surveillent de loin. Il n'est pas dans la situation désespérée des milliers d'hommes affamés qui doivent travailler, lutter, vivre et mourir ensemble. Sa vie au milieu des Tziganes lui donne aussi un sentiment de sécurité et d'appartenance. Il comprend qu'il mène une existence confortable en comparaison avec les conditions qu'endurent la plupart des détenus. Il travaille seulement quand de nouveaux convois arrivent, passe le plus de temps possible avec Gita, joue avec les enfants tziganes, parle avec leurs parents – surtout avec les jeunes hommes et les vieilles femmes. Il aime leur façon de s'occuper et de se soucier de tout le monde, pas seulement de leur famille biologique. Il n'a en revanche pas beaucoup de liens avec les hommes plus âgés, qui la plupart du temps restent assis entre eux sans s'intéresser aux enfants, aux jeunes adultes, ni même aux vieilles femmes. En les observant, Lale se surprend souvent à penser à son père.

Une nuit, Lale est réveillé par les cris des SS, les aboiements des chiens, les hurlements des femmes et des enfants. En ouvrant sa porte, il voit les hommes, les femmes, les enfants de son Block sortir du bâtiment. Ils sont expulsés par les SS. Il les regarde, hébété, jusqu'à ce que la dernière femme, un enfant dans les bras, soit poussée brutalement dehors. Il les suit et constate, abasourdi, que tous les autres Blocks occupés par des Tziganes sont vides. Des milliers de Tziganes sont dirigés vers les camions qui attendent à proximité.

L'enceinte est illuminée par les projecteurs. Des douzaines de SS supervisent l'opération, orientent la foule vers les camions, n'hésitant pas à abattre tous ceux qui ne réagissent pas assez vite à l'injonction : « Montez dans le camion. »

Lale arrête un officier qu'il reconnaît.

— Où les emmenez-vous ? demande-t-il.

— Tu veux te joindre à eux, *Tätowierer* ? répond l'homme en s'éloignant.

Lale reste dans l'ombre, scrutant les visages dans la foule. Il aperçoit Nadya et court vers elle.

— Nadya, n'y va pas, l'implore-t-il.

Elle sourit courageusement.

— Je n'ai pas le choix, Lale. Je vais là où va mon peuple. Au revoir, mon ami, ce fut…

Un officier la pousse avant qu'elle n'ait le temps de terminer sa phrase.

Lale, pétrifié, assiste à l'évacuation du camp des Tziganes, jusqu'à ce que le tout dernier soit poussé dans l'un des camions. Quand les véhicules démarrent, il regagne son Block où règne désormais un silence sinistre. Il se recouche mais ne parvient pas à trouver le sommeil.

Le lendemain, Lale, bouleversé, rejoint Leon. Ils travaillent sans relâche avec l'arrivée de nouveaux convois.

Mengele parcourt les rangs de détenus silencieux, s'approchant doucement des tables des tatoueurs. Les mains de Leon se mettent à trembler. Lale le regarde et tente de le rassurer en silence. Mais le salaud qui a mutilé son ami est tout près. Mengele s'arrête, faisant mine de s'intéresser à ce qu'ils font. De temps à autre, il se penche pour étudier un tatouage, ne faisant qu'accroître la nervosité de Lale et Leon. Il affiche toujours son sourire malsain. Il tente d'accrocher le regard de Lale qui garde les yeux rivés sur le bras qu'il est en train de tatouer.

— *Tätowierer, Tätowierer,* dit Mengele en se penchant au-dessus de la table. Peut-être qu'aujourd'hui je vais t'avoir.

Il incline la tête, savourant le malaise de Lale. Puis, après cette petite distraction, il s'en va tranquillement.

Lale sent quelque chose de léger atterrir sur sa tête. Il lève les yeux. La cheminée du crématorium à proximité recrache de la cendre. Il se met à trembler et lâche son aiguille.

Leon tente de le calmer.

— Lale qu'est-ce que tu as ? Qu'est-ce qui se passe ?

Le cri de Lale est étouffé par un sanglot.

— Salauds ! Espèce de salauds !

Leon prend le bras de Lale dans un effort désespéré pour le ramener à la raison. Mengele regarde dans leur direction puis s'avance de nouveau vers eux. Lale voit rouge. Il ne parvient pas à se contrôler. *Nadya*. Il essaie désespérément de se contenir. Mengele arrive. Lale a l'impression qu'il va vomir.

Il sent le souffle de Mengele sur son visage.

— Tout va bien par ici ?

— Oui, Herr Doktor, tout va bien, répond Leon d'une voix tremblante, avant de se baisser pour ramasser l'aiguille de Lale. Juste une aiguille cassée. On va la réparer et se remettre au travail.

— Tu n'as pas l'air bien, *Tätowierer*. Tu veux que je t'examine ? demande Mengele.

— Je vais bien. Juste une aiguille cassée, répond Lale en toussant.

La tête baissée, il se détourne et essaie de se remettre au travail.

— *Tätowierer*, aboie Mengele.

Lale se tourne à nouveau vers Mengele, la mâchoire serrée, la tête toujours baissée. Mengele a dégainé son pistolet. Il le tient nonchalamment le long de son corps.

— Je pourrais t'abattre parce que tu as osé te détourner de moi.

Il lève son arme et la braque sur le front de Lale.

— Regarde-moi, je pourrais t'abattre maintenant. Qu'est-ce que tu en dis ?

Lale lève la tête mais fixe le front du docteur, refusant de le regarder dans les yeux.

— Oui, Herr Doktor, je suis désolé, ça ne se reproduira plus, Herr Doktor, marmonne-t-il.

— Remets-toi au travail, tu retardes tout le monde, aboie Mengele avant de s'éloigner. Lale regarde Leon et montre les cendres qui tombent autour d'eux.

— Ils ont vidé le camp des Tziganes, la nuit dernière.

Leon tend à Lale son aiguille avant de se remettre au travail en silence. Lale lève les yeux, cherchant désespérément à entrevoir le soleil. Mais il est caché par les cendres et la fumée.

Ce soir-là, il constate que son Block est désormais occupé par les détenus que Leon et lui ont tatoués dans la journée.

Il s'enferme dans sa chambre. Il ne veut pas se faire des amis de ces nouveaux arrivants. Pas ce soir. Jamais. Il ne veut que le silence dans son Block.

23

Pendant des semaines, les moments que Lale et Gita passent ensemble sont ponctués de lourds silences. Gita tente en vain de le consoler. Il lui a raconté ce qui s'était passé, et, si elle comprend sa peine, elle ne la partage pas complètement. Ce n'est pas sa faute. Elle n'a pas eu l'occasion de connaître « l'autre famille » de Lale. Elle aimait l'écouter parler des enfants, jamais à court d'idées pour inventer des jeux sans jouets : taper dans un ballon de fortune fait de neige et de débris, atteindre en sautant les lattes en bois du Block, et jouer au loup, le plus souvent. Gita essaie de faire parler Lale de sa famille biologique mais il s'enferme dans un silence têtu : il refuse de lui en dire davantage sur ses proches tant qu'elle ne lui parlera pas d'elle, tant qu'elle ne lui dira pas d'où elle vient, qui elle est. Gita ne sait comment arracher Lale à son chagrin. Ils ont tous les deux résisté pendant deux ans et demi aux pires atrocités dont est capable l'humanité. Mais c'est la première fois qu'elle voit Lale sombrer dans une telle dépression.

— Et qu'est-ce que tu fais des milliers de victimes de notre peuple ? lui crie-t-elle un jour. Et des jeunes femmes que tu as vues à Auschwitz avec Mengele ? Tu sais combien de personnes sont passées par ces deux camps et n'en sont pas ressorties ? *Tu le sais ?*

Lale ne répond pas.

— Je vois les fiches avec les noms et les âges – des bébés, des grands-parents. Je vois leur nom et leur numéro. Je ne suis même pas capable de compter jusque-là.

Lale n'a pas besoin que Gita lui rappelle le nombre de personnes qui sont passées par les camps. Il les a lui-même tatouées. Il la regarde. Elle scrute le sol. Il comprend que si, pour lui, ces gens ne sont que des numéros, pour Gita, ce sont des noms. Par son travail, elle en apprend beaucoup plus sur eux que lui. Elle connaît leur nom et leur âge, et il sait que ça va la hanter jusqu'à la fin de ses jours.

— Je suis désolé, tu as raison, dit-il. Chaque mort est un mort de trop. Je vais m'efforcer d'être moins sombre.

— Je ne te demande pas de feindre la bonne humeur si tu es triste, mais ça dure depuis trop longtemps, Lale, et un jour, c'est déjà long pour nous.

— Je ne les oublierai jamais, tu sais.

— Je ne t'aimerais pas s'il en était autrement. Tu les considérais comme ta famille, je sais. Ça peut paraître bizarre mais je crois que le meilleur hommage que tu puisses leur rendre, c'est de rester en vie, de survivre à cet endroit et de dire au monde entier ce qui s'est passé ici.

Lale se penche pour l'embrasser, le cœur lourd de chagrin et d'amour.

Une énorme explosion retentit, secouant le sol sous leurs pieds. Blottis derrière le bâtiment de l'administration, ils se lèvent d'un bond et retournent de l'autre côté. Une nouvelle explosion leur indique d'où vient le danger. Ils regardent en direction du crématoire d'où s'élève de la fumée. Une grande confusion règne autour du bâtiment. Des membres du *Sonderkommando* sortent en courant du crématoire, la plupart se dirigent vers la clôture qui entoure le camp. Des coups de feu sont tirés du haut du crématoire. Lale voit des membres du *Sonderkommando* sur le toit. Les SS répliquent avec des mitrailleuses lourdes. En quelques minutes, ils ont maté la rébellion.

— Qu'est-ce qui se passe ? demande Gita.

— Je ne sais pas, il faut qu'on se mette à l'abri.

Des balles fusent autour d'eux. Les SS tirent sur tous les détenus en vue. Lale entraîne Gita à l'abri d'un des bâtiments. Une autre explosion assourdissante.

— C'est le Crématoire IV, quelqu'un est en train de le faire exploser. Il faut qu'on parte d'ici.

Des prisonniers surgissent en courant du bâtiment de l'administration et sont abattus.

— Il faut que je te ramène vers ton Block. C'est le seul endroit où tu seras en sécurité.

— Tous les prisonniers doivent regagner leur Block immédiatement. Vous ne risquez rien si vous partez tout de suite, annoncent les haut-parleurs.

— Pars ! Vite !

— J'ai peur. Emmène-moi avec toi, crie Gita.

— Tu seras plus en sécurité dans ton Block ce soir. Ils vont certainement faire l'appel. Ma chérie, tu ne peux pas te faire prendre dehors.

Elle hésite.

— Vas-y, maintenant. Reste dans ton Block ce soir et va travailler normalement demain. Tu ne dois pas leur donner de raison de te chercher. Tu dois te réveiller demain matin.

Elle prend une profonde inspiration et se tourne avant de se mettre à courir.

— Je viendrai te voir demain, je t'aime, dit Lale.

Ce soir-là, Lale, renonçant à ses principes, met un terme à son isolement et se joint aux hommes de son Block – des Hongrois pour la plupart – pour essayer d'en savoir plus sur les événements de l'après-midi. Il apprend que des femmes qui travaillaient dans une usine d'armement à proximité y ont introduit de minuscules quantités de poudre explosive qu'elles coinçaient sous leurs ongles. Elles étaient de mèche avec les membres du *Sonderkommando* à Birkenau, qui ont confectionné grâce à cette poudre des grenades rudimentaires avec des boîtes de sardines. Des armes, ainsi que des couteaux et des haches, avaient également été stockées.

Les hommes du Block de Lale lui parlent aussi de rumeurs concernant une insurrection générale à laquelle ils voulaient prendre part, mais qui ne devait pas avoir lieu ce jour-là. Ils ont entendu dire que les Russes progressaient et ce soulèvement devait coïncider avec leur arrivée pour les aider à libérer le camp. Lale s'en veut de ne pas avoir parlé plus tôt à ses compagnons de Block. Il a fait prendre des risques à Gita à cause de son ignorance. S'il avait été au courant de ce qui se tramait, il lui aurait dit de rester au camp des femmes. Il interroge ses camarades sur les Russes et la date probable de leur arrivée. Leurs réponses, bien que vagues, suffisent à faire naître un peu d'espoir en lui.

Voilà des mois que l'avion américain a survolé le camp. Les convois ont continué à affluer. Lale n'a remarqué aucun fléchissement dans la logique d'extermination des nazis. Pourtant, les derniers arrivés ont des nouvelles plus récentes du monde extérieur. La libération est proche peut-être. Il est impatient de dire à Gita ce qu'il a appris. Il veut qu'elle soit vigilante au bureau et qu'elle glane le plus d'informations possible.

Enfin une lueur d'espoir.

24

L'automne est glacial. Beaucoup ne survivent pas au froid. Lale et Gita se raccrochent à leur semblant d'espoir. Gita a parlé à ses compagnes de Block des rumeurs concernant l'arrivée prochaine des Russes et les encourage à croire qu'elles vont survivre à l'enfer d'Auschwitz.

Les températures continuent à dégringoler avec l'arrivée de la nouvelle année – 1945. Gita ne peut rien faire contre la baisse de moral qui accompagne le grand froid. Les manteaux chauds trouvés dans les entrepôts du Canada ne suffisent pas à les protéger et les détenues ont peur de passer encore une année dans le monde oublié d'Auschwitz-Birkenau. Les convois sont moins nombreux, ce qui a un effet pervers : les prisonniers qui travaillent avec les SS, en particulier les membres du *Sonderkommando*, sont en danger. Comme ils ont moins de travail, ils deviennent inutiles. Quant à Lale, il s'est constitué quelques réserves mais son stock de nouvelles devises est très réduit. Les locaux ne viennent plus travailler, il n'a plus l'occasion de voir Victor et Yuri. Le chantier de construction est à l'arrêt. Lale a appris avec soulagement que deux des crématoires endommagés par les explosions ne seront pas réparés. Pour la première fois, les prisonniers qui quittent Birkenau sont plus nombreux que ceux qui arrivent. Gita et ses collègues gèrent les listes de ceux qui sont envoyés dans d'autres camps de concentration.

Un jour de la fin du mois de janvier, alors qu'une épaisse couche de neige recouvre le sol, Lale apprend que Leon est « parti ». Il demande à Baretzki qui marche à côté de lui s'il sait où il est « allé ». Baretzki ne lui donne pas de réponse mais l'avertit qu'il risque lui aussi de faire partie d'un convoi à destination d'un autre camp. Lale, de par sa position, n'est pas obligé de se présenter à l'appel matin et soir et parvient ainsi à passer inaperçu. Il espère que cela lui permettra de rester au camp, mais il a peur pour Gita. Baretzki laisse échapper son rire insidieux. La nouvelle de la mort probable de Leon réveille en Lale une douleur qu'il ne pensait plus pouvoir ressentir.

— Vous voyez votre monde à travers un miroir différent du mien, dit Lale.

Baretzki s'arrête, il fixe Lale qui soutient son regard.

— Dans mon miroir, je vois un monde qui va anéantir le vôtre.

Baretzki sourit.

— Et tu crois que tu seras encore vivant pour le voir ?

— Oui.

Baretzki pose la main sur l'étui de son revolver.

— Je pourrais briser ton miroir là, tout de suite.

— Vous ne le ferez pas.

— Tu es resté trop longtemps dans le froid, *Tätowierer*. Va te réchauffer et tâche de revenir à la raison.

Baretzki s'éloigne. Lale sait que s'ils se croisaient par une nuit bien sombre, s'ils pouvaient s'affronter d'égal à égal, c'est lui qui repartirait ensuite tranquillement. Il n'aurait aucun scrupule à lui ôter la vie. C'est lui qui aurait le dernier mot.

Un matin de la fin du mois de janvier, Gita avance péniblement dans la neige, elle essaie de courir pour rejoindre Lale devant son Block, bien qu'il lui ait interdit de s'en approcher.

— Il se passe quelque chose, dit-elle.

— Comment ça ?

— Les SS, ils se comportent bizarrement. On dirait qu'ils paniquent.

— Où est Dana ? demande Lale, inquiet.

— Je ne sais pas.

— Trouve-la, retourne dans ton Block et attends là-bas. Je viendrai te voir.

— Je veux rester avec toi.

Lale la repousse gentiment.

— Dépêche-toi, Gita. Trouve Dana et retourne dans ton Block. Je viendrai te voir dès que je pourrai. Il faut que je découvre ce qui se passe. Ça fait des semaines qu'il n'y a plus de convois. C'est peut-être le début de la fin.

Elle se tourne et s'éloigne à contrecœur de Lale. Il se rend au bâtiment de l'administration et entre prudemment dans le bureau si familier où il venait quotidiennement chercher les instructions et le matériel. À l'intérieur, c'est le chaos. Les SS crient sur les filles effrayées, recroquevillées sur leurs chaises, et leur arrachent des mains des fiches et des registres. Une employée SS passe devant Lale, chargée de documents et de registres. Il la bouscule un peu. Elle lâche tous ses documents.

— Désolé, je vais vous aider.

Ils se baissent tous les deux pour ramasser les papiers.

— Ça va ? demande-t-il le plus gentiment possible.

— Je crois que tu ne vas plus avoir de travail, *Tätowierer*.

— Pourquoi ? Qu'est-ce qui se passe ?

Elle se penche vers lui et murmure :

— On évacue le camp à partir de demain.

Le cœur de Lale bondit dans sa poitrine.

— Qu'est-ce que vous pouvez me dire, s'il vous plaît ?

— Les Russes sont tout près d'ici.

Lale rejoint le camp des femmes en courant. La porte du Block 29 est fermée. Personne ne monte la garde devant. Il se glisse à l'intérieur et trouve toutes les femmes blotties les unes contre les autres au fond. Il y a même Cilka. Elles se pressent autour de lui, effrayées, et l'assaillent de questions.

— Tout ce que je peux vous dire, c'est que les SS sont en train de détruire les registres. L'une d'elles m'a dit que les Russes n'étaient plus très loin.

Il se garde de leur annoncer que le camp va être évacué à partir du lendemain car il ne veut pas les inquiéter davantage en leur avouant qu'il ignore où seront acheminés les prisonniers.

— Que vont-ils faire de nous ? demande Dana.

— Je ne sais pas. Espérons qu'ils vont prendre la fuite et laisser les Russes libérer le camp. Je vais essayer d'en savoir plus. Je reviendrai vous dire ce que j'ai appris. Ne quittez pas le Block. Les gardes risquent d'avoir la gâchette facile.

Il prend les deux mains de Dana dans les siennes.

— Dana, je ne sais pas ce qui va se passer mais pendant que j'en ai encore l'occasion, j'aimerais te remercier d'avoir été une si bonne amie pour Gita. Je sais que tu lui as souvent redonné courage quand elle voulait renoncer.

Il la serre dans ses bras, dépose un baiser sur son front puis la confie à Gita. Il se tourne vers Cilka et Ivana, les prend dans ses bras.

À Cilka, il dit :

— Tu es la personne la plus courageuse que j'aie rencontrée. Tu ne dois pas te sentir coupable de ce qui s'est passé ici. Tu es innocente.

Entre deux sanglots, elle répond :

— J'ai fait ce que j'ai pu pour survivre. Si je ne l'avais pas fait, c'est une autre fille qui aurait souffert entre les mains de ce porc.

Tu m'as sauvé la vie, Cilka, et je ne l'oublierai jamais.

Il se tourne vers Gita.

— Ne dis rien, surtout ne prononce pas un mot.

— Gita…

— Non. Tout ce que tu peux me dire, c'est que tu me verras demain. C'est tout ce que je veux entendre de toi.

En regardant ces femmes, Lale comprend qu'il n'y a rien de plus à dire. Quand elles sont arrivées au camp, elles n'étaient encore que des jeunes filles, et maintenant, bien qu'aucune n'ait encore atteint l'âge de vingt et un ans, ce sont des femmes brisées, abîmées. Il sait qu'elles ne deviendront jamais les femmes qu'elles étaient censées devenir. Leur avenir a été compromis, elles ont été déroutées et ne pourront plus jamais suivre le même chemin. La vision qu'elles avaient d'elles avant, en tant que filles, sœurs, épouses, mères, travailleuses, voyageuses, amantes, sera désormais marquée à jamais par ce qu'elles ont vu et enduré.

Il les laisse et part à la recherche de Baretzki et d'informations sur ce qui les attend le lendemain. L'officier est introuvable. Lale retourne dans son Block, où il se joint aux Hongrois anxieux. Il leur dit ce qu'il sait mais ça ne les rassure guère.

Durant la nuit, les officiers SS entrent dans les Blocks du camp des femmes et peignent une marque rouge dans le dos du manteau de chaque détenue. Une fois encore, les femmes doivent arborer un signe qui symbolise le sort qu'on leur réserve. Gita, Dana, Cilka et Ivana se consolent en pensant qu'elles portent toutes la même marque. Quoi qu'il advienne le lendemain, elles seront ensemble – ensemble, elles vivront ou mourront.

Alors que la nuit est déjà bien avancée, Lale finit par s'endormir. Il est réveillé par un véritable vacarme. Son cerveau endormi peine à identifier les bruits. Les souvenirs de la nuit où les Tziganes ont été emmenés remontent à la surface. *C'est quoi cette nouvelle horreur ?* Des coups de feu retentissent. Il sursaute, désormais parfaitement réveillé. Après avoir enfilé ses chaussures et jeté une couverture sur ses épaules, il sort prudemment. Des milliers de prisonnières sont contraintes de se mettre en rang. Une grande confusion règne, on dirait que ni les gardiens, ni les prisonnières ne savent ce qu'on attend d'eux. Les SS ne prêtent pas attention à Lale tandis qu'il parcourt les rangs de détenues blotties les unes contre les autres, transies et apeurées. La neige continue de tomber. Il est impossible de courir. Lale voit un chien mordre une femme à la jambe et la faire tomber au sol. Une amie se penche pour l'aider à se relever mais l'officier SS qui tient la bête dégaine son pistolet et abat la femme à terre.

Lale presse le pas. Il scrute les colonnes de femmes, cherche désespérément. Enfin, il la voit. On dirige Gita et ses amies vers la porte principale. Elles se cramponnent les unes aux autres. Il ne parvient pas à distinguer Cilka parmi la multitude de visages. Il se concentre sur Gita. Elle a la tête baissée. En voyant ses épaules se soulever, il comprend qu'elle sanglote. *Elle pleure mais je ne peux pas la consoler*. Dana l'aperçoit. Elle entraîne Gita vers l'extérieur du rang et lui montre Lale. Gita lève les yeux et le voit. Leurs regards se croisent. Les yeux de Gita sont brouillés de larmes, implorants. Ceux de Lale, pleins de chagrin. Tellement absorbé par Gita, Lale ne remarque pas l'officier SS. Il ne peut pas esquiver le coup de crosse qu'il lui assène. Il le reçoit en pleine figure et tombe à genoux. Gita et Dana laissent échapper un cri, puis tentent de remonter la colonne de femmes. En vain. Elles sont entraînées par la marée humaine. Lale se relève tant bien que mal, le visage maculé de sang. Il est blessé au-dessus de l'œil droit, une large entaille. Désespéré, il se jette au milieu de la foule en mouvement, inspecte chaque rang de femmes terrorisées. Alors qu'il se rapproche des portes, il la voit à nouveau – tout près, il pourrait la toucher en tendant le bras. Un gardien lui bloque la route, enfonçant la gueule de son fusil dans son torse.

— *Gita !* hurle-t-il.

Tout se met à tourner autour de lui. Il lève les yeux vers le ciel qui, malgré l'aube naissante, semble s'assombrir de seconde en seconde. Pardessus les cris des gardiens et les aboiements des chiens, il l'entend.

— Furman. Je m'appelle Gita Furman !

Tombant à genoux devant le gardien immobile, il crie :

— Je t'aime !

Aucune réponse. Lale reste à genoux. Le gardien s'en va. Les cris des femmes se sont arrêtés. Les chiens ont cessé d'aboyer.

Les portes de Birkenau se sont refermées.

Lale est agenouillé dans la neige qui continue de tomber. Il a le visage couvert de sang. Il est seul. Il a échoué. Un officier s'approche de lui.

— Tu vas mourir de froid. Allez viens, retourne dans ton Block.

Il tend la main et aide Lale à se relever. À la dernière minute, l'ennemi a un geste gentil pour lui.

Le lendemain matin, Lale se réveille au son des tirs de canons et des explosions. Il se précipite dehors avec les Hongrois et voit défiler des SS en panique, des prisonniers en désordre, avec leurs gardiens. Tous vont dans la même direction, sans vraiment prêter attention à personne.

Les portes de l'entrée principale sont grandes ouvertes.

Des centaines de prisonniers les franchissent sans être inquiétés. Hébétés, trop faibles pour marcher, certains piétinent un peu dans la neige puis choisissent de retourner dans leur Block pour échapper au froid. Lale sort du camp comme il l'a fait des centaines de fois quand il se rendait à Auschwitz. Un train est arrêté à proximité, crachant de la vapeur dans le ciel, prêt à partir. Des gardes et des chiens rassemblent les hommes et les poussent vers le convoi. Lale, pris dans la mêlée, monte à bord d'un wagon dont les portes sont refermées. Il se faufile vers le bord et regarde dehors. Des centaines de prisonniers continuent à errer sans but. Quand le train s'ébranle, il voit les SS ouvrir le feu sur ceux qui restent.

Il regarde à travers les lattes du wagon la neige qui tombe impitoyablement. Birkenau disparaît petit à petit de sa vue.

25

Gita et ses amies marchent avec des milliers d'autres femmes de Birkenau et d'Auschwitz. Elles pataugent sur un chemin étroit, la neige leur arrive aux chevilles. Prudemment, Gita et Dana scrutent les rangs, conscientes que toutes les prisonnières qui s'écartent de la colonne ou traînent sont abattues sur-le-champ. Elles demandent des centaines de fois :

— Vous avez vu Cilka ? Vous avez vu Ivana ?

La réponse est toujours la même. Les femmes essaient de se soutenir en se prenant par le bras. De temps à autre, la procession s'arrête. Leurs gardiens leur disent de faire une pause. Malgré le froid, elles s'assoient dans la neige, pour soulager un instant leurs pieds douloureux. Beaucoup restent là où elles sont, quand vient l'ordre de se remettre en marche, certaines sont déjà mortes, d'autres, mourantes, se sentent incapables de faire un pas de plus.

La nuit tombe mais elles continuent à marcher. Comme elles sont de moins en moins nombreuses, il est d'autant plus difficile d'échapper à l'œil vigilant des SS. Durant la nuit, Dana tombe à genoux. Elle ne peut pas aller plus loin. Gita s'arrête avec elle, et pendant quelque temps, personne ne les remarque, elles sont cachées par d'autres femmes. Dana ne cesse de répéter à Gita qu'elle doit continuer à marcher, la laisser là où elle est. Gita proteste. Elle préfère mourir ici avec son amie, dans un champ quelque part en Pologne. Quatre jeunes filles proposent de l'aider à porter Dana. Dana ne veut rien entendre. Elle leur dit de prendre Gita avec elles et de partir. Quand un officier SS s'avance vers elles, les quatre filles forcent Gita à se lever et l'entraînent. Gita regarde l'officier qui s'est arrêté à côté de Dana mais il se remet en marche sans dégainer. Pas de coup de feu. À l'évidence, il pense qu'elle est déjà morte. Les filles continuent à traîner Gita. Elles ne la lâchent pas malgré ses tentatives pour se dégager et rejoindre Dana.

Les femmes continuent à avancer dans l'obscurité, sans plus vraiment prêter attention aux tirs qui retentissent de temps à autre. Elles ne se retournent même plus pour voir qui est tombé.

Au lever du jour, la colonne s'arrête dans un champ près d'une voie ferrée. Une locomotive à laquelle sont attelés plusieurs wagons à bestiaux attend. *Ils m'ont emmenée ici. Et maintenant, ils vont encore m'emmener ailleurs*, pense Gita.

Elle a appris que les quatre filles qui l'accompagnent sont polonaises, non juives. Des Polonaises enlevées à leurs familles pour des raisons qu'elles ignorent. Elles sont originaires de quatre villes différentes et ne se connaissaient pas avant Birkenau.

À l'autre bout du champ se dresse une maison isolée. Derrière elle se déploie une forêt dense.

Les SS aboient des ordres, tandis qu'on enfourne le charbon dans la chaudière de la locomotive. Les Polonaises se tournent vers Gita. L'une d'elles dit :

— On va courir jusqu'à la maison. S'ils nous tirent dessus, on mourra ici, mais il n'est pas question qu'on aille plus loin. Tu veux venir avec nous ?

Gita se lève.

Une fois qu'elles se sont mises à courir, les filles ne regardent plus en arrière. Les gardiens sont bien trop occupés à faire monter des milliers de femmes épuisées à bord des wagons pour leur prêter attention. La porte de la maison s'ouvre avant qu'elles ne l'atteignent. À l'intérieur, elles se laissent tomber devant un feu qui crépite dans l'âtre d'une cheminée. Une décharge d'adrénaline leur traverse le corps, puis bientôt, c'est le soulagement. On leur donne des boissons chaudes et du pain. Les Polonaises parlent aux propriétaires à toute vitesse. Ils secouent la tête, incrédules. Gita ne dit rien car elle ne veut pas que son accent trahisse ses origines non polonaises. Il est préférable que leurs sauveurs pensent qu'elle est l'une des leurs – la plus calme de toutes. Le propriétaire de la maison dit qu'elles ne peuvent pas rester avec eux parce que les Allemands fouillent souvent les lieux. Il leur demande d'enlever leurs manteaux. Il les emporte à l'arrière de la bâtisse. Quand il revient, les marques rouges ont disparu et les manteaux sentent l'essence.

Des coups de feu répétés retentissent dehors. Cachées derrière le rideau qu'elles ont légèrement entrouvert, elles voient toutes les femmes qui ont survécu monter à bord du train. La neige à côté de la voie ferrée est jonchée de cadavres. L'homme donne aux filles l'adresse d'une parente à lui dans un village tout proche, ainsi qu'un peu de pain et une couverture. Elles quittent la maison et pénètrent dans le bois, où elles passent la nuit sur le sol gelé, blotties les unes contre les autres pour tenter de se réchauffer, mais c'est peine perdue. Les arbres dépouillés de feuilles ne les protègent pas vraiment, ni des éléments, ni des regards.

Elles arrivent au village en début de soirée. Le soleil s'est couché, les réverbères ne diffusent qu'une faible lumière. Elles sont contraintes de demander de l'aide à une passante pour trouver l'adresse que l'homme leur a donnée. La gentille dame les accompagne jusqu'à la maison qu'elles recherchent et attend avec elles pendant qu'elles toquent à la porte.

— Veillez sur elles, dit-elle quand la porte s'ouvre. Puis elle s'en va.

La femme qui a ouvert s'efface pour laisser entrer les filles. Une fois la porte fermée, elles expliquent qui les a envoyées ici.

— Vous savez qui vous a accompagnées jusque chez moi ? balbutie la femme.

— Non, répond une des filles.

— C'est une SS. Une officier supérieure SS.

— Vous pensez qu'elle sait qui nous sommes ?

— Elle n'est pas stupide. J'ai entendu qu'elle était l'une des plus cruelles dans les camps de concentration.

Une femme âgée sort de la cuisine.

— Maman, on a des invitées. Ces pauvres filles étaient dans un des camps. On doit leur donner quelque chose de chaud à manger.

La vieille femme est aux petits soins pour les filles. Elle les emmène dans la cuisine, les fait asseoir autour de la table. Depuis quand Gita ne s'est-elle pas assise sur une chaise à la table d'une cuisine ? La femme leur sert de la soupe bien chaude et les assaille de questions. Les propriétaires de la maison craignent que les filles ne soient pas en sécurité ici. Elles ont peur que l'officier SS ne les dénonce.

La mère quitte la maison et revient quelque temps plus tard avec une voisine. Sa maison dispose à la fois d'un grenier et d'une cave. Elle veut bien accueillir les cinq filles et les faire dormir sous le toit. Elles y seront plus au chaud qu'à la cave, avec la chaleur de la cheminée qui remonte. Toutefois, elles ne pourront pas rester chez elle durant la journée car chaque maison peut être fouillée à n'importe quel moment par les Allemands, bien que ceux-ci semblent battre en retraite.

Gita et ses quatre amies polonaises dorment dans le grenier toutes les nuits et passent leurs journées dans les bois, cachées. Leur présence n'est bientôt plus un secret pour personne dans le petit village, et le prêtre demande à ses paroissiens d'apporter de la nourriture à la propriétaire de la maison tous les jours. Au bout de quelques semaines, les Allemands encore présents sont chassés par les soldats russes, dont plusieurs s'installent dans la propriété juste en face de la maison où dorment Gita et ses amies. Un matin, les filles partent un peu plus tard que d'habitude dans les bois et sont arrêtées par un Russe qui monte la garde devant le bâtiment d'en face. Elles lui montrent leurs tatouages et essaient d'expliquer où elles étaient et pourquoi elles logent ici à présent. Sensible à leur détresse, il propose de poster un garde à l'entrée de leur maison. Ainsi ne seront-elles plus obligées de passer leurs journées dans les bois. Elles n'ont plus à se cacher et dès qu'elles sortent, les soldats qu'elles croisent leur adressent un sourire ou leur font signe.

Un jour, l'un des soldats pose une question directe à Gita. Quand elle lui répond, il comprend immédiatement qu'elle n'est pas polonaise. Elle lui dit qu'elle est originaire de Slovaquie. Le soir même, il frappe à leur porte et leur présente un jeune homme vêtu d'un uniforme russe mais de nationalité slovaque. Gita et lui discutent toute la nuit.

Les filles, rassurées par la présence des soldats russes, se méfient moins et ont pris l'habitude de traîner un peu devant le feu de cheminée le soir. Elles sont plus nonchalantes. Un soir, elles sont prises au dépourvu, quand la porte d'entrée s'ouvre tout à coup et qu'un Russe ivre pénètre dans la maison en titubant. Les filles voient leur « garde » qui gît, inconscient, dehors. Tout en brandissant son pistolet, l'intrus jette son dévolu sur une des Polonaises et tente d'arracher ses vêtements. Au même moment, il baisse son pantalon. Gita et les autres hurlent. Plusieurs soldats russes font irruption dans la pièce. En voyant son camarade à califourchon sur une des filles, l'un d'eux sort son pistolet et l'abat d'une balle dans la tête. Les soldats traînent le corps du violeur en puissance hors de la maison tout en se confondant en excuses.

Traumatisées, les filles décident qu'il est temps de partir. L'une d'elles a une sœur qui, aux dernières nouvelles, vivait à Cracovie. Peut-être est-elle toujours là-bas. Pour s'excuser encore de l'incident de la nuit précédente, un gradé russe met à leur disposition un chauffeur et un petit camion qui les mèneront à Cracovie.

Elles trouvent la sœur qui habite toujours dans son petit appartement au-dessus d'une épicerie. L'appartement est bondé… des amis qui ont fui la ville et qui, de retour, n'ont plus de domicile. Personne n'a d'argent. Pour survivre, ils se rendent au marché tous les jours, chacun vole un aliment. Le soir, ils préparent un repas avec ce qu'ils ont rapporté.

Un jour, au marché, Gita dresse l'oreille. Elle vient d'entendre sa langue maternelle. C'est un chauffeur de camion qui décharge des produits. Elle l'aborde et apprend que, plusieurs fois par semaine, des camions font le trajet entre Bratislava et Cracovie pour apporter des fruits et des légumes frais. Il accepte de la prendre avec lui et de la ramener dans son véhicule. Elle court prévenir les personnes avec qui elle vit. Il lui est particulièrement difficile de se séparer des quatre amies avec qui elle s'est enfuie. Elles l'accompagnent jusqu'au marché et lui font signe quand le camion l'emmène – avec deux de ses compatriotes – vers l'inconnu. Elle a depuis longtemps accepté la mort de ses parents et de ses deux jeunes sœurs, mais elle prie pour qu'au moins un de ses frères ait survécu. En s'engageant avec les Russes, ils ont peut-être pu sauver leur peau.

À Bratislava, tout comme à Cracovie, Gita rejoint d'autres survivants des camps dans des appartements partagés et surpeuplés. Elle se présente aux bureaux de la Croix-Rouge, où elle laisse son nom et son adresse car on lui a dit que tous les prisonniers de retour des camps faisaient cette démarche dans l'espoir de retrouver des parents et amis disparus.

Un après-midi, en regardant par la fenêtre de l'appartement où elle vit, elle voit deux jeunes soldats russes sauter par-dessus la clôture à l'arrière de la propriété. D'abord terrifiée, elle ne tarde pas à reconnaître ses deux frères, Doddo et Latslo. Elle dévale les escaliers, ouvre la porte et les serre dans ses bras de toutes ses forces. Ils n'osent pas rester, disent-ils. Même si ce sont les Russes qui ont libéré la ville des Allemands, les habitants se méfient de tous ceux qui portent un uniforme soviétique. Comme elle ne veut pas gâcher la joie de leurs brèves retrouvailles, Gita ne parle pas du sort qui a été réservé au reste de leur famille. Ils l'apprendront bien assez tôt et c'est un sujet qu'on ne peut pas aborder comme ça en quelques minutes.

Avant leur départ, Gita leur dit qu'elle aussi a porté un uniforme russe : ce sont les premiers vêtements qu'on lui a donnés quand elle est arrivée à Auschwitz. Elle leur jure que l'uniforme lui allait beaucoup mieux qu'à eux et ils se mettent tous à rire.

26

Le train de Lale traverse la campagne. Appuyé contre les parois du wagon, Lale palpe les deux bourses cousues à l'intérieur de son pantalon, contenant les pierres précieuses qu'il a pris le risque d'apporter avec lui. La majeure partie de son butin est restée sous le matelas. Ceux qui fouilleront sa chambre pourront le prendre.

Plus tard, alors que la nuit est déjà tombée, le train s'arrête et des SS armés de fusils ordonnent à tout le monde de descendre, comme près de trois ans auparavant à Birkenau. Encore un camp de concentration. Un homme saute en même temps que Lale du wagon.

— Je connais cet endroit. Je suis passé par là.

— Ah oui ?

— Mauthausen, en Autriche. Ce n'est pas aussi terrible que Birkenau, mais presque.

— Je m'appelle Lale.

— Moi, c'est Joseph. Ravi de te rencontrer.

Une fois que tous les hommes sont descendus des wagons, les SS leur font signe d'avancer et leur disent de trouver un endroit où dormir. Lale suit Joseph dans l'une des baraques. Les hommes ici meurent de faim – ils ont littéralement la peau sur les os – mais ils ont encore suffisamment d'énergie pour défendre leur territoire.

— Foutez le camp, y a pas de place ici.

Un homme par couchette, chacun défend la sienne et semble prêt à se battre pour la garder. Ils reçoivent le même accueil dans les deux baraques suivantes. Enfin, ils en trouvent une avec un peu plus de place et revendiquent un bout de territoire. Quand d'autres entrent dans la bâtisse, cherchant un endroit où dormir, ils les accueillent comme eux ont été accueillis :

— Foutez le camp, y a pas de place ici.

Le lendemain matin, Lale voit les hommes des baraques autour de la sienne se mettre en rang. Il comprend qu'il va être fouillé et qu'on va lui demander des informations sur son identité et l'endroit d'où il vient. Encore. Il sort les trois plus gros diamants de sa poche secrète et les met dans sa bouche. Il se précipite ensuite derrière le Block pendant que les autres détenus se mettent en rang, puis il disperse les pierres précieuses restantes. L'inspection de la colonne d'hommes nus commence. En voyant les gardiens ouvrir la bouche de ceux qui sont devant lui, il fait rouler les diamants sous sa langue. Il a la bouche ouverte avant que les gardiens n'arrivent à sa hauteur. Après un rapide coup d'œil, ils s'éloignent.

Plusieurs semaines s'écoulent, durant lesquelles Lale reste assis avec les autres détenus à ne rien faire. Il passe son temps à observer, en particulier les SS qui les gardent, et il essaie de déterminer qui peut être abordé et qui doit être évité. Il commence à discuter de temps à autre avec l'un d'eux. Le gardien est impressionné par sa maîtrise de l'allemand. Il a entendu parler d'Auschwitz et de Birkenau, n'y est jamais allé, mais aimerait bien en savoir davantage sur ces camps. Lale en dresse un tableau très éloigné de la réalité. Il n'a pas intérêt à raconter à cet Allemand ce qui se passait réellement là-bas. Il explique simplement ce qu'il y faisait et dit combien il préférerait travailler plutôt que de rester à ne rien faire. Quelques jours plus tard, le gardien lui demande s'il aimerait être transféré dans un sous-camp de Mauthausen, à Saurer Werke, à Vienne. Lale accepte l'offre. *Ça ne peut pas être pire qu'ici*, pense-t-il. En outre, le gardien lui a assuré que les conditions étaient un peu meilleures là-bas et que le commandant était trop vieux pour faire du zèle. Le gardien lui indique que le camp ne prend pas de Juifs et qu'il ne doit donc sous aucun prétexte parler de sa confession.

Le lendemain, le SS dit à Lale :

— Rassemble tes affaires. Tu pars.

Lale regarde autour de lui.

— Elles sont rassemblées.

— Tu pars en camion dans une heure. Attends devant la porte en rang avec les autres. Ton nom est sur la liste, dit-il en riant.

— Mon nom ?

— Oui, il faut que tu caches le numéro sur ton bras, d'accord ?

— Je vais être appelé par mon nom ?

— Oui, n'oublie pas, bonne chance.

— Avant que vous partiez, j'aimerais vous donner quelque chose.

Le gardien semble perplexe.

Lale sort un diamant de sa bouche, l'essuie contre sa chemise et le tend au SS.

— Maintenant, vous ne pourrez pas dire que vous n'avez jamais rien eu d'un Juif.

Vienne. Qui ne voudrait pas visiter Vienne ? C'était une destination de rêve pour Lale du temps où il jouait au play-boy. Le nom en lui-même est déjà romantique, plein de style et de possibilités. Mais il sait qu'à présent il ne sera pas à la hauteur de ses promesses.

Les gardiens ne prêtent aucune attention à Lale ou aux autres quand ils arrivent. Les nouveaux arrivants trouvent une baraque où dormir. Là, on leur dit où et quand ils peuvent aller chercher leurs repas. Lale pense constamment à Gita et réfléchit à un moyen de la rejoindre. Il en a assez d'être transféré d'un camp à l'autre.

Pendant plusieurs jours, il observe son environnement. En voyant le commandant du camp, il constate qu'il tient à peine sur ses jambes. Il se demande comment il fait pour respirer. Il discute avec quelques gardes relativement aimables puis s'intéresse au groupe que forment les prisonniers. Quand il découvre qu'il est sans doute le seul Slovaque ici, il décide de rester dans son coin. Des Polonais, des Russes et quelques Italiens discutent toute la journée avec leurs compatriotes, laissant Lale isolé.

Un jour, deux jeunes hommes se glissent vers lui.

— Ils disent que tu étais le *Tätowierer* à Auschwitz.

— Qui « ils » ?

— Quelqu'un a dit qu'il te connaissait là-bas et que tu tatouais les prisonniers.

Lale prend la main du jeune homme et remonte sa manche. Pas de numéro. Il se tourne vers le deuxième.

— Et toi ? Tu étais là-bas ?

— Non, mais c'est vrai ce qu'ils disent ?

— J'étais le *Tätowierer.* Et alors ?

— Rien. On demandait juste.

Les garçons repartent. Lale retourne à sa rêverie. Il ne voit pas les officiers SS approcher. Ils le forcent à se lever et le traînent vers un bâtiment à proximité. Lale se retrouve devant le vieux commandant qui fait un signe à l'un des SS. L'officier remonte la manche de Lale, découvrant son numéro.

— Tu étais à Auschwitz ? demande le commandant.

— Oui, monsieur.

— Tu étais le *Tätowierer,* là-bas ?

— Oui, monsieur.

— Donc, tu es juif.

— Non, monsieur, je suis catholique.

Le commandant hausse un sourcil.

— Oh, je ne savais pas qu'il y avait des catholiques à Auschwitz ?

— Il y avait toutes les religions là-bas, monsieur, et aussi des criminels et des prisonniers politiques.

— Tu es un criminel ?

— Non, monsieur.

— Et tu n'es pas juif ?

— Non, monsieur, je suis catholique.

— Tu as répondu deux fois « non ». Je vais te poser la question une dernière fois. Es-tu juif ?

— Non. Tenez, je vais vous le prouver.

Sur ce, Lale défait la cordelette qui tient son pantalon, lequel tombe immédiatement au sol. Il passe les doigts sous son slip et commence à le baisser.

— Stop, je n'ai pas besoin de voir. C'est bon, tu peux y aller.

Lale remonte son pantalon en essayant de contrôler sa respiration qui pourrait le trahir. Il sort du bureau à toute vitesse. Il débouche sur un autre bureau, s'arrête et se laisse tomber dans un fauteuil. Un officier assis derrière sa table de travail le regarde.

— Ça va ?

— Oui, ça va. J'ai juste un peu la tête qui tourne. Vous pouvez me donner la date ?

— On est le 22, non, attendez, le 23 avril. Pourquoi ?

— Pour rien, merci, au revoir.

Une fois dehors, Lale regarde les prisonniers. Ils sont assis paresseusement. Quant aux gardiens, ils semblent encore plus fainéants. *Trois ans, vous avez pris trois ans de ma vie. Vous n'aurez pas un jour de plus.*

Lale longe la clôture derrière les baraques, la secoue à la recherche d'un point faible. Il ne tarde pas à en trouver un. Elle se détache au niveau du sol et il peut la tirer vers lui. Sans prendre la peine de regarder autour de lui pour s'assurer que personne ne l'a remarqué, il rampe sous la clôture et s'en va tranquillement.

Dans la forêt, il pourra se cacher au cas où une patrouille allemande approcherait. En s'enfonçant dans les bois, il entend des tirs de canon et de fusil. Il ne sait pas s'il doit marcher en direction des bruits ou s'enfuir en courant dans l'autre sens. Durant un bref cessez-le-feu, il tend l'oreille : il y a un ruisseau dans le coin. Pour l'atteindre, il doit se rapprocher des tirs mais il a toujours eu un bon sens de l'orientation et a le sentiment que c'est dans cette direction qu'il doit aller. S'il tombe sur les Russes ou même sur les Américains sur l'autre rive, il se rendra volontiers.

La nuit tombe. Des gerbes de lumière s'épanouissent dans le ciel noir au loin : des tirs d'artillerie. Lale veut à tout prix atteindre le torrent dans l'espoir de trouver un pont qui l'enjambe, et une route. Quand il arrive enfin sur la rive, il constate qu'il s'agit carrément d'une rivière. Il regarde de l'autre côté et écoute les coups de canon. *C'est sûrement les Russes. Je viens vers vous*. En entrant dans l'eau, il est surpris par sa température glaciale. Il nage doucement pour ne pas trop agiter la surface au cas où on le verrait. Il fait une pause, lève la tête et tend l'oreille. Les tirs se rapprochent. « Merde », marmonne-t-il. Il s'arrête de nager et se laisse porter par le courant dans la direction des tirs croisés. Si on le voit, on le prendra pour un bout de bois ou un cadavre à ignorer. Dès qu'il se croit à l'abri des armées qui se combattent, il nage frénétiquement jusqu'à l'autre rive. Il sort de l'eau et se traîne jusqu'aux arbres. Trempé, tremblant de tout son corps, il perd connaissance.

27

Lale ouvre les yeux, il sent la chaleur du soleil sur son visage. Il entend la rivière qui coule au-dessous. Ses vêtements ont un peu séché. Il rampe à plat ventre sous les arbres qui l'ont caché pendant la nuit et finit par atteindre le sommet d'une côte. Des soldats russes marchent sur la route. Il les observe quelques instants, craignant des tirs. Mais les soldats semblent détendus. Il décide d'accélérer son retour à la maison. Lale descend sur la route, les mains en l'air. Les soldats, surpris, braquent immédiatement leurs armes sur lui.

— Je suis slovaque. J'ai passé les trois dernières années dans un camp de concentration.

Les soldats échangent un regard.

— Fous le camp, se contentent-ils de dire avant de se remettre en marche.

L'un d'eux va même jusqu'à bousculer Lale en passant. Lale, immobile, regarde le reste de la troupe défiler devant lui. Tous l'ignorent. Face à leur indifférence, il décide de poursuivre sa route et d'aller dans la direction opposée. Les Russes vont certainement combattre les Allemands, mieux vaut donc s'éloigner du front.

Enfin, une Jeep s'arrête à côté de lui. Un officier, installé à l'arrière, le considère.

— Qui êtes-vous ?

— Je suis slovaque. J'ai été prisonnier à Auschwitz pendant trois ans.

Il remonte sa manche gauche pour montrer son tatouage.

— Jamais entendu parler.

Lale déglutit avec peine. Il n'arrive pas à concevoir qu'un endroit où de telles horreurs ont eu lieu ne soit pas connu.

— C'est en Pologne. C'est tout ce que je peux vous dire.

— Vous parlez parfaitement le russe, fait remarquer le soldat. Vous maîtrisez d'autres langues ?

— Le tchèque, l'allemand, le français, le hongrois et le polonais.

L'officier le regarde attentivement.

— Et où allez-vous ?

— Je rentre à la maison, en Slovaquie.

— Non, je ne pense pas. J'ai un travail pour vous. Montez.

Lale veut s'enfuir, mais il n'a aucune chance de s'en tirer. Aussi monte-t-il dans le véhicule. Il s'installe sur le siège passager.

— Demi-tour. On retourne au quartier général, annonce l'officier au chauffeur.

La Jeep rebrousse chemin, cahotant sur les nids-de-poule. Quelques kilomètres plus loin, ils traversent un petit village, puis s'engagent sur une piste en terre qui mène à un grand chalet construit en haut d'une colline, surplombant une magnifique vallée. Ils roulent sur une allée circulaire où plusieurs voitures rutilantes sont garées. Deux gardes se tiennent de part et d'autre de l'entrée principale. La Jeep s'arrête dans un crissement de pneus, le chauffeur descend et ouvre la portière pour l'officier à l'arrière.

— Venez avec moi, dit l'officier.

Lale se précipite derrière lui et entre dans le vestibule du chalet. Il s'arrête, choqué par l'opulence. Un escalier majestueux, une œuvre d'art – des toiles et des tapisseries sur chaque mur –, des meubles d'une qualité qu'il n'a jamais vue auparavant. Lale vient d'entrer dans un monde qui dépasse son entendement. Après ce qu'il vient de vivre, c'en est presque douloureux.

L'officier se dirige vers une porte donnant sur l'entrée et fait signe à Lale de le suivre. Il entre dans une grande pièce meublée avec goût. Un bureau en acajou trône au milieu de la pièce. L'homme assis derrière est tout aussi imposant. À en juger par son uniforme et les galons qui vont avec, Lale est en présence d'un haut dignitaire russe. L'inconnu lève les yeux quand ils entrent.

— Qui m'amenez-vous ?

— Il prétend avoir été prisonnier des nazis pendant trois ans. Je pense qu'il est juif mais ça n'a sûrement pas d'importance. Ce qui compte, c'est qu'il parle à la fois russe et allemand, dit l'officier.

— Et ?

— Je me suis dit qu'il pourrait nous être utile. Vous savez, pour parler aux villageois.

Le gradé russe se renverse contre le dossier de sa chaise et semble réfléchir.

— Mettez-le au travail, alors. Trouvez quelqu'un pour le surveiller et l'abattre s'il essaie de s'enfuir.

Alors que Lale s'apprête à suivre l'officier, l'homme derrière son bureau ajoute :

— Et qu'il se lave. Vous lui fournirez ensuite des vêtements plus présentables.

— Oui, monsieur. Je pense qu'il va nous rendre de grands services.

Lale sort, escorté de l'officier. *J'ignore ce qu'ils veulent de moi mais si je peux prendre un bain et passer des vêtements propres*... Ils traversent l'entrée et empruntent l'escalier jusqu'au palier du premier étage. Lale constate qu'il y a encore deux niveaux au-dessus. Ils entrent dans une pièce, le Russe se dirige vers le placard et l'ouvre. Des vêtements de femme. Sans un mot, il quitte la chambre et pénètre dans celle d'à côté. Des vêtements d'homme cette fois.

— Vous trouverez sûrement de quoi vous habiller là-dedans. Choisissez un costume élégant et qui vous sied. Il devrait y avoir une salle de bains, là-bas. Il montre une porte du doigt. Lavez-vous, je reviendrai dans un moment.

Il ferme la porte derrière lui. Lale balaie la pièce du regard. Elle est dotée d'un grand lit à baldaquin avec de grosses couvertures et des montagnes de coussins de toutes les formes et de toutes les tailles. Une commode en ébène, une petite table avec une lampe Tiffany et une chaise longue ornée de broderies délicates complètent le mobilier. Comme il aimerait que Gita soit là ! Il chasse cette idée de son esprit. Il ne peut pas se permettre de penser à elle, pas maintenant.

Lale passe la main sur les costumes et les chemises dans le placard. Certaines tenues sont élégantes, d'autres plus décontractées, il y a tous les accessoires nécessaires pour redonner vie au

Lale d'autrefois. Il choisit un costume, le plaque contre son torse et se regarde dans le miroir : on frôle la perfection. Il le jette sur le lit. Une chemise blanche ne tarde pas à le rejoindre. Dans un tiroir, il trouve un slip doux, des chaussettes impeccables et une ceinture en cuir marron. Dans un autre placard, il déniche une paire de chaussures cirées qui vont parfaitement avec le costume. Il glisse ses pieds nus dedans. Parfait.

Une porte mène directement à la salle de bains. La robinetterie et les porte-serviettes dorés illuminent les carreaux blancs qui recouvrent les murs et le sol. La lumière pénètre par une grande verrière jaune et vert foncé. Lale contemple un long moment la pièce. Puis il fait couler un bain et se plonge dedans avec délice. Il s'y prélasse. Il prend son temps, c'est son premier bain depuis trois ans. Enfin, il sort de la baignoire et se sèche avec une serviette douce. Il retourne dans la chambre où il s'habille doucement, savourant la sensation du coton et du lin sur sa peau, des chaussettes en laine sur ses pieds. Rien ne le gratte, ne l'irrite ou ne semble trop ample pour sa maigre carrure. À l'évidence, le propriétaire des vêtements était mince.

Il reste assis un moment sur le lit en attendant le retour de l'officier. Puis il décide de continuer à explorer la chambre. Il tire les grands rideaux et découvre des portes-fenêtres qui donnent sur un balcon. Il les ouvre d'un grand geste et sort. *Waouh ! Où suis-je ?* Un magnifique jardin, parfaitement entretenu, se déploie devant lui. Au bout de la pelouse, une forêt. Il a une vue parfaite sur l'allée circulaire et voit plusieurs voitures s'arrêter et déposer d'autres

Russes importants. Il entend la porte de sa chambre s'ouvrir et se retourne. Il voit l'officier accompagné d'un soldat moins gradé. Il reste sur le balcon. Les deux hommes le rejoignent et contemplent la vue avec lui.

— C'est beau, n'est-ce pas ? dit l'officier.

— Vous avez trouvé l'endroit parfait, bien joué !

L'officier russe rit.

— Oui, c'est vrai. Ce quartier général est un peu plus confortable que celui que nous avions sur le front.

— Allez-vous enfin me dire ce que je viens faire là ?

— Je vous présente Fredrich. C'est votre gardien. Il n'hésitera pas à vous abattre si vous essayez de vous enfuir.

Lale considère l'homme. Les muscles de ses bras se dessinent sous les manches de sa chemise. Il a le torse si puissant que ses boutons menacent de sauter. Ses lèvres fines n'esquissent ni sourire ni grimace. Le hochement de tête de Lale reste sans réponse.

— Il n'est pas là uniquement pour vous surveiller. Il va aussi vous conduire au village tous les jours pour faire nos courses. Vous comprenez ?

— Que vais-je donc acheter ?

— Pas du vin en tout cas, la cave en est pleine. Quant à la nourriture, ce sont les chefs qui s'en chargent. Ils savent exactement ce qu'ils veulent...

— Ce qui nous laisse...

— Les distractions.

Lale affiche un visage impassible.

— Vous allez vous rendre au village tous les matins et trouver de jeunes dames charmantes disposées à passer un peu de temps avec nous le soir. Compris ?

— Vous voulez que j'endosse le rôle de souteneur en somme.

— Vous avez parfaitement compris.

— Et comment vais-je les convaincre ? En leur disant que vous êtes tous des beautés et que vous les traiterez bien ?

— Nous vous donnerons de quoi les amadouer.

— C'est-à-dire ?

— Venez avec moi.

Les trois hommes retournent au rez-de-chaussée et entrent dans une pièce tout aussi somptueuse que les autres. Un officier ouvre une chambre forte aménagée dans l'épaisseur d'un mur. Le « protecteur » de Lale entre dans la pièce et revient avec deux boîtes en métal qu'il dépose sur le bureau. L'une contient de l'argent, l'autre des bijoux. Lale constate que la chambre forte renferme beaucoup de coffrets similaires.

— Fredrich vous amènera ici tous les matins. Vous prendrez de l'argent et des bijoux pour les filles. Nous avons besoin de huit à dix filles par soir. Montrez-leur l'argent et les bijoux, donnez-leur si besoin un peu d'argent à l'avance. Dites-leur qu'elles recevront la totalité quand elles arriveront au chalet. À la fin de la soirée, nous les déposerons chez elles, elles n'ont absolument rien à craindre.

Lale tend la main vers la boîte contenant les bijoux. Il n'a pas le temps de l'atteindre que le couvercle est refermé.

— Vous avez déjà défini un tarif avec elles ? demande-t-il.

— Je vous laisse vous en charger. Essayez de négocier le tarif le plus avantageux possible pour nous. Compris ?

— Bien sûr. Vous voulez du bœuf de premier choix au prix d'une saucisse.

Lale sait ce qu'il doit dire.

L'officier rit.

— Suivez Fredrich, il va vous faire visiter les lieux. Vous pourrez prendre vos repas dans la cuisine ou dans votre chambre, il vous suffit de le dire aux chefs.

Fredrich conduit Lale dans les cuisines et lui présente deux des chefs. Lale leur dit qu'il préfère dîner dans sa chambre. Fredrich met Lale en garde : il ne doit surtout pas s'aventurer dans les étages supérieurs ni dans les autres chambres du premier. Le message est parfaitement passé.

Quelques heures plus tard, on apporte à Lale son repas : de l'agneau nappé d'une sauce épaisse et crémeuse. Les carottes sont cuites *al dente* et dégoulinent de beurre. Le plat est bien assaisonné : sel, poivre et persil frais. Il s'est souvent demandé s'il avait perdu le goût des saveurs riches. Non. Ce qu'il a perdu, c'est la capacité d'apprécier le repas qu'on lui présente. Comment pourrait-il savourer ces mets alors que Gita n'est pas là pour les partager avec lui ? Il ne sait pas si elle a de quoi manger. Il ignore même si… Mais il chasse cette pensée. Il est là à présent, et il doit faire ce qu'il a à faire avant de pouvoir la retrouver. Il ne mange que la moitié de son assiette. Toujours en garder un peu. C'est ainsi qu'il a vécu ces dernières années. En revanche, la bouteille de vin est pratiquement vide à la fin du repas. Il se déshabille non sans mal puis se jette sur son lit et sombre immédiatement dans un sommeil aviné.

Le lendemain matin, il est réveillé par un bruit métallique. On a déposé le plateau du petit déjeuner sur sa table. Il ne sait plus s'il avait verrouillé sa porte ou non. Le cuisinier a peut-être une clé, après tout. Le plateau de la veille au soir et la bouteille ont été emportés. Tout cela sans un mot.

Après le petit déjeuner, il prend une douche rapide. Il est en train d'enfiler ses chaussures quand Fredrich arrive.

— Prêt ?

Lale hoche la tête.

— Allons-y.

Premier arrêt dans le bureau avec la chambre forte. Fredrich et un autre officier regardent Lale prendre une certaine somme d'argent. Ils la recomptent et notent le montant dans un registre. Lale choisit ensuite quelques bijoux et pierres précieuses en vrac. Là encore, tout est consigné.

— Je n'aurai certainement pas besoin de tout ça mais comme c'est la première fois et que je ne connais pas les tarifs en vigueur, je préfère prévoir large, dit-il aux deux hommes.

Ils haussent les épaules.

— N'oubliez pas de nous remettre ce que vous n'avez pas dépensé, dit le comptable.

Après avoir rangé l'argent dans une poche et les bijoux dans l'autre, Lale suit Fredrich jusqu'à un grand garage à côté du chalet. Fredrich prend une Jeep, Lale monte à côté de lui et ils parcourent les quelques kilomètres qui les séparent du village que Lale a traversé hier. *Était-ce seulement hier ? Comment puis-je déjà me sentir aussi différent ?* Pendant le voyage, Fredrich lui dit qu'ils prendront un petit camion pour aller chercher les filles le soir. Ce n'est pas confortable mais c'est le seul véhicule dont ils disposent pour transporter douze personnes. Quand ils arrivent au village, Lale demande :

— Et où dois-je chercher des candidates potentielles ?

— Je vais vous déposer en haut de la rue. Entrez dans toutes les boutiques. Les vendeuses, les clientes, peu importe, pourvu qu'elles soient jeunes, et jolies de préférence. Fixez avec elles un tarif, montrez-leur les moyens de paiement. Si elles veulent un acompte, donnez-leur de l'argent uniquement. Dites-leur qu'on passera les prendre à dix-huit heures devant la boulangerie. Certaines d'entre elles sont déjà venues.

— Comment vais-je savoir si elles sont déjà prises ?

— Elles refuseront de venir, c'est tout. Elles risquent de vous jeter quelque chose à la figure. Soyez prêt à esquiver.

Alors que Lale s'apprête à descendre, il ajoute :

— Je vous attends. Prenez votre temps. Et n'oubliez pas que je vous surveille, ne faites pas de bêtises.

Lale se dirige vers une boutique à proximité. Pourvu qu'aucun mari ou fiancé n'ait accompagné sa bien-aimée aujourd'hui. Tout le monde le regarde quand il entre. Il salue les dames en russe puis se souvient qu'il est en Autriche et passe à l'allemand.

— Bonjour mesdames, comment allez-vous aujourd'hui ?

Les femmes échangent un regard. Quelques-unes pouffent. Une vendeuse finit par demander :

— Je peux vous aider ? Vous cherchez quelque chose pour votre femme ?

— Pas exactement. J'aimerais vous parler à vous toutes.

— Vous êtes russe ? demande une cliente.

— Non, je suis slovaque. Mais je viens à la demande de l'armée russe.

— Vous logez au chalet ? demande une autre cliente.

— Oui.

Au grand soulagement de Lale, l'une des vendeuses intervient.

— Vous êtes venu nous demander si on voulait faire la fête ce soir.

— Oui, oui, exactement. Vous êtes déjà venue ?

— Oui. N'ayez pas peur. Nous savons toutes ce que vous voulez.

Lale regarde autour de lui. Il y a deux vendeuses et quatre clientes.

— Et donc ? demande-t-il prudemment.

— Montrez-nous ce que vous avez, suggère une cliente.

Lale vide ses poches sur le comptoir, les filles s'approchent.

— Combien on peut avoir ?

Lale regarde celle qui est déjà allée au chalet.

— Combien avez-vous été payée la dernière fois ?

Elle agite une bague incrustée de diamants et de perles sous son nez.

— Plus dix marks.

— D'accord, je vous donne cinq marks maintenant, cinq marks ce soir avec le bijou de votre choix.

La fille fouille et choisit un bracelet de perles.

— Je veux celui-là.

Lale lui reprend doucement l'objet.

— Pas tout de suite. Soyez devant la boulangerie à dix-huit heures. Marché conclu ?

— Marché conclu, dit-elle.

Lale lui donne cinq marks qu'elle fourre dans son soutien-gorge.

Les autres filles inspectent les bijoux et choisissent ce qu'elles veulent. Lale leur donne à chacune cinq marks. Il n'y a pas de marchandage.

— Merci, mesdames. Pouvez-vous me dire où je pourrais trouver des beautés aussi bien disposées que vous ?

— Vous pouvez essayer le café un peu plus bas, ou la bibliothèque, suggère une des femmes.

— Faites attention aux mamies dans le café, dit une autre en pouffant.

— Quelles mamies ? demande Lale.

— Les vieilles, quoi ! Certaines ont plus de trente ans !

Lale sourit.

— Écoutez, dit la première volontaire. Vous pouvez arrêter toutes les femmes que vous croiserez dans la rue. Nous savons toutes ce que vous voulez et nous sommes beaucoup à avoir besoin de bonne nourriture et de bons vins, même si nous devons partager avec ces gros porcs russes. Il n'y a plus d'hommes pour nous aider ici. On fait ce qu'on peut.

— Tout comme moi, leur dit Lale. Merci beaucoup à vous toutes. Je suis impatient de vous voir ce soir.

En quittant le magasin, Lale s'adosse contre un mur pour faire une pause. Une seule boutique, la moitié du contingent de filles requis ! Il regarde de l'autre côté de la chaussée. Fredrich est en train de l'observer. Il lui fait signe que tout va bien.

Et maintenant, où est ce café ? Dans la rue, alors qu'il se rend au café, Lale arrête trois jeunes femmes dont deux acceptent de venir à la fête. Au café, il en trouve trois de plus. Âgées de trente à trente-cinq ans, ce sont encore de très belles femmes avec qui n'importe quel homme aimerait s'afficher.

Ce soir-là, Lale et Fredrich viennent chercher les femmes qui attendent toutes devant la boulangerie comme convenu. Elles sont maquillées et élégamment vêtues. Lale procède au paiement en argent et en bijoux sans que Fredrich y prête réellement attention.

Lale les regarde entrer dans le chalet. Elles se tiennent par la main, affichent une expression déterminée, rient de temps à autre.

— Je vais récupérer ce qui reste, annonce Fredrich qui se tient tout près de Lale.

Lale sort plusieurs billets et deux bijoux de sa poche puis les tend à Fredrich qui semble satisfait de la transaction. Il empoche l'argent et les bijoux, puis entreprend de palper Lale, enfouissant les mains dans les poches de son pantalon.

— Eh attention, dit Lale. Je ne vous connais pas encore très bien !

— Vous n'êtes pas mon type.

La cuisine a dû être informée de son retour, car son dîner arrive peu de temps après que Lale a regagné sa chambre. Après avoir mangé, il sort sur le balcon. Appuyé sur la balustrade, il observe le va-et-vient des véhicules. De temps à autre, les bruits de la fête lui parviennent. Il constate avec plaisir qu'il n'entend que des rires et des conversations. De retour dans sa chambre, il se déshabille. Il tâte l'ourlet de son pantalon et trouve le petit diamant qu'il a caché dedans. Il enfouit la pierre précieuse dans une chaussette qu'il a sortie du tiroir, puis se glisse sous les draps.

Quelques heures plus tard, il est réveillé par des rires et des bruits de conversation. En sortant sur le balcon, il voit les filles monter dans le camion. C'est l'heure du retour au village. La plupart semblent ivres mais aucune n'a l'air malheureuse. Il retourne se coucher.

Les semaines suivantes, Lale et Fredrich se rendent deux fois par jour au village. Lale ne tarde pas à être connu. Même les femmes qui ne viennent jamais au chalet savent qui il est et le saluent en passant. La boutique et le café deviennent rapidement ses endroits préférés. Les filles ont pris l'habitude de s'y retrouver chaque jour à l'heure où il passe. Les habituées le saluent avec un baiser sur la joue et lui demandent de se joindre à la fête le soir. Elles semblent vraiment contrariées qu'il décline toujours leur invitation.

Un jour, au café, Serena, l'une des serveuses, demande tout fort :

— Lale, vous m'épouserez quand la guerre sera finie ?

Les autres filles pouffent tandis que les femmes plus âgées manifestent leur désapprobation.

— Elle a le béguin pour vous, Lale. Elle ne veut pas de ces gros porcs russes, peu importe leur argent, ajoute l'une des clientes.

— Vous êtes une très jolie fille, Serena, mais mon cœur est déjà pris.

— Par qui ? Comment s'appelle-t-elle ? demande Serena, indignée.

— Elle s'appelle Gita et je suis promis à elle. Je l'aime.

— Elle vous attend ? Où est-elle ?

— J'ignore où elle est en cet instant précis mais je vais la retrouver.

— Comment savez-vous qu'elle est encore en vie ?

— Oh, elle est en vie, je le sais, c'est tout. Ça ne vous est jamais arrivé de savoir intuitivement quelque chose ?

— Pas vraiment.

— Alors vous n'avez jamais été amoureuse. À tout à l'heure les filles. Dix-huit heures. Ne soyez pas en retard.

Elles le saluent en chœur tandis qu'il sort du café.

Ce soir-là, Lale ajoute à son butin un gros rubis. Tout à coup, il est pris d'une véritable mélancolie. Il reste assis sur son lit un long moment. Les souvenirs de sa ville natale, de sa famille ont été gâchés par ceux de la guerre. Tout ce à quoi il tenait, tous ceux qu'il aimait lui apparaissent à travers une vitre obscurcie par la souffrance et le deuil. S'arrachant à sa nostalgie, Lale vide le contenu de la chaussette sur le lit et compte les pierres précieuses qu'il a réussi à dérober depuis son arrivée. Puis il sort sur le balcon. Comme les nuits sont de plus en plus chaudes, quelques fêtards profitent du jardin : certains se prélassent sur la pelouse, d'autres semblent jouer au loup. Tout à coup, on frappe à sa porte. Lale sursaute. Depuis sa première nuit, il a pris l'habitude de verrouiller sa chambre, dès qu'il y entre ou qu'il en sort. En se précipitant pour aller ouvrir, il voit les pierres précieuses sur son lit. Il s'empresse de tirer la couverture dessus. Il ne s'aperçoit pas que le dernier rubis vient de tomber.

— Pourquoi votre porte était-elle verrouillée ? demande Fredrich.

— Je n'ai aucune envie de partager mon lit avec l'un de vos collègues ! J'ai remarqué que certains ne s'intéressent pas aux filles que nous leur amenons.

— Je vois. Vous êtes bel homme, ils vous récompenseraient généreusement si vous aviez leurs penchants.

— Non merci.

— Vous voulez une des filles ? Elles ont déjà été payées.

— Non merci.

Le regard de Fredrich est attiré par quelque chose qui brille sur le tapis. Il se baisse et ramasse le rubis.

— Qu'est-ce que c'est que ça ?

Lale regarde la pierre, surpris.

— Vous pouvez m'expliquer pourquoi vous avez cette pierre, Lale ?

— Elle a dû se coincer dans la doublure de ma poche.

— Vraiment ?

— Vous croyez que, si je l'avais prise intentionnellement, je l'aurais laissée ici, à la vue de tous ?

Fredrich le considère.

— Non, je ne pense pas.

Il empoche la pierre.

— Je vais la remettre dans le coffre.

— Pourquoi vouliez-vous me voir ? demande Lale, changeant de sujet.

— Je vais être transféré demain, donc vous ferez les deux allers et retours par jour au village sans moi dorénavant.

— Vous voulez dire avec quelqu'un d'autre ? demande Lale.

— Non. Vous avez prouvé que vous étiez digne de confiance ; le général est très impressionné. Continuez à faire ce que vous faites et quand le moment sera venu de quitter les lieux, il y aura peut-être un petit bonus pour vous.

— Je suis navré que vous partiez. J'ai apprécié nos conversations dans le camion. Faites attention à vous, la guerre n'est pas finie.

Ils se serrent la main.

Une fois seul, après avoir soigneusement verrouillé la porte, Lale rassemble les pierres précieuses étalées sur son lit et les remet dans la chaussette. Dans le placard, il choisit le plus beau costume et le met de côté. Il pose une chemise ainsi que plusieurs slips et paires de chaussettes sur la table et glisse des chaussures dessous.

Le lendemain matin, Lale se douche, passe les vêtements qu'il a choisis, dont quatre slips et trois paires de chaussettes. Il cache la socquette contenant les pierres dans la poche intérieure de sa veste. Après avoir jeté un dernier coup d'œil dans sa chambre, il se dirige vers le bureau où se trouve le coffre. Lale prend l'argent et les bijoux dont il a besoin et s'apprête à partir quand le comptable l'arrête.

— Attendez. Prenez-en un peu plus. Deux haut gradés de Moscou arrivent cet après-midi. Achetez-leur ce qu'il y a de mieux.

Lale prend l'argent et les bijoux en plus.

— Je reviendrai certainement un peu plus tard, ce matin. Je vais faire un tour à la bibliothèque, j'aimerais emprunter un livre.

— Nous avons une très bonne bibliothèque ici.

— Merci, mais il y a toujours des officiers et… comment dire, ils m'intimident. Vous comprenez ?

— Oh, d'accord, comme vous voudrez.

Lale se rend ensuite au garage où il salue d'un signe de tête le gardien occupé à laver une voiture.

— Belle journée, n'est-ce pas, Lale ? Les clés sont sur le contact, j'ai appris que vous étiez seul aujourd'hui.

— Oui, Fredrich a été transféré ailleurs. J'espère qu'il ne va pas se retrouver sur le front.

Le gardien rit.

— Ça serait vraiment la poisse.

— Oh j'ai l'autorisation de rentrer plus tard aujourd'hui…

— Vous voulez prendre un peu de temps pour vous, c'est ça ?

— Si on veut… À plus tard.

— D'accord, bonne journée.

Lale saute dans la Jeep avec décontraction, démarre et s'éloigne du chalet sans jeter un regard en arrière. Au village, il se gare au bout de la grand-rue, laisse les clés sur le contact et s'en va. Il aperçoit une bicyclette appuyée contre un mur, à côté d'un magasin. Il la prend par le guidon, la fait rouler tranquillement à côté de lui, puis l'enfourche et quitte les lieux en pédalant.

Quelques kilomètres plus loin, il est arrêté par une patrouille russe.

Un jeune officier l'interpelle.

— Où allez-vous ?

— J'ai été prisonnier des Allemands pendant trois ans. Je viens de Slovaquie et je rentre à la maison.

Le Russe empoigne le guidon, forçant Lale à descendre. En se retournant, Lale reçoit un bon coup de pied aux fesses.

— La marche te fera du bien. Fous le camp, maintenant.

Lale repart à pied. *Inutile de discuter*.

À la nuit tombée, il marche toujours. Il aperçoit les lumières d'une petite ville et presse le pas. L'endroit grouille de soldats russes et bien qu'ils l'ignorent, Lale préfère continuer sa route. Arrivé à la périphérie de la ville, il voit une gare et décide de s'y arrêter. Peut-être trouvera-t-il un banc où dormir quelques heures ? Sur le quai, un train est à l'arrêt, apparemment vide. Ce convoi le remplit d'appréhension mais il tente de réprimer sa peur et marche le long des wagons. Des wagons normaux, pour les voyageurs. Une lumière au guichet de la gare attire son attention. Il s'approche. À l'intérieur, un chef de gare se balance sur sa chaise, dodelinant de la tête. À l'évidence, il lutte contre le sommeil. Lale feint une quinte de toux, avant de s'avancer d'un pas faussement assuré. Le chef de gare, bien réveillé à présent, s'approche de la vitre et l'ouvre juste assez pour parler avec Lale.

— Je peux vous aider ?

— Ce train, où va-t-il ?

— À Bratislava.

— Je peux le prendre ?

— Vous avez de quoi payer ?

Lale sort la chaussette de sa veste, en extrait deux diamants et les tend au chef de gare. À cet instant, sa manche gauche se relève, laissant apparaître son tatouage. Le chef de gare prend les pierres.

— Installez-vous dans le dernier wagon. Personne ne vous embêtera là-bas. Mais le train ne part pas avant six heures du matin.

Lale regarde la pendule à l'intérieur de la gare. *Dans huit heures*.

— Je peux attendre. Combien de temps dure le trajet ?

— Environ une heure et demie.

— Merci. Merci beaucoup.

Tandis que Lale se dirige vers le dernier wagon, le chef de gare l'interpelle et le rattrape pour lui donner de la nourriture et un Thermos.

— C'est juste un sandwich qu'a fait ma femme, mais le café est chaud et bien fort.

En prenant la nourriture et le café, Lale ne peut contenir ses larmes. Le chef de gare, ému lui aussi, s'empresse de tourner les talons pour retourner au guichet.

— Merci.

C'est tout juste s'il parvient à prononcer le mot.

Le jour se lève quand ils atteignent la frontière avec la Slovaquie. Un agent s'approche de Lale et lui demande ses papiers. Lale remonte sa manche pour lui montrer la seule identité dont il dispose désormais : 32407.

— Je suis slovaque, dit-il.

— Bienvenue à la maison.

28

Bratislava : Lale descend du train et retrouve la ville où il a vécu, où il a été heureux et où il aurait dû passer ces trois dernières années. Il parcourt les quartiers qu'il connaissait si bien autrefois. Beaucoup sont à peine reconnaissables à cause des bombardements. Il n'y a rien ici pour lui. Il faut qu'il trouve un moyen de se rendre à Krompachy, à près de quatre cents kilomètres de Bratislava : un long voyage s'annonce. Il met quatre jours à rejoindre sa ville natale à pied, empruntant de temps à autre d'autres moyens de transport au gré des rencontres sur la route : quelques kilomètres dans des charrettes tirées par des chevaux ou parfois par un tracteur, un bout de trajet à cheval sans selle. Quand il le faut, il paie, avec la seule monnaie dont il dispose : un diamant par-ci et une émeraude par-là. Enfin, il arrive dans la rue où il a grandi et s'arrête devant la maison familiale. La palissade a disparu, il ne reste que des poteaux tordus. Les fleurs, la joie et la fierté de sa mère sont étouffées par les mauvaises herbes. Des planches clouées protègent une fenêtre cassée.

Une vieille femme sort de la maison d'en face et avance vers lui, l'air furieuse.

— Qu'est-ce que vous faites là ? Fichez le camp ! crie-t-elle en brandissant une spatule en bois.

— Je suis désolé. Je... J'habitais ici autrefois.

La vieille femme le dévisage et finit par le reconnaître.

— Lale ? C'est toi ?

— Oui. Oh, madame Molnar, c'est vous ? Vous... Vous avez...

— Vieilli, oui je sais. Mon Dieu, Lale, c'est bien toi.

Ils s'étreignent. D'une voix étranglée, ils se mettent à parler en même temps, demandant des nouvelles, sans vraiment laisser l'autre répondre correctement. Puis son ancienne voisine s'écarte.

— Qu'est-ce que tu attends ? Rentre, rentre chez toi.

— Il y a encore quelqu'un dans la maison ?

— Ta sœur, bien sûr. Quoi ? Elle ne sait pas que tu es en vie ?

— *Ma sœur !* Goldie a survécu ?

Lale traverse la rue en courant et toque bruyamment à la porte. Comme personne ne répond, il frappe à nouveau. De l'intérieur de la maison, il entend :

— J'arrive. J'arrive.

Goldie ouvre la porte. En voyant son frère, elle perd connaissance. Mme Molnar le suit à l'intérieur tandis qu'il relève sa sœur et l'allonge sur le canapé. La voisine lui apporte un verre d'eau. Lale, qui tient tendrement la tête de sa sœur dans ses bras, attend qu'elle ouvre les yeux. Quand elle revient à elle, il lui tend le verre d'eau. Elle sanglote, renverse la moitié du verre. Mme Molnar s'en va discrètement. Lale berce sa sœur et s'autorise à pleurer lui aussi. Il lui faut quelque temps pour trouver la force de parler et de poser les questions qui le taraudent depuis si longtemps.

Goldie a de tristes nouvelles à lui annoncer. Ses parents ont été emmenés quelques jours après lui seulement. Goldie ignore où ils sont allés ou s'ils sont encore en vie. Max a rejoint les partisans et a trouvé la mort en combattant les Allemands. La femme de Max et leurs deux enfants ont été emmenés aussi, et elle ne sait pas où ils ont été acheminés. La seule bonne nouvelle concerne justement Goldie. Elle est tombée amoureuse d'un Russe et ils se sont mariés. Elle s'appelle désormais Mme Sokolov. Son mari est absent pour affaires mais il devrait être de retour dans quelques jours.

Lale la suit dans la cuisine, il ne veut pas la quitter des yeux pendant qu'elle prépare le repas. Après le dîner, ils discutent pendant des heures et des heures. Malgré les questions insistantes de Goldie, Lale se refuse à raconter ce qu'il a vécu, il se contente de répondre qu'il était dans un camp de travail en Pologne et qu'il est de retour désormais.

Le lendemain, il parle à sa sœur et à Mme Molnar de son amour pour Gita, qui, il en est persuadé, est vivante.

— Il faut absolument que tu la retrouves, l'encourage Goldie. Tu dois partir à sa recherche.

— Je ne sais pas où la chercher.

— Eh bien, d'où est-elle originaire ? demande Mme Molnar.

— Je ne sais pas. Elle ne me l'a pas dit.

— Je ne comprends pas bien. Tu la connais depuis trois ans et pendant tout ce temps, elle ne t'a pas parlé de ses origines ?

— Elle ne voulait pas. Elle était censée me le dire le jour où on quitterait le camp, mais tout s'est passé très vite et... je ne connais que son nom de famille : Furman.

— C'est toujours ça, mais ça ne fait pas beaucoup, le sermonne sa sœur.

— J'ai entendu que les gens commencent à rentrer des camps, dit Mme Molnar. Ils arrivent tous à Bratislava. Elle est peut-être là-bas.

— Si je dois retourner à Bratislava, j'ai absolument besoin d'un moyen de transport.

Goldie sourit.

— Alors qu'est-ce que tu attends ? Ne reste pas assis là...

En ville, Lale demande à tous ceux qu'il croise avec un cheval, un vélo, une voiture ou un camion, s'il peut le leur acheter. Tous refusent. Juste au moment où il commence à perdre espoir, un vieil homme arrive dans une petite charrette tirée par un cheval. Lale se poste devant l'animal, forçant son maître à lui serrer la bride.

— J'aimerais acheter votre cheval et votre charrette, lâche-t-il.

— Combien vous m'en proposez ?

Lale sort plusieurs pierres précieuses de sa poche.

— Ce sont des vraies. Elles ont beaucoup de valeur.

Après avoir inspecté le trésor, le vieil homme dit :

— À une condition.

— Quoi ? Oui, n'importe quoi.

— Ramenez-moi à la maison d'abord.

Quelques instants plus tard, Lale s'arrête devant la demeure de sa sœur et montre fièrement son nouveau moyen de transport.

— Je n'ai rien pour le nourrir ! s'exclame-t-elle.

Il montre les longues herbes dans le jardin.

— Ta cour a besoin d'être tondue.

Ce soir-là, tandis que le cheval, attaché à un pieu, se repose dans le jardin, Mme Molnar et Goldie préparent à manger pour Lale. Il est triste de devoir déjà les quitter mais elles ne veulent pas qu'il reste une seconde de plus.

— Ne reviens pas sans Gita.

Ce sont les derniers mots que prononce Goldie avant que Lale ne monte dans la charrette. Quand le cheval se met en route, il est presque éjecté de la voiture. Il regarde les deux femmes blotties l'une contre l'autre devant la maison familiale. Elles lui font de grands signes et sourient.

Pendant trois jours et trois nuits, Lale et son nouveau compagnon parcourent des routes abîmées et traversent des villes ravagées par les bombardements. Ils passent les cours d'eau à gué là où les ponts ont été détruits. Ils prennent plusieurs personnes en chemin et les déposent plus loin. Lale mange frugalement, n'entamant qu'une partie de ses réserves de nourriture. Il ressent un profond chagrin quand il pense à sa famille décimée. En même temps, il est impatient de revoir Gita et ce désir lui donne la détermination dont il a besoin pour poursuivre sa route. Il doit la retrouver. Il a promis.

Une fois à Bratislava, il se rend immédiatement à la gare.

— C'est vrai que les survivants des camps de concentration sont en train de rentrer chez eux ? demande-t-il.

On lui confirme l'information et on lui donne les horaires des trains. Comme il n'a aucune idée de l'endroit où Gita a atterri – pas même du pays où elle a pu être emmenée –, il décide d'attendre sur le quai l'arrivée de chaque train prévu. Il renonce vite à chercher un logement : qui voudrait d'un homme étrange et d'un cheval comme locataires ? Aussi décide-t-il de dormir dans sa charrette, sur des parcelles de terrain inoccupées. Il y reste jusqu'à ce que son cheval ait fini de brouter le carré d'herbe ou jusqu'à ce qu'on le déloge. Ce nouveau mode de vie lui fait penser à ses amis du camp des Tziganes et aux histoires qu'ils lui ont racontées sur leurs traditions. C'est la fin de l'été. Il pleut souvent mais Lale ne se laisse pas décourager.

Pendant deux semaines, Lale attend à la gare à chaque fois qu'un train est annoncé. Il arpente le quai, abordant toutes les femmes qui descendent.

— Vous étiez à Birkenau ?

Lorsqu'on lui répond par l'affirmative, il demande :

— Vous connaissiez Gita Furman ? Elle était dans le Block 29.

Personne ne la connaît.

Un jour, le chef de gare lui demande s'il a enregistré Gita à la Croix-Rouge, qui prend les noms de tous les disparus et de ceux qui, une fois rentrés, cherchent leurs proches. Comme il n'a rien à perdre, il se dirige vers le centre-ville avec l'intention de se rendre à l'adresse qu'on lui a donnée.

Gita, qui marche dans la rue principale avec deux amies, voit une drôle de charrette tirée par un cheval. Un jeune homme se tient à l'arrière, l'air parfaitement décontracté.

Elle avance sur la chaussée.

Le temps semble s'arrêter quand le cheval stoppe de son propre gré devant la jeune femme.

Lale descend de la charrette.

Gita fait un pas vers lui. Il ne bouge pas. Elle fait un autre pas.

— Salut, dit-elle.

Lale tombe à genoux. Gita se tourne vers ses deux amies, qui les regardent ébahies.

— C'est lui ? demande l'une d'elles.

— Oui, dit Gita, c'est lui.

Comme paralysé, Lale ne bouge pas, c'est Gita qui va à lui. Tout en s'agenouillant devant lui, elle dit :

— Au cas où tu ne m'aurais pas entendue à Birkenau, je t'aime.

— Tu veux bien m'épouser ? demande-t-il.

— Oui.

— Feras-tu de moi l'homme le plus heureux du monde ?

— Oui.

Lale prend Gita dans ses bras et l'embrasse. L'une des amies de Gita s'empare de la longe du cheval pour le faire avancer à côté d'elle. Gita prend Lale par la taille et appuie sa tête contre son épaule. Ainsi, ils déambulent dans la rue, se mêlant à la foule, un jeune couple parmi d'autres dans une ville ravagée par la guerre.

Épilogue

Lale prit le nom d'épouse de sa sœur, Sokolov, un nom russe plus approprié selon lui que celui d'Eisenberg dans la Slovaquie d'alors, contrôlée par l'Union soviétique. Il épousa Gita en octobre 1945 et ils s'installèrent à Bratislava. Lale se lança dans l'import d'étoffes de qualité – le lin, la soie, le coton – en provenance d'Europe et d'Asie. Il les revendait à des fabricants impatients de reconstruire et de rhabiller le pays. D'après Lale, dans la Tchécoslovaquie communiste d'après-guerre, sous la mainmise de l'URSS, son entreprise fut la seule à ne pas avoir été immédiatement nationalisée par les dirigeants communistes. Il fournissait après tout les matières que les hiérarques du gouvernement recherchaient pour leur usage personnel.

Son affaire prospérait. Il prit un associé et leur chiffre d'affaires augmenta. Lale se remit à porter des vêtements élégants. Gita et lui dînaient dans les meilleurs restaurants et passaient leurs vacances dans les stations thermales de l'Union soviétique. Ils soutinrent ardemment la création d'un État juif en Israël. Gita, en particulier, œuvra en coulisses pour récolter de l'argent auprès des fortunes locales et le faire sortir en fraude du pays. Quand l'associé de Lale divorça, son ex-femme dénonça les activités de Gita et Lale aux autorités. Le 20 avril 1948, Lale fut arrêté et accusé d'avoir « fait sortir illégalement des bijoux et autres objets de valeur de Tchécoslovaquie ». Le mandat d'arrêt stipulait : « En conséquence, la Tchécoslovaquie a subi de lourdes pertes à cause des agissements de Sokolov qui s'est lui enrichi considérablement. » Si Lale avait bien fait sortir des bijoux et de l'argent du pays, il n'en avait retiré aucun avantage financier.

Deux jours plus tard, son entreprise fut nationalisée et il fut condamné à deux ans d'emprisonnement dans la prison d'Ilava, un endroit où étaient incarcérés les prisonniers politiques et les Allemands après la guerre. Lale et Gita avaient eu le bon sens de cacher une partie de leur fortune. Grâce à ses contacts au sein du gouvernement local et du monde judiciaire, Gita put corrompre quelques fonctionnaires. Un jour, Lale reçut en prison la visite d'un prêtre catholique. Au bout de quelques instants, celui-ci demanda aux gardiens de les laisser seuls car il voulait entendre la confession de Lale. Les gardiens partis, il conseilla à Lale de se comporter comme s'il était en train de sombrer dans la folie. S'il était suffisamment convaincant, la direction de la prison serait obligée de faire venir un psychiatre. Effectivement, un psychiatre fut appelé. Il dit à Lale qu'il allait s'arranger pour qu'on lui accorde une permission de sortie.

Une semaine plus tard, Lale fut conduit à l'appartement où il vivait avec Gita. Il avait deux jours de permission. Après quoi, il devait retourner en prison pour finir de purger sa peine. Cette nuit-là, avec l'aide d'amis, Gita et Lale quittèrent leur appartement en toute discrétion, par la porte de derrière, n'emportant qu'une valise chacun et un tableau représentant une Tzigane que Gita tenait absolument à prendre avec elle. Ils avaient également caché dans leurs bagages une grosse somme d'argent, destinée à Israël, qu'ils devaient remettre à un contact à Vienne. Ils se cachèrent derrière une fausse paroi, dans un camion qui transportait des produits de Bratislava en Autriche.

À l'heure dite, le jour dit, ils se présentèrent sur le quai de la gare de Vienne, guettant un contact qu'ils n'avaient jamais rencontré. Lale raconte que la scène aurait pu être extraite d'un roman de John le Carré. Ils murmurèrent un mot de passe à chaque gentleman qu'ils croisèrent jusqu'à ce que l'un d'eux donne la bonne réponse. Lale glissa alors une petite valise remplie d'argent dans la main de l'homme qui disparut aussitôt.

De Vienne, ils partirent pour Paris où ils louèrent un appartement. Pendant quelques mois, ils profitèrent des cafés et des bars de la ville qui retrouvait peu à peu son identité d'avant-guerre. Ils virent Joséphine Baker, la danseuse et chanteuse noire américaine, dans un cabaret, un merveilleux souvenir pour Lale. Elle avait des jambes jusque-là, disait-il en montrant sa taille.

Comme il était impossible pour les résidents non français de trouver un travail, Lale et Gita décidèrent de quitter la France. Ils voulaient partir le plus loin possible, s'établir quelque part hors d'Europe. Aussi, munis de faux passeports, ils embarquèrent pour Sydney où ils arrivèrent le 29 juillet 1949.

Sur le bateau, ils s'étaient liés d'amitié avec un homme et sa femme qui leur avaient parlé de leur famille à Melbourne qu'ils avaient l'intention de rejoindre. Ce fut assez pour convaincre Lale et Gita d'aller s'installer là-bas eux aussi. Lale se lança à nouveau dans le textile. Il acheta un petit entrepôt pour stocker les étoffes qu'il se procurait localement ou à l'étranger, et qu'il revendait ensuite. Gita décida qu'elle aussi voulait participer au développement de l'entreprise et prit des cours de stylisme. Elle dessina par la suite des collections de vêtements pour femmes, ce qui donna une nouvelle dimension à leur affaire.

Ils désiraient par-dessus tout avoir un enfant mais finirent par abandonner tout espoir. Puis, à leur grande surprise et à leur grande joie, Gita tomba enceinte. Leur fils Gary naquit en 1961 ; Gita avait alors trente-six ans et Lale quarante-quatre. Ils étaient comblés : ils avaient un fils, des amis, une entreprise florissante, et passaient leurs vacances sur la Gold Coast. Et surtout, il y avait entre eux cet amour qui avait survécu à toutes les épreuves. Le tableau de la Tzigane que Gita avait apporté de Slovaquie est accroché dans le salon de Gary.

Note de l'auteur

Je suis assise dans le salon de la maison d'un vieil homme. Je ne le connais pas encore très bien, mais j'ai rapidement fait la connaissance de ses deux chiens, Tootsie et Bam Bam – l'un aussi grand qu'un poney, l'autre plus petit que mon chat. Heureusement, je leur ai plu et en ce moment, ils dorment paisiblement.

Je regarde ailleurs pendant quelques secondes. Il faut que je lui dise.

— Vous savez que je ne suis pas juive ?

Une heure s'est écoulée depuis les présentations. Le vieil homme, installé dans un fauteuil en face du mien, laisse échapper un grognement impatient mais pas inamical. Il détourne les yeux, joint les mains. Les jambes croisées, il tape du pied par terre. Il regarde l'espace vert par la fenêtre.

— Oui, dit-il enfin, se tournant vers moi avec un sourire. C'est exactement pour ça que je vous veux.

Je me détends un peu. Peut-être suis-je à ma place après tout ?

— Bon, dit-il comme s'il s'apprêtait à raconter une blague, dites-moi ce que vous savez des Juifs.

La seule chose qui me vient à l'esprit, c'est le chandelier à sept branches.

— Vous connaissez des Juifs ?

Je pense à une de mes collègues.

— Je travaille avec une fille qui s'appelle Bella. Elle est juive, je pense.

Ma réponse, plutôt que de susciter son dédain, semble l'enthousiasmer.

— Parfait ! dit-il.

J'ai réussi un autre test.

Puis vient la première instruction.

— Vous n'aurez aucune idée préconçue.

Il marque une pause comme s'il cherchait ses mots.

— Je ne veux pas que mon histoire soit alourdie par des bagages personnels.

Je remue sur mon fauteuil, mal à l'aise.

— Il se peut qu'il y en ait.

Il se penche vers moi, un peu tremblant. Il attrape la table d'une main. Elle est branlante et le pied plus court tape sur le sol. Le bruit réveille les chiens en sursaut.

Je déglutis avec peine.

— Le nom de jeune fille de ma mère est Schwartfeger. Sa famille était allemande.

Il se détend.

— Nous venons tous de quelque part, dit-il.

— Oui, mais je suis néo-zélandaise. La famille de ma mère est installée en Nouvelle-Zélande depuis plus de cent ans.

— Des immigrants.

— Oui.

Il se cale dans son fauteuil, parfaitement détendu à présent.

— À quelle vitesse pouvez-vous écrire ?

Je suis déstabilisée. Quel est le sens exact de sa question ?

— Eh bien, ça dépend de ce que j'écris.

— Il faut que vous travailliez vite. Je n'ai pas beaucoup de temps.

Panique. Je n'ai délibérément rien apporté pour cette première entrevue, ni dictaphone ni cahier pour prendre des notes. J'ai été invitée à venir écouter l'histoire de sa vie. Pour l'heure, je veux écouter, c'est tout.

— Combien de temps avez-vous ? je demande.

— Pas beaucoup.

Je suis perplexe.

— Vous devez partir prochainement ?

— Oui, dit-il en regardant à nouveau par la fenêtre ouverte. Il faut que j'aille rejoindre Gita.

Je n'ai pas connu Gita. C'est sa mort et le besoin que Lale avait de la retrouver qui l'a poussé à raconter son histoire. Il voulait qu'elle soit consignée pour que « ça n'arrive plus jamais ».

Après cette première rencontre, je suis revenue voir Lale deux ou trois fois par semaine. Il a fallu trois ans pour démêler tous les fils. J'ai dû gagner sa confiance et il a eu besoin de temps pour se livrer à l'introspection nécessaire pour raconter certaines parties de son histoire. Nous étions devenus amis, non, plus que des amis. Nos vies étaient intriquées désormais. Il se débarrassait peu à peu du poids de la culpabilité qu'il avait portée sur ses épaules pendant plus de cinquante ans. Il craignait en effet que Gita et lui soient considérés comme des collaborateurs des nazis. J'ai récupéré une partie de ce fardeau tandis qu'assise avec lui à la table de la cuisine j'écoutais ce cher homme avec ses mains tremblantes, sa voix chevrotante, ses yeux encore remplis de larmes plus de soixante ans après avoir vécu les événements les plus terribles de l'histoire de l'humanité.

Il a raconté son histoire par bribes, parfois doucement, parfois à toute vitesse, et sans lien apparent entre les nombreux épisodes. Mais ça n'avait pas d'importance. C'était envoûtant d'être assise là avec lui et ses deux chiens, et d'écouter ce qui, pour une oreille non avertie, aurait pu ressembler aux divagations d'un vieil homme. Était-ce le délicieux accent est-européen ? Le charme de ce vieux garnement ? Était-ce son histoire complexe que je commençais à saisir ? C'était tout cela et beaucoup plus encore.

Puisque je devais écrire l'histoire de Lale, il était important pour moi d'identifier les moments où ses souvenirs personnels coïncidaient avec les faits historiques et ceux où ils divergeaient. Il ne s'agissait pas de présenter une leçon d'histoire mais une leçon d'humanité unique. Les souvenirs de Lale étaient dans l'ensemble remarquablement clairs et précis. Ils correspondaient aux recherches que j'ai pu effectuer sur les gens, les dates et les endroits. Était-ce pour moi un réconfort ? Quand on fait la connaissance d'une personne qui a vécu ces événements terribles, ça les rend d'autant plus insoutenables. Il n'y avait pas de discordance entre les souvenirs et l'histoire chez ce magnifique vieil homme.

Le tatoueur d'Auschwitz est l'histoire de deux êtres ordinaires, qui ont vécu dans des circonstances extraordinaires, privés non seulement de leur liberté, mais aussi de leur dignité, de leur nom, de leur identité. Lale y relate ce qu'ils ont dû faire pour survivre. Lale avait une devise : « Si tu te réveilles le matin, ce sera forcément une bonne journée. » Le matin de ses funérailles, en me réveillant, j'ai su que ce ne serait pas une bonne journée pour moi, mais qu'elle l'était pour lui. Il avait rejoint Gita.

Postface

Quand on m'a demandé d'écrire une postface à ce livre, j'ai d'abord été intimidé par la tâche qu'on me confiait. Les souvenirs affluaient et je ne savais pas par où commencer.

Dois-je parler de nourriture, un sujet de la plus haute importance pour mes deux parents, en particulier pour ma mère, fière de son frigo toujours rempli d'escalopes de poulet, de charcuterie et d'une multitude de gâteaux et de fruits ? Je me souviens de son désespoir quand, en classe de première, j'ai entamé un régime. Un vendredi soir, elle m'a servi mes trois escalopes habituelles et je n'oublierai jamais l'expression de son visage lorsque j'en ai remis deux dans le plat.

— Qu'est-ce qui ne va pas ? Ma cuisine ne te plaît plus ? a-t-elle demandé.

Elle a eu beaucoup de mal à accepter mes nouvelles habitudes alimentaires, mais je ne pouvais pas continuer à manger de telles quantités. Heureusement, chaque fois qu'un ami me rendait visite, il allait ouvrir le frigo dès qu'il m'avait salué. À la plus grande joie de ma mère.

Notre maison était très accueillante, tout le monde y était le bienvenu.

Mon père et ma mère m'ont toujours encouragé à tester de nouveaux loisirs et activités : le ski, les voyages, l'équitation et le parachutisme ascensionnel, j'ai pu tout essayer. Ils avaient le sentiment d'avoir été privés de leur jeunesse et voulaient que je profite pleinement de la mienne.

J'ai grandi au sein d'une famille très aimante. Mes parents étaient entièrement dévoués l'un à l'autre. Quand plusieurs couples, dans leur cercle d'amis, ont commencé à divorcer, j'ai demandé à ma mère, comment elle et mon père avaient fait pour rester ensemble pendant de si longues années. Elle m'a répondu très simplement.

— Personne n'est parfait. Ton père a toujours pris soin de moi, depuis le jour où nous nous sommes rencontrés à Birkenau. Je sais qu'il a ses défauts mais je sais aussi qu'il me fera toujours passer en premier.

La maison était pleine d'amour et d'affection, en particulier pour moi, et c'est, je pense, en voyant mes parents se blottir l'un contre l'autre, se tenir par la main, s'embrasser encore au bout de cinquante ans de mariage, que j'ai pu à mon tour devenir un mari et un père aimant.

Mes parents tenaient tous les deux à ce que je sache ce qu'ils avaient enduré. Quand la série documentaire *Le Monde en guerre* a été diffusée, j'avais treize ans, et ils m'ont incité à la regarder chaque semaine. Eux ne pouvaient pas la visionner avec moi. Je me souviens que, dès qu'il y avait des séquences sur les camps, j'ouvrais grand les yeux pour voir si je n'apercevais pas mes parents. Ces séquences sont encore gravées dans mon esprit.

Mon père parlait de ses aventures au camp, mais uniquement lors de fêtes juives, au cours desquelles les hommes racontaient leurs expériences, assis autour d'une table. Maman, toutefois, ne m'a presque rien dit de sa vie là-bas. Elle m'a raconté néanmoins qu'elle était tombée très malade au camp et qu'elle avait vu sa mère en rêve, qui lui disait :

— Tu vas guérir. Tu iras t'installer dans un pays lointain et tu auras un fils.

Il est évident que les années passées au camp ont laissé des traces chez eux. Quand mon père a été contraint de fermer son entreprise, je suis rentré un jour de l'école – j'avais seize ans à l'époque – juste au moment où la voiture familiale était emportée par la fourrière et qu'on apposait un écriteau « Vente aux enchères » devant notre maison. À l'intérieur, ma mère faisait les cartons. Elle fredonnait. *Waouh*, ai-je pensé, *ils viennent de tout perdre et maman est en train de chanter ?* Elle m'a fait asseoir pour m'expliquer ce qui se passait et je lui ai demandé :

— Comment peux-tu empaqueter toutes nos affaires en chantant ?

Elle m'a répondu avec un grand sourire qu'après avoir vécu plusieurs années sans savoir si elle serait encore en vie le lendemain elle était capable d'affronter à peu près toutes les épreuves qui se présentaient à elle.

— Tant que nous sommes en vie et en bonne santé, tout ira pour le mieux, disait-elle.

Certaines habitudes prises au camp avaient la vie dure. Tandis que nous marchions dans la rue, ma mère se penchait parfois pour cueillir des trèfles à quatre ou à cinq feuilles parce qu'à l'époque, quand elle et ses amies en trouvaient, elles les donnaient aux soldats allemands persuadés qu'ils portaient chance, ainsi recevaient-elles une ration supplémentaire de soupe et de pain. Quant à papa, il avait conservé un incroyable instinct de survie. Et il n'arrivait plus à pleurer depuis son passage au camp. Même à la mort de sa sœur, il n'a pas versé une larme. Quand je l'ai interrogé à ce sujet, il a répondu que parce qu'il avait côtoyé la mort pendant des années et perdu ses parents et son frère, il n'avait plus de larmes en lui... Jusqu'au décès de ma mère. C'est la première fois que je l'ai vu sangloter.

Je me souviens surtout de l'ambiance chaleureuse qui régnait à la maison, toujours remplie d'amour, de sourires et d'affection, de nourriture aussi, et de l'humour incisif de mon père. J'ai grandi dans un environnement incroyable et je serai éternellement reconnaissant à mes parents de m'avoir initié à un tel mode de vie.

Gary Sokolov

Informations complémentaires

Lale est né le 28 octobre 1916 à Krompachy, en Slovaquie. Il s'appelait Ludwig Eisenberg. Il a été déporté à Auschwitz le 23 avril 1942. Le numéro de matricule tatoué sur son bras était le 32407.

Gita, Gisela Fuhrmannova (Furman) est née le 11 mars 1925 à Vranov nad Topl'ou, en Slovaquie. Elle a été déportée à Auschwitz le 13 avril 1942 et portait le numéro de matricule 34902. Lale l'a tatouée à nouveau en juillet quand elle a été transférée d'Auschwitz à Birkenau.

Les parents de Lale, Jozef et Serena Eisenberg, ont été déportés à Auschwitz le 26 mars 1942 (alors que Lale était encore à Prague). Les recherches ont permis d'établir qu'ils ont été tués dès leur arrivée à Auschwitz. Lale ne l'a jamais su. On l'a découvert après sa mort.

Lale a été emprisonné dans la Strafkompanie (compagnie disciplinaire) du 16 juin au 10 juillet 1944, où il a été torturé par Jakub. Personne n'était censé survivre à son séjour dans le Block 11, et encore moins être libéré.

La voisine de Gita, Mme Goldstein, a survécu et est retournée vivre à Vranov nad Topl'ou.

Cilka a été accusée de collaboration avec les nazis et condamnée à une peine de quinze ans de travaux forcés en Sibérie. Ensuite, elle est retournée à Bratislava. Gita et elle se sont revues une fois au milieu des années 1970 à l'occasion d'une visite de Gita à ses deux frères.

Lors du procès de Francfort (1963-1965), Stefan Baretzki a été condamné à la prison à vie pour crimes de guerre. Le 21 juin 1988, il s'est suicidé à l'hôpital Konitzky-Sift à Bad-Nauheim en Allemagne.

Gita est morte le 3 octobre 2003.

Lale est mort le 31 octobre 2006.

Remerciements

Pendant douze ans, l'histoire de Lale a été un scénario. Je l'imaginais en film, pour le grand ou le petit écran. Elle sera finalement éditée sous la forme d'un roman et je me dois de remercier toutes les personnes qui m'ont accompagnée dans cette aventure, au départ ou tout au long du processus.

Je voudrais d'abord exprimer ma gratitude et mon affection à Gary Sokolov. Tu m'as ouvert les portes de la maison de ton père et m'as soutenue sans réserve quand j'ai entrepris de raconter l'incroyable histoire de tes parents. Tu n'as jamais douté du succès de mon entreprise.

Merci à Glenda Bawden, ma patronne pendant vingt et un ans, qui fermait les yeux chaque fois que je m'esquivais pour retrouver Lale et les personnes impliquées dans le projet de scénario. Je remercie aussi toutes mes collègues du Social Work Department au Monash Medical Center.

Merci à David Redman, Shana Levine, Dean Murphy, Ralph Moser d'Instinct Entertainment, c'est eux que j'allais retrouver le plus souvent quand je m'absentais de mon travail. Merci pour votre passion et votre investissement dans ce projet pendant toutes ces années.

Je tiens à exprimer toute ma reconnaissance à Lisa Savage et Fabian Delussu pour leur brillant travail d'investigation qui a permis de confirmer la concordance entre les faits historiques et les souvenirs de Lale.

Merci à Film Victoria. C'est grâce à leur soutien financier que j'ai pu entreprendre les recherches pour le scénario original relatant l'histoire de Lale.

Merci à Lotte Weiss, survivante, qui a partagé ses souvenirs de Lale et de Gita avec moi.

Je remercie Shaun Miller, mon avocate, qui sait négocier les contrats.

Un grand merci à mes soutiens de la première heure pour l'écriture du roman : Bella Zefira, Thomas Rice, Liz Attrill, Bruce Williamson, Evan Hammond, David Codron, Natalie Wester, Angela Meyer, Suzie Squire, George Vlamakis, Ahren Morris, Ilana Hornung, Michelle Tweedale, Lydia Regan, Daniel Vanderlinde, Azure-Dea Hammond, Stephanie Chen, Snowgum Films, Kathie Fong Yoneda, Rene Barten, Jared Morris, Gloria Winstone, Simon Altman, Greg Deacon, Steve Morris, Suzie Eisfelder, Tristan Nieto, Yvonne Durbridge, Aaron K., Lizzie Huxley-Jones, Kerry Hughes, Marcy Downes, Jen Sumner, Chany Klein, Chris Key.

Ce livre, et tout ce qui en découle, n'existerait pas sans Angela Meyer, responsable de publication incroyable, talentueuse, extraordinaire chez Bonnier Publishing Australia. Je lui serai éternellement reconnaissante, j'ai eu un véritable coup de cœur pour elle. Elle a abordé cette histoire avec la même passion et le même désir que moi. Elle a pleuré et ri avec moi à mesure que l'histoire prenait forme. Elle s'est mise à la place de Lale et Gita. Elle a ressenti leur douleur, leur amour et, grâce à elle, j'ai pu donner le meilleur de moi-même au moment de l'écriture. Ces remerciements ne suffiront jamais à exprimer toute ma gratitude.

Angela n'a pas été la seule chez Echo à faire de ce livre une réalité. Merci à Kay Scarlett et Sandy Cull pour leur magnifique photo de couverture, à Shaun Jury pour les clichés à l'intérieur, à Ned Pennant-Rae et Talya Baker, incroyables secrétaires d'édition, à Ana Vucic pour la correction des épreuves, à Cath Feral et Kate Goldsworthy pour l'assistance éditoriale, et à Clive Hebard qui a géré les dernières étapes du processus de publication.

Je tiens aussi à exprimer toute ma reconnaissance à l'extraordinaire équipe de Bonnier Zaffre à Londres, dirigée par Kate Parkin, qui a œuvré pour que ce livre soit publié dans le plus grand nombre de pays possible. Merci à Kate. Merci à Mark Smith et Ruth Logan. Merci à Richard Johnson et Julian Shaw de Bonnier Publishing qui ont immédiatement saisi la valeur de cette histoire.

Un grand merci à mon frère, Ian Williamson, et à ma belle-sœur, Peggi Shea, qui m'ont prêté pendant un mois leur maison à Big Bear en Californie au beau milieu de l'hiver. C'est là que j'ai écrit le premier jet. Merci à eux pour ce logement de première classe et, pour paraphraser sir Edmond Hillary, « j'ai fini par l'avoir ».

Merci à mon gendre Evan et à ma belle-sœur Peggi pour le petit rôle, néanmoins non négligeable, qu'ils ont joué dans ma décision de transformer mon scénario en roman. Vous savez ce que vous avez fait !

Merci à mes frères John, Bruce et Stuart pour leur soutien sans réserve et pour m'avoir rappelé combien papa et maman auraient été fiers.

Merci à mes amies Kathie Fong-Yoneda et Pamela Wallace qui m'ont entourée de leur affection et de leur soutien pendant toutes ces années afin que cette histoire voie le jour, peu importe sous quel format.

À mon ami Harry Blutstein pour l'intérêt qu'il a montré à cette histoire et pour les conseils d'écriture qu'il a pu me donner, j'espère les avoir appliqués et lui avoir fait honneur.

Merci à l'Holocaust Museum à Melbourne où Lale m'a emmenée plusieurs fois, faisant office de guide. Il m'a ouvert les yeux sur le monde auquel lui et Gita ont survécu.

Merci à mes fils, Ahren et Jared, qui ont ouvert leur cœur et leur esprit à Lale et l'ont accueilli dans notre famille avec amour et respect.

Merci à ma fille, Azure-Dea. Quand Lale a fait ta connaissance, tu avais dix-huit ans, l'âge de Gita l'année où ils se sont rencontrés. Il m'a dit qu'il était un peu tombé amoureux de toi ce premier jour. Pendant les trois années qui ont suivi, chaque fois qu'il me voyait, il m'accueillait toujours avec la même phrase : « Comment allez-vous et comment va votre magnifique fille ? » Merci de l'avoir laissé flirté un peu avec toi, et pour le sourire qu'il avait chaque fois qu'il te voyait.

Merci aux partenaires de mes enfants : Bronwyn, Rebecca, et Evan.

Merci enfin à Steve, mon cher mari depuis quarante ans et des poussières. Je me souviens du jour où tu m'as demandé si tu devais être jaloux de Lale à cause de tout le temps que je passais avec lui. Oui et non. Tu as toujours été là pour moi, quand je rentrais à la maison, maussade et déprimée, après avoir encaissé toutes les horreurs que Lale avait partagées avec moi. Tu lui as ouvert notre maison et l'as accueilli dans notre famille avec honneur et respect. Je sais que tu continueras cette aventure à mes côtés.

13006

Composition
NORD COMPO

Achevé d'imprimer en Espagne
par BLACKPRINT
le 11 février 2021.

Dépôt légal : avril 2020.
EAN 9782290233795
OTP L21EPLN002851A003

ÉDITIONS J'AI LU
87, quai Panhard-et-Levassor, 75013 Paris

Diffusion France et étranger : Flammarion